HEATHER GRAHAM

Espíritu salvaje

Editado por Harlequin Ibérica.
Una división de HarperCollins Ibérica, S.A.
Núñez de Balboa, 56
28001 Madrid

© 1989 Heather Graham Pozzessere. Todos los derechos reservados.
ESPÍRITU SALVAJE, Nº 118 - 1.6.11
Título original: Apache Summer
Publicada originalmente por Mira Books, Ontario, Canadá.
Traducido por María Perea Peña

Todos los derechos están reservados incluidos los de reproducción, total o parcial. Esta edición ha sido publicada con permiso de Harlequin Enterprises II BV.
Todos los personajes de este libro son ficticios. Cualquier parecido con alguna persona, viva o muerta, es pura coincidencia.
™ TOP NOVEL es marca registrada por Harlequin Enterprises Ltd.

® y ™ son marcas registradas por Harlequin Enterprises Limited y sus filiales, utilizadas con licencia. Las marcas que lleven ® están registradas en la Oficina Española de Patentes y Marcas y en otros países.

I.S.B.N.: 978-84-9000-093-9
Depósito legal: B-16886-2011

CAPÍTULO 1

Oeste de Texas, 1870

—¡Mire, teniente! ¡Hay un incendio a nuestra izquierda!

Jamie Slater refrenó a su caballo ruano, y sus ojos gris plateado se dirigieron hacia el este, hacia donde le estaba señalando el sargento Monahan. Más allá de la arena, las artemisas y las dunas secas vio una columna de humo que se elevaba por el cielo. Las llamas rojas se ondulaban entre el humo.

—¡Malditos indios! —exclamó Monahan.

Jon Pluma Roja se puso muy tenso, y Jamie se volvió hacia él. Era un pies negros mestizo que se encontraba muy lejos de su hogar, y era uno de los mejores exploradores indios de la zona. Era un hombre alto, de ojos verdes y rasgos fuertes y deslumbrantes. Gracias a que había tenido un abuelo blanco y rico, Jon Pluma Roja había recibido una educación esmerada y completa, que incluía una carrera universitaria en Oxford, Inglaterra.

Jamie sabía que Jon se había ofendido por la rápida suposición de que si había problemas era porque había indios, aunque admitió que se acercaba un peligro, un gran peligro.

Los apaches odiaban al hombre blanco, los comanches lo despreciaban, y Jamie estaba convencido de que los sioux iban a luchar embravecidamente por los territorios que les habían arrebatado los colonos.

Jamie había conocido bien a los comanches a través de Jon. Sabía que no eran dóciles, que no mentían y que no se andaban con ambigüedades.

—Vamos a ver lo que está sucediendo —dijo Jamie—. Hacia el este, sargento. Y rápido.

El sargento Monahan repitió su orden a los soldados.

En cuanto Jamie agitó las riendas de su caballo, el animal salió corriendo con elegancia, sin esfuerzo. Se llamaba Lucifer, y el nombre era muy adecuado para el caballo. Era salvaje y estaba lleno de brío.

Una de las ventajas de la Caballería de los Estados Unidos, pensó Jamie mientras cabalgaba hacia la colina tras la que ascendía el humo. Daban buenos caballos a sus hombres.

No había tenido aquel placer en la Caballería Confederada. A medida que perdían la guerra, les quedaban menos y menos animales. Sin embargo, la contienda había terminado cinco años antes, y Jamie llevaba un uniforme azul, muy parecido al que llevaban los hombres a los que había estado disparando durante años. Nadie, y menos sus hermanos, creían que iba a durar más de un día en la Caballería de Estados Unidos después de la guerra. Sin embargo, se habían equivocado. Muchos de los hombres con los que servía en el ejército ni siquiera habían estado en la guerra, y francamente, él entendía mucho mejor a los soldados que a los políticos y a los oportunistas.

Y le gustaba mucho más la vida que llevaba en las llanuras, enfrentándose a los indios, que ver aquello en lo que se había convertido el Sur. Estaba en el oeste de Texas, y las represalias de la guerra no eran ni siquiera parecidas a las del

Sur profundo. En todas las ciudades y pueblos había hombres con uniformes harapientos, lisiados que tenían que caminar con muletas. No tenían hogar, estaban hundidos. Habían sufrido la derrota y habían tenido que someterse a cosas que ni siquiera entendían. Se les obligaba a pagar impuestos. Había marionetas yanquis ocupando los puestos que antes ocupaban los sheriffs de cada población. La guerra era espantosa, incluso después de haber terminado.

Había buenos yanquis, también, y Jamie siempre lo había sabido. No culpaba a aquellos hombres buenos de las cosas que estaban sucediendo en el sur, sino a la gentuza y a los políticos oportunistas. Le gustaba su trabajo porque se llevaba bien con muchos comanches, y con otros indios con los que debía tratar. Ellos todavía se comportaban con honor. Y Jamie no podía decir lo mismo de los políticos oportunistas.

Sin embargo, tampoco se engañaba a sí mismo. Los indios eran guerreros, y en sus ataques, a menudo eran implacables.

Además, mientras Jamie sentía el poder del precioso ruano bajo su cuerpo, cabalgando hacia el fuego y el humo, era consciente de que sus días en la caballería estaban acabando. Durante aquellos años había necesitado tiempo para superar la guerra, para aprender a cómo dejar de luchar. Pero antes de la guerra era ranchero, y quería volver a sus orígenes. A trabajar una tierra fértil y buena. Quería poseer un lugar para criar ganado, para cabalgar, sin vallas. Se imaginaba una casa de dos pisos con un porche enorme y una buena cocina, con grandes chimeneas para calentar todas las habitaciones en los días de invierno.

–¡Dios Santo! –exclamó el sargento Monahan cuando llegaron a la cima de la colina y refrenaron a los caballos.

Jamie pensó lo mismo al ver la carnicería, pero se mantuvo en silencio.

Bajo ellos había una caravana de carretas destrozada. Los hombres habían intentado formar un círculo defensivo, pero parecía que el ataque había sido demasiado rápido.

Había cadáveres por todas partes. Las lonas de los carromatos estaban ardiendo, y las partes que todavía no se habían quemado tenían flechas clavadas.

Comanches. Jamie había oído decir que las cosas se estaban acalorando, y parecía que aquellas reyertas iban a terminar en una guerra. Monahan había oído el rumor de que algunos blancos habían masacrado un pequeño poblado indio. Tal vez aquello fuera la venganza.

—Maldita sea —susurró el sargento.

—Vamos —dijo Jamie.

Empezó a descender por la ladera rocosa hacia la llanura donde se había producido el ataque. Era un terreno muy seco, y las artemisas rodaban de un lado a otro entre algún cactus que otro. Jamie esperaba que en las carretas no hubiera municiones ni pólvora que pudieran explotar.

—¡Circulad con cuidado! —les advirtió a sus hombres—. ¡Ya sabéis que un comanche moribundo sigue siendo peligroso!

Jon Pluma Roja iba tras él en silencio. Sus caballos resoplaban mientras bajaban lentamente, intentando hundir los cascos entre las piedras para dar con el terreno firme. Cuando llegaron a la llanura, Jamie espoleó al caballo y, al galope, rodeó las carretas. Sólo había cinco.

Aquella pobre gente no había tenido ni la más mínima oportunidad de sobrevivir. Y no quedaba ni un solo indio muerto, ni medio muerto.

Desmontó ante el cadáver de un anciano. Tenía una flecha clavada en la espalda. Jamie lo agarró por un hombro y le dio la vuelta. Tragó saliva. Le habían cortado la cabellera, y lo habían hecho desmañadamente. La sangre le resbalaba por la frente, todavía pegajosa, todavía caliente.

Debía de haber ocurrido media hora antes. Si ellos hubieran llegado media hora antes, tal vez hubieran impedido aquella matanza.

Sus hombres también habían desmontado, y estaban haciendo lo mismo que él, buscar supervivientes. Jamie agitó la cabeza mientras se incorporaba. Maldición. Él acababa de estar con el jefe comanche de aquella zona. Río Rápido era un jefe pacífico, no un jefe belicoso. El hombre blanco y el pueblo de Río Rápido llevaban conviviendo sin lucha muchos años.

Jamie apreciaba a Río Rápido. Y, aunque sabía que cualquier comanche respondería si recibía una provocación, no entendía qué era lo que había podido originar un ataque así. Si los indios hubieran tenido hambre, habrían robado los terneros, no los habrían matado.

Jon Pluma Roja estaba a su lado, inspeccionando el cadáver.

—Esto no es obra de un comanche —dijo.

Jamie frunció el ceño.

—Entonces, ¿crees que ha sido una banda de cheyenes? Tal vez un grupo de utes. Estamos demasiado al sur como para que hayan sido los sioux...

—Le prometo, teniente, que ningún sioux que se respete a sí mismo haría un trabajo tan descuidado. Y los comanches también son guerreros. Desde muy pequeños aprenden a cortar cabelleras.

—Entonces, ¿quién ha sido? —preguntó Jamie con impaciencia.

—¡Eh, teniente! —le dijo Charlie Forbes.

Jamie se dio la vuelta. Forbes estaba en el suelo, junto a uno de los muertos. Era otro anciano de bigotes canosos.

—¿Qué pasa, Charlie?

—Creo que a éste le dieron con una flecha, intentó levantarse y le pegaron un tiro en el corazón.

Jamie sentía la presencia de Jon a su lado. Se ajustó el sombrero y apretó la mandíbula.

—No intentes decirme que los comanches no tienen rifles.

—No, no voy a decirte eso. Se los compran a los comancheros. Los comancheros están dispuestos a venderle armas a cualquiera. Claro que también hay que recordar que los comancheros se las compran a tu gente.

Jamie no dijo nada. Pasó por delante de Jon y se acercó a una carreta que no tenía demasiados daños. Le pareció oír algo.

Tenían que ser imaginaciones suyas. La matanza había sido muy concienzuda. Sin embargo, observó la carreta con intranquilidad. Y hacía mucho tiempo que no sentía intranquilidad por nada.

Él sabía desde joven lo que era el derramamiento de sangre. Antes de que cumpliera los veinte años, los guerrilleros del estado de Kansas, los *jayhawkers*, habían asesinado a su cuñada. Y durante la guerra, aunque había luchado en un regimiento decente bajo las órdenes de John Hunt Morgan, nunca había podido escapar del horror de la guerra fronteriza. Por su hermano Cole había sabido que los guerrilleros del estado de Missouri, los *bushwhackers*, eran tan monstruosos como los *jayhawkers*.

Y había un muchacho del sur llamado Archie Clements que había cortado muchas cabelleras. Sus hombres y él habían hecho que muchos hombres de azul se desnudaran y los habían disparado a sangre fría, y después los habían mutilado. Jamie no pensaba que los indios fueran peores que los blancos.

Exhaló lentamente, pero al ver un movimiento en la carreta, olvidó todo lo demás. Miró hacia atrás. Jon estaba a su espalda, y asintió, porque al instante se había dado cuenta de lo que sospechaba Jamie. Jon rodeó el carromato y Jamie se dirigió hacia la abertura de la parte trasera.

Miró hacia dentro. Durante un segundo, sólo vislumbró sombras en la penumbra. Después, las cosas tomaron forma. Había dos camastros en el interior; irónicamente, estaban perfectamente hechos, con las sábanas remetidas, las mantas abiertas y las almohadas mullidas. Más allá de las camitas había baúles y cajas. Parecía que todo estaba ordenado.

Pero no lo estaba. Jamie vio un movimiento de nuevo. No sabía si lo había visto en realidad, o si lo había notado, pero tenía todos los sentidos en alerta. Había alguien cerca; lo sentía en las entrañas, en la nuca, y en la espalda. Alguien estaba muy cerca.

—Vamos, sal —dijo suavemente—. Vamos, vamos. No queremos hacerle daño a nadie, sólo queremos que salgas.

El movimiento había cesado.

Jon se estaba moviendo hacia la parte delantera del carromato. Los caballos, que todavía olían el humo, relincharon y se movieron con nerviosismo. Jamie subió de un salto al suelo del carromato.

—¿Hay alguien ahí? —preguntó, mientras pasaba por entre las camitas con cuidado. Había cajas y baúles por todas partes. Había una cafetera tirada en el suelo, como si alguien estuviera a punto de usarla cuando cayó. También había una sartén en medio de las dos camas—. Vamos, sal —repitió suavemente—. No pasa nada, sal.

Siguió avanzando lentamente, puesto que era difícil ver en la penumbra, pero le pareció que había un montón de tafetán de color violeta claro, con ribetes negros, de encaje, en el suelo. Se agachó cuidadosamente, con la esperanza de no haberse encontrado con otro cadáver.

Tocó un cuerpo. Tocó calor. Movió la mano, e instintivamente cerró los dedos sobre la plenitud firme del pecho de una mujer. Estaba caliente, pero inmóvil. «Dios Santo, que esté viva», pensó Jamie.

Estaba viva. Sin duda, estaba viva. Salió de su escondite

con un grito de terror y furia. Él se sobresaltó y se apartó. Estaba preparado para el peligro, para enfrentarse a un comanche, pero al tocar la blandura y la feminidad de sus formas, había bajado la guardia.

Un descuido idiota.

Jamie retrocedió, pero ella volvió a gritar con desesperación, como si fuera un animal herido. Él fue a echar mano de su Colt, pero rápidamente, recordó que sólo se trataba de una mujer. De una mujer pequeña y delicada.

—Señora...

Ella se abalanzó sobre él con furia, con ferocidad, con una fuerza asombrosa.

—Eh...

Jamie iba a decir algo, pero ella no se lo permitió. Le pateó la pierna y le dio un puñetazo en el hombro para intentar que perdiera el equilibrio. Con el choque, ella consiguió tirarlos a los dos al suelo.

—¡Eh! ¡Maldita sea, pare! —le gritó él.

Se percató de que era delicada, y de que tenía el pelo rubio, como la miel. No podía olvidar el tacto de su pecho en la palma de la mano. Era exquisita. Tenía que ser cuidadoso.

Ella volvió a darle una patada en la espinilla. Forcejeaba con la furia de diez comanches. Le dio un puñetazo en la mandíbula, un puñetazo tan fuerte que a él le rechinaron los dientes.

Cuidadoso... ¡Demonios!

Era un monstruo. No había ningún modo de que un hombre pudiera ser cuidadoso y sobrevivir. Logró agarrarla por las muñecas, aunque intentó no apretárselas tanto como para hacerle daño.

Ella siguió gritando incoherencias. Consiguió liberarse las manos y palpó la cama. Jamie tenía que haberle sujetado las manos con fuerza. Lo pensó al ver su sonrisa de triunfo cuando agarraba algo que alzó por encima de sus cabezas.

—¡Vaya, espere un momento, señora! —exclamó él, al ver un cuchillo de hoja larga y curva. ¡Maldita sea! La mujer había pasado de los puños al acero—. ¡Se lo advierto, pare!

Ella no le hizo caso. Siguió luchando con desesperación y elevó el brazo para rebanarle la garganta.

Jamie la agarró por la cintura, la apartó de sí y se puso en pie de un salto.

—¡Soy de la caballería! ¡Maldita sea, soy de los buenos!

Ella no debió de oírlo, ni tampoco de verlo. Tenía unos enormes ojos de color violeta que se le habían puesto vidriosos, y apenas pestañeó cuando él habló. Gritó de nuevo y se lanzó hacia él. La cuchilla atravesó el aire a muy poca distancia de su nuez.

Jamie le golpeó el brazo, y el cuchillo salió volando fuera del carromato. La mujer se quedó asombrada, pero cuando él intentó alcanzarla de nuevo, ella estaba lista para luchar de nuevo, e intentó sacarle los ojos con las uñas. Él soltó un juramento y volvió a agarrarla por las muñecas, y ambos cayeron con dureza en el suelo del carromato. Mientras luchaba por inmovilizarla, Jamie miró hacia arriba y se dio cuenta de que Jon Pluma Roja lo estaba presenciando todo desde el pescante de la carreta.

—Me vendría bien un poco de ayuda, ¿sabes? —bramó.

Pluma Roja sonrió.

—¿Tú, contra una niñita de pelo color miel? Vamos, teniente.

No era una niñita. Como estaba sobre ella, Jamie se daba cuenta perfectamente. Era pequeña y ligera, pero la abundancia dulce y provocativa de sus pechos estaba, en aquel momento, aplastada contra su guerrera de caballería, y le recordaba que hacía mucho tiempo que no iba por la Casa de Entretenimiento para Caballeros de Maybelle. Ella siguió resistiéndose como un gato montés, y con cada uno de los giros y retorcimientos de su cuerpo, Jamie se daba cuenta de lo adulta que era aquella mujer, de lo madura que era. Ella lo miró con un odio intenso, desafiante, y mientras él la observaba con estupefacción, volvió a atacarlo, intentando morderle el hombro.

—¡Por el amor de Dios! —exclamó él.

Hizo que los dos rodaran por el suelo, intentando no dañarla, y ella consiguió liberarse una de las manos y golpearlo de nuevo. El impulso los acercó al borde del carromato y los hizo caer a la tierra juntos. Cuando ella intentó golpearlo nuevamente, Jamie la agarró con furia, porque había perdido la paciencia.

—¡Ya basta!

Entonces, le sujetó las manos por encima de la cabeza y se sentó a horcajadas sobre ella. Su pelo rubio estaba extendido sobre la tierra como un abanico majestuoso, y ella tenía la cara manchada de arena. Estaba respirando desesperadamente, y su pecho subía y bajaba a causa del esfuerzo. Por fin estaba quieta, derrotada, temblorosa. Sin embargo, él no podía fiarse tanto como para soltarla.

—¡Somos la maldita caballería! —exclamó—. ¡Escúcheme! Nadie le va a hacer daño. Los indios se han ido. Somos de la caballería. Queremos ayudarla. Habla inglés, ¿verdad?

—¡Sí! —gritó ella furiosamente. Su temblor cesó—. ¡Sí, sí, lo entiendo! ¡Desgraciado! ¡Asesino desgraciado y despreciable!

—¿Asesino? Estoy intentando ayudarla.

—¡No lo creo!

Jamie se quedó tan asombrado que no sabía qué responder.

—Mire, señora, soy de la caballería, y estos hombres, todos nosotros, pertenecemos a la Caballería de los Estados Unidos... —balbuceó.

—¡Su uniforme no significa nada!

—Señora, está loca —dijo él. Eso era lo que había pasado: ella se había vuelto loca. Había visto aquel ataque salvaje y se había refugiado en un mundo irreal de miedo—. Ahora está a salvo, o lo estará si deja de intentar herirme.

—¡Herirlo! ¡Oh!

—Los indios se han ido...

—¡No eran indios!

—¿No eran indios?

—Iban vestidos de indio, pero no lo eran. ¡Y seguramente usted está involucrado en ello! Si la ley está corrupta, ¿por qué no la caballería?

—Señora, no sé de qué está hablando. Soy el teniente Slater, del Fuerte Vickers, y mis hombres y yo acabamos de toparnos con su difícil situación.

Ella pestañeó, pero siguió mirándolo con recelo. Él todavía la tenía sujeta. Sus hombres se estaban acercando, porque habían oído el escándalo.

Ella miró a su alrededor, y lentamente se dio cuenta de que estaban rodeados por una compañía de caballería. Todos la miraban en silencio, comprensivamente.

Después miró a Jamie, y se ruborizó. En aquel momento, ambos fueron muy conscientes de hasta qué punto estaban unidos sus cuerpos. Ella se retorció bajo él, pero Jamie no estaba dispuesto a soltarla. Había intentado ser lo más cuidadoso posible y estaba sangrando como si se hubiera encontrado con un puma. Una gota de sangre de su barbilla cayó sobre el corpiño del vestido de la mujer, incluso mientras él estaba pensando que debería tener compasión de ella.

—Teniente, déjeme...

—¿Cómo se llama?

—Si no le importa...

—¿Cómo se llama?

Ella lo miró con irritación al darse cuenta de que él no iba a soltarla.

—Tess —le espetó—. Tess.
—¿Tess qué?
—Tess Stuart.
—¿Adónde se dirigían, y de dónde venían?
—A Wiltshire. Llevábamos ganado y una imprenta. Volvíamos a casa desde un pequeño pueblo llamado Dunedin, que casi se ha convertido en un pueblo fantasma. Por eso compramos la imprenta. Ya no la necesitan.
—Habla en plural. ¿Con quién iba?
—Con mi...

La mujer titubeó durante un momento, y pestañeó rápidamente. Se le habían llenado los ojos de lágrimas. Debía de saber que todos los demás habían muerto.

Pero no iba a derramar aquellas lágrimas. Delante de él, no.

—Íbamos mi tío y yo. Nos dirigíamos a casa desde Wiltshire.

Él se levantó un poco. Vio que ella tragaba saliva cuando apretó los muslos alrededor de sus caderas, pero después la vio alzar la barbilla, empeñada en ignorarlo y en mostrarse tan fría como si estuvieran hablando de aquello en un salón, con una taza de té. Tenía mucho valor. Nunca se rendiría, y lucharía hasta el final, por muy derrotada que estuviera. Estaba allí, en sus ojos. Tenía en los ojos todo el fuego azul plateado que un hombre hubiera podido imaginar. O era una tonta, o la mujer más extraordinaria que él había conocido. Pese a la miel caliente de su pelo, sus ojos grandes y luminosos y sus rasgos delicados, tenía una voluntad de hierro.

Pero el valor podía costarle a uno la muerte, allí en el Oeste. Ése era el motivo por el que la estaba inmovilizando con tanta fuerza. Ella tenía que aprender que podían derrotarla.

—Tiene mucha suerte de que los indios no la vieran, ¿sabe? —le dijo con la voz ronca.

—Ya le he dicho que no eran indios.
—Entonces, ¿quiénes eran?
—Los hombres de Von Heusen.
—¿Y quién demonios es Von Heusen?

Jamie se quedó sorprendido al oír un carraspeo tras él. Se dio la vuelta sin soltarla, y vio a los jóvenes de su compañía.

—¿Y bien? ¿Alguien quiere contestarme?

Quien respondió fue Pluma Roja.

—Richard Von Heusen. Algunas veces dice que es ranchero, y otras que es empresario. ¿No has oído hablar de él?

—No.

—Pasas demasiado tiempo concentrado en los asuntos indios —le dijo Jon—. Te has estado perdiendo otras cosas importantes de por aquí.

Era cierto, pero Jamie no quería saber mucho de los rancheros. Y no quería saber nada de los políticos oportunistas que llegaban del norte, ni quería hablar con ellos.

—¿Me estás diciendo que esto lo ha hecho un tipo llamado Von Heusen? —le preguntó a Jon.

Jon se encogió de hombros.

—Eso no puedo decírtelo.

—Yo puedo decirle que es dueño de una gran parte de Texas —dijo Monahan—. Gracias a que es un estado enorme, o sino, sería el dueño de la mitad.

Jamie miró con curiosidad a la chica. Tess. Lo estaba fulminando con la mirada, en silencio. Después siseó como si fuera una serpiente venenosa.

—Es un arribista yanqui. ¿Has oído hablar de esos oportunistas? Son como buitres. Fueron desde el Norte al Sur, y nos echaron a todos. Mucha gente no podía pagar los impuestos de las tierras porque la Unión no quería la moneda de la Confederación, y ellos las compraron. Y, teniente, Von Heusen también ha comprado Wiltshire.

—¿Me está diciendo que un yanqui llamado Von Heusen

ha venido aquí a disparar flechas contra sus carromatos? ¿A plena luz del día?

—No, no es eso. Y dudo que viniera aquí en persona. Envió a sus hombres disfrazados de comanches, por si alguno no moría.

—Así que vio a los comanches atacando la caravana.

—No. No soy tonta, teniente. Me he criado aquí, y reconozco a un comanche cuando lo veo. Y reconozco un engaño cuando lo veo, también.

—Entonces, ¿me está diciendo que un grupo de blancos vino aquí y le hizo esto a los suyos?

—Sí, teniente. Qué perceptivo es usted. ¡Seguro que ha estudiado en West Point! Eso es exactamente lo que le estoy diciendo. Von Heusen planeó todo esto. Tiene que arrestarlo, teniente, por asesinato.

—Usted misma ha dicho que seguramente Von Heusen ni siquiera estaba aquí.

Ella abrió mucho los ojos. Se enfureció mucho, pero mantuvo la voz controlada.

—¿No va a arrestarlo?

—Para empezar, no soy sheriff, señorita Stuart. Y si lo fuera, necesitaría pruebas.

—Yo soy su prueba.

—Eso sería su palabra contra la de él.

—¡Él quiere nuestras tierras!

—Muchos hombres quieren comprar tierras, pero eso no los convierte en asesinos. Parecía que ella iba a gritar, o que iba a arrancarle otro pedazo de carne.

—¡Es un idiota!

—Gracias, señorita —dijo él.

—Apártese de mí.

Jamie se dio cuenta de que seguía sobre ella, sujetándola. Sabía que ya no iba a intentar matar a nadie. Sin embargo, tuvo la sensación de que quería alejarse de él, de que no quería ni verlo.

—No puedo detener a un hombre sin pruebas —le dijo él con ira—. Y menos a causa de la declaración de una chica medio loca.

—¡Oh!

Ella intentó arañarlo de nuevo. Entonces él la agarró de la mano, se levantó y tiró de ella. Jamie tuvo que apretar los dientes al ver todo el odio que contenía su mirada.

—Señora...

—¡Teniente! —exclamó Charlie, que se acercaba desde el campo de cadáveres—. ¿Comenzamos a preparar el enterramiento?

Ella estaba mirando más allá, hacia el hombre de pelo blanco a quien habían atravesado con una flecha, y después de un balazo.

—¡Oh, Dios! —exclamó.

Se tambaleó hacia delante, intentando llegar al cadáver. Se quedó pálida y se detuvo de repente.

—Oh, no. Tío Joe... —susurró, y comenzó a caer al suelo.

Jamie, instintivamente, se adelantó y la tomó en brazos antes de que cayera. Estaba fría y blanca como el papel.

A su alrededor se hizo el silencio. Los hombres los observaban.

—¡Charlie, sí! ¡Por el amor de Dios, sí! ¡Empieza con el enterramiento, y hazlo rápidamente!

Todos los hombres se pusieron en acción.

Y Jamie miró a la chica y se preguntó qué demonios iba a hacer con ella. Tenía que tenderla en algún lado, y se dirigió hacia la carreta. Subió y la depositó en una de las camas. Iba a ir en busca del médico de la compañía, pero sin saber por qué se quedó allí y le acarició el pelo y las mejillas.

Entonces sintió una presencia a su espalda, y miró hacia

atrás rápidamente. Y allí estaba Jon Pluma Roja, mirando al interior de la carreta.

—Sigue inconsciente.

—Voy a avisar al capitán Peters. No tiene muchas esperanzas, pero está comprobando si queda alguien con vida entre los cadáveres.

—Tal vez sea mejor que ella permanezca sin sentido durante un rato, de todos modos —dijo Jamie suavemente.

—Sí, tal vez —dijo Jon—. ¿Qué vamos a hacer con ella?

—Llevarla al fuerte. Desde allí, alguien la acompañará a casa.

Jon asintió, y sonrió de repente.

—Alguien, ¿no?

—Exacto. Alguien.

—Es responsabilidad tuya —le dijo Jon—. Una carga tuya. Ha caído en tus brazos.

—¿Qué? Es una carga que acabo de soltar, Jon.

Jon negó con la cabeza.

—No, no lo creo. Creo que has aceptado una responsabilidad, Jamie, y que no vas a deshacerte de ella.

Jamie arqueó una ceja.

—¿De verdad? Pues no te creo, Jon, y tampoco la creo a ella. Ese Von Heusen será un oportunista, pero no creo que sea culpable de esto.

—Entonces, tendrás que averiguarlo, ¿no?

—Ése no es mi trabajo, Jon.

—Pero eso no importa, porque la chica está en peligro. Vas a tener que averiguar la verdad, o estarás firmando su sentencia de muerte.

—Eso es absurdo, Jon.

—No, no lo es. No puedes abandonarla.

—Y un cuerno que no.

—¿De veras? —preguntó Jon, arqueando una de sus cejas negras. Después, inclinó la cabeza hacia Jamie—. Todavía tienes los dedos enredados en su pelo. Atrapados. Tal vez sean mechones de seda, pero me parece que te han enredado.

Jamie se miró la mano, y miró su cabello, que era de un color dorado rojizo. Apartó la mano rápidamente y se volvió hacia Jon para negarlo de nuevo. Sin embargo, Jon ya se había alejado, con una sonrisa serena.

—El doctor Peters ya está libre —le dijo mientras se marchaba.

Jamie miró a la chica. Mechones de seda...

Apretó los dientes, porque Jon tenía razón en una cosa. Alguien iba a tener que descubrir si sus acusaciones eran ciertas. Él no las creía. No podía creerlas. Y, sin embargo...

Si lo que decía era verdad, dejarla sola en Wiltshire sería condenarla a muerte.

Soltó un juramento y saltó del carromato al suelo. Todavía le dolía la pierna de sus patadas. Todavía recordaba su furia...

Se detuvo, porque recordaba más cosas. El tacto seductor de su pecho, la suavidad de su pelo, el calor de su cuerpo enredado con el de él.

Apretó los puños y los relajó. Sabía que Jon tenía razón, que iba a quedarse con ella hasta que pudiera averiguar la verdad. Ella era una bruja hostil...

Y él ya la deseaba. Se moría por tocarla y por sentir más de ella.

Soltó un juramento en voz baja. Tenía que comportarse como un oficial, como un caballero del Sur, y resolver aquel problema sin pensar más en aquella mujer.

Entonces la oyó. Estaba llorando, muy, muy bajo, como si estuviera amortiguando el sonido con la almohada. Había recuperado el conocimiento y parecía que había tenido un despertar amargo. Lloró y lloró. Él sintió su agonía, sintió que le destrozaba por dentro, y fue terrible. Aquel horror le llegó al corazón como ninguna otra cosa desde hacía años. Jamie pensaba que la guerra había anulado sus emociones.

Los sollozos desgarradores de la muchacha se las devolvieron.

Comenzó a darse la vuelta para ir a su lado. Se detuvo.

No. Ella no querría verlo.

Irguió los hombros y se alejó.

CAPÍTULO 2

Al anochecer ya estaban cavadas todas las tumbas. A la luz de los faroles y las hogueras, el reverendo Thorne Dryer, de la Compañía B, leyó la Biblia junto a las tumbas.

Tess permaneció junto al reverendo. Sus ojos estaban secos, y ella estaba en silencio. Aquel silencio conmovía a Jamie. Ella era pequeña, pero estaba muy recta, con los hombros erguidos, el pelo cubierto con un sombrero negro y un velo, y vestida con un traje negro. Polvo, tierra, cenizas. El reverendo le pidió a Dios que acogiera a los suyos, que tuviera piedad con sus almas, y que les diera consuelo a los que habían dejado atrás.

Cuando terminó de hablar, ella se dio la vuelta y se dirigió hacia su carreta. Jamie no iba a seguirla, pero se dio cuenta de que lo estaba haciendo. Ella lo sintió justo antes de llegar al carromato, y se giró hacia él.

—¿Sí, capitán?

—Teniente, señorita. Soy el teniente Slater.

—Lo que sea —dijo ella con frialdad—. ¿Qué desea?

—Señorita Stuart, he venido a ofrecerle mis condolencias, y para ver si se encuentra bien, si necesita algo para esta noche.

—Estoy perfectamente, teniente —dijo Tess—. Gracias.

Después, se volvió y subió a la carreta. Jamie apretó los puños con fuerza y volvió junto a sus hombres. El funeral había terminado. Jon y Monahan estaban colocando las cruces sobre las tumbas.

—Les he ordenado a los hombres que monten el campamento, teniente, como usted dijo —le informó Monahan.

—Gracias, sargento.

—¿Es todo, teniente?

—No. Divídalos, Monahan. La mitad pueden dormir, y la otra mitad que haga guardia. Por si acaso.

—Por si acaso vuelven esos malditos indios —dijo Monahan.

—Por si ocurre cualquier cosa. ¡Esto es la caballería, sargento!

—¡Sí, señor! —exclamó Monahan, y saludó marcialmente.

Después se alejó y comenzó a ladrar órdenes. Los hombres que estaban junto a las tumbas lo siguieron hacia las hogueras, donde los demás ya habían empezado a montar el campamento. Jamie vio a sus hombres ocultarse entre las rocas y las grietas que los rodeaban. Eran una buena tropa. Habían hecho campañas en los territorios indios más escabrosos del Oeste, y habían aprendido bien la lección. Sabían hablar tan silenciosamente como cualquier indio, disparar con una puntería letal y luchar con el cuchillo de una manera mortal.

Al principio, las cosas no habían sido fáciles para Jamie. Algunos de sus hombres no aceptaban a aquel rebelde que se había ganado los ascensos con tanta facilidad. Otros pensaban que no se le debía dar armas a un rebelde, y otros dudaban que Jamie fuera de fiar en territorio indio. Él se había visto obligado a demostrar su valía a cada paso, en las batallas y en las negociaciones. Una vez, cerca de la frontera, se habían topado con una tribu belicosa de apaches, y él les había enseñado algunas cosas con sus Colts cuando la lucha comenzaba. Más tarde, supo que los hombres habían hablado entre ellos sobre los hermanos Slater, y de lo peligrosos que habían sido

Cole, Malachi y él durante la guerra. Parecía que de la noche a la mañana su reputación se había hecho legendaria.

Sonrió en la oscuridad. Había merecido la pena. Se había ganado unos seguidores leales, y buenos hombres. Por su línea de vigilancia, aquella noche, no iba a pasar nada ni nadie. Podía descansar con tranquilidad.

Si acaso podía descansar.

Sin poder evitarlo, miró hacia la caravana.

—Qué responsabilidad —dijo Jon, a su espalda.

Jamie se dio la vuelta y arqueó una ceja. Jon no era un subalterno corriente, ni tampoco era eso lo que esperaba Jamie.

—¿Por qué no dejas de hacer comentarios y comienzas a contarme cosas sobre ese tal Von Heusen?

—¿De verdad te interesa?

—Inténtalo, vamos. Podemos ir a buscar unas tazas de café y caminar hasta el risco.

Monahan les dio el café, y los dos hombres salieron hacia la cima del risco. Jamie se sentó en una roca plana, y descansó las botas en otra. Jon se quedó en pie, observando la amplia pradera que se extendía ante ellos, desplegando su belleza a la luz de la luna.

—Te está diciendo la verdad —dijo de repente Jon.

—¿Y cómo lo sabes?

Jon se encogió de hombros.

—Lo sé porque ya había oído hablar de ese hombre. Ya quería aumentar sus tierras más allá del norte durante la guerra. Entonces era un ganadero rico, y el gobierno le encargó que sirviera carne a los sioux oglala que viven en la reserva. Les dio una carne podrida y llena de gusanos que no podían comer. Los indios formaron una delegación para hablar con ese hombre. Él dijo que era un levantamiento y todos los rancheros de la zona se pusieron en guerra con los sioux. Murieron cientos de personas. Algo inútil y sin sentido. Y Von Heusen nunca fue castigado.

Jamie se quedó en silencio. Miró hacia lo que quedaba de la caravana de carretas.

—Así que ahora tiene propiedades en Wiltshire. Y quiere más. Y le gusta molestar a los indios. Pero yo sigo sin poder hacer nada, Jon. Aunque creyera a la señorita Stuart, no podría hacer nada.

—Porque no puedes demostrarlo.

—Exacto. Y ningún blanco se lo va a creer.

—Es una lástima. Es una auténtica lástima, porque no creo que la señorita Stuart vaya a sobrevivir.

—¡Vamos, Jon, ya basta! Por muy poderoso que sea ese Von Heusen, no puede matar a la mujer sin más. Todo el pueblo se pondría en pie. ¡No es posible que sea el dueño de una ciudad entera!

—Tiene comprado al sheriff. Y los dos sabemos que no tiene por qué matar a la chica con sus propias manos. Siempre hay formas de hacerlo.

—¡Maldita sea! —exclamó Jamie. Se puso en pie, y se sacudió el polvo de los pantalones con el sombrero.

—¿Qué vas a hacer?

—Ya te lo he dicho. Volver al fuerte...

—¿Y después?

—Ya veremos cuando estemos allí, ¿de acuerdo?

—Sólo quería que supieras, Jamie, que si decides tomarte algo de ese tiempo libre que te debe el gobierno, iré contigo.

—No me voy a tomar ningunas vacaciones.

—Sí. Claro. Lo que tú digas, Slater.

Jamie sonrió.

—Gracias, Pluma Roja. Te lo agradezco. Pero créeme, yo no soy el tipo de escolta que tiene en mente la señorita Stuart.

Jon se caló el sombrero y sonrió.

—Bueno, Jamie, muchacho, no siempre sabemos exactamente qué es lo que necesitamos, ¿no? Buenas noches.

Y, sin esperar respuesta, comenzó a bajar del risco.

Jamie se quedó allí un rato más, observando las hogueras del campamento. Él haría su guardia con el primer grupo; Monahan se ocuparía del segundo.

Sin embargo, cuando cambió la guardia, y el sargento ocupó su puesto en el risco, Jamie se dio cuenta de que no podía conciliar el sueño sabiendo que ella estaba durmiendo tan cerca. O que quizá estaba en vela, como él, llorando. O tal vez estaba silenciosa, intentando no pensar en el pasado, decidida a pensar en el futuro. Creía lo que le había dicho; verdaderamente, creía que había sufrido el ataque de unos blancos disfrazados de indios. No iba a olvidarlo.

Jamie gruñó y se tapó la cabeza con la almohada. En realidad, ella no le había pedido ayuda. Había dejado bien claro que no quería saber nada de él. Él no le debía nada. No tenía ninguna responsabilidad en aquella situación.

Sí. Sí la tenía.

Le debía algo a la gente que había muerto allí aquel día, y se lo debía a los comanches, que cargarían con la culpa de aquellos asesinatos. Y se debía a toda la gente que moriría en las guerras encarnizadas que se iban a producir si no se esclarecía la verdad.

Jamie no pudo dormir. Siguió despierto, pensando en la mujer del pelo color miel que estaba a menos de cincuenta metros, en una carreta cubierta de lona.

Tess durmió un poco aquella noche, pero antes del amanecer despertó de nuevo y revivió todo lo que había ocurrido. Su dolor y su rabia eran tan intensos que tenía ganas de gritar. No lo hizo. Sabía que gritar no le serviría de nada, y ya había llorado hasta que se le habían terminado las lágrimas.

Se levantó y miró la cama de su tío, donde él no iba a dormir nunca más. Joe se quedaría en aquella tumba para toda la eternidad, y su cuerpo se quedaría reducido a los huesos, y en las décadas siguientes, nadie sabría que había sido un hombre valiente que había muerto luchando allí, aunque no hubiera tenido ocasión, prácticamente, de levantar el arma. Joe no se había rendido nunca. No se dejaba intimidar. Había publicado la verdad en el *Wiltshire Sun*, y había sabido proteger lo que era suyo.

Y había muerto por ello.

Tess se puso los zapatos y bajó de la carreta. Algunos soldados estaban durmiendo en sus tiendas, y los demás estaban de guardia.

¡Estaban haciendo guardia para protegerse de los indios!

Apretó los dientes. Se alegraba de sentir ira, porque le ayudaba a dominar el dolor. ¿Acaso pensaban que era una loca? No, ellos no. ¡Él! El teniente yanqui.

Tess caminó silenciosamente, entre la oscuridad de la noche, y se acercó a las tumbas. Cerró los ojos para rezar, pero no fueron oraciones lo que salieron de sus labios.

—¡Adiós, tío Joe! —susurró—. Te quiero. ¡Te quiero mucho! No voy a poder volver aquí, estoy segura, pero tú eres quien me enseñó lo especial que es el alma, y lo poco que tiene que ver con el cuerpo. Tío Joe, tú eras verdaderamente guapo. Pese a tu cara curtida y la nariz rota, eras la persona más guapa que yo he conocido en mi vida. No permitiré que hayas muerto por nada, te lo prometo. No voy a perder. Voy a seguir con el periódico, y voy a conservar las tierras. No sé cómo voy a hacerlo, pero te juro que lo haré. Te lo prometo con todo el corazón...

Siguió pensando en silencio, y después se dio la vuelta, porque algo la avisó de que no estaba sola.

Y no lo estaba.

El teniente estaba tras ella. A la luz débil del amanecer que se acercaba, era una figura alta e implacable. No era un hombre pesado, pero ella había descubierto, durante su lucha, que tenía los hombros anchos, los brazos y el pecho musculosos y que era delgado, y que tenía la agilidad y el poder de un puma. El color de sus ojos era un gris misterioso, remoto, y sin embargo, Tess lo sentía con intensidad cada vez que él la miraba. Al mirarlo en aquel momento se dio cuenta de que era un hombre deslumbrante. Tenía unos rasgos fuertes, firmes, angulosos; los pómulos altos, los ojos grandes y la frente amplia y despejada. Tenía todo el carácter del Oeste, y tal vez, también el carácter que hubiera podido imprimirle la guerra.

Tess recordó que aquél era el hombre que estaba a cargo de la situación, y apretó los puños. Aunque él no quisiera creerla, ella había vivido allí desde que nació, y distinguía a un comanche de un blanco, un hombre de Von Heusen.

Los comanches tenían ética y honor.

—¿Qué hace aquí? —le preguntó al teniente, con la cabeza alta.

—La he visto venir hacia las tumbas. No quería entrometerme, sólo quería asegurarme de que está bien.

—Estoy perfectamente, teniente.

—Mire, señorita Stuart...

—No, mire usted, teniente. Usted tiene sus opiniones, y yo tengo las mías. Parece que no coinciden en absoluto. Estoy bien. Sus hombres están vigilando el campamento, y estoy segura de que nada podrá pasar por delante de ellos sin que se den cuenta. Después de todo, son sus hombres, y tendrán el miedo metido en el cuerpo.

—¿El miedo?

Él la miró con la cabeza ladeada, y movió los labios de una manera sensual. Cuando no los tenía apretados de aquella manera tan seria, su boca era amplia y generosa, y Tess se dio cuenta de que se había quedado mirándolo fijamente.

—Por la disciplina yanqui —dijo entonces, con dulzura.

Él no respondió, pero en sus ojos se reflejó algo hostil.

Bueno, habían sobrevivido a una guerra. La hostilidad no desaparecía fácilmente.

Ella no quería seguir odiando al Norte. La guerra había sido espantosa, y se había alegrado mucho de que terminara, de saber que no iba a morir nadie más. Sin embargo, después habían llegado los buitres del Norte, gente como Von Heusen. Hombres que compraban las tierras de la gente buena que no podía pagar los impuestos.

Von Heusen iba más lejos. Cuando quería un rancho, el ganado comenzaba a desaparecer. Si el ranchero intentaba comprar pienso, estaba lleno de moho y pasado. Y algunas veces, era el mismo ranchero quien desaparecía. Von Heusen tenía pistoleros a sueldo que lo acompañaban allí adonde fuera.

Pistoleros a sueldo... que se habían pintado de oscuro y se habían disfrazado de indios, y que los habían atacado con rifles y hachas.

Ella sentía hostilidad. Hostilidad de verdad. Tal vez aquel teniente yanqui no hiciera las mismas cosas que Von Heusen, pero tampoco le había ofrecido ayuda para arreglar las cosas. A él no le importaba. Y ella despreciaba su actitud. No podía evitar despreciarlo por el uniforme azul que le recordaba tanto a la guerra.

Tess tragó saliva y se obligó a sonreír. Sólo quería alejarse de él.

—Si me disculpa, teniente, seguramente estará impaciente por comenzar el viaje de vuelta al fuerte.

Comenzó a caminar, pero cuando pasó por delante de él, Jamie la tomó del brazo. Ella lo miró con el corazón acelerado. El teniente tenía los ojos escondidos en la sombra del ala del sombrero.

—Lo siento, señorita Stuart. Lo siento muchísimo.

Ella quería hablar, pero tenía la garganta seca. Sentía sus dedos como si le quemaran. Sentía con intensidad el calor y la fuerza de su cuerpo.

Miró su mano y tiró del brazo para zafarse.

—Gracias, teniente —consiguió decir.

Después olvidó toda su dignidad y salió corriendo.

En una hora estaban listos para emprender la marcha. El teniente había ordenado que quemaran las carretas inútiles, y estuvo a punto de ordenar que quemaran también la imprenta, pero Tess olvidó su tono de voz bajo y bien modulado, y su actitud digna, y saltó de su carreta para pedir que subieran la máquina a algo que todavía pudiera rodar.

—¿Qué demonios es eso? —preguntó el teniente con impaciencia.

—¡Una imprenta! ¡La necesito para el *Wiltshire Sun*!

—¿Para el periódico de su tío? Pero... si ha muerto, señorita Stuart.

—Pero el *Wiltshire Sun* no ha muerto, teniente Slater. No pienso permitir que suceda eso. No daré un paso más sin esa imprenta.

A él le brillaron los ojos mientras los entornaba.

—No me amenace, señorita Stuart.

—¡No lo estoy amenazando! Sólo le estoy diciendo lo que va a ocurrir o no va a ocurrir.

Él dio un paso hacia ella y le habló en voz baja.

—Señorita Stuart, usted se moverá cuando yo lo diga, porque yo le pondré el precioso... er... trasero en la carreta, y uno de mis hombres conducirá.

—¡No se atreverá! Se lo diré a sus superiores...

—Puede decirles lo que le apetezca. ¿Quiere ponerme a prueba?

Ella apretó los dientes y lo miró a los ojos.

—Necesito esa imprenta, teniente.

Él permaneció inmóvil, frío, duro.

—¡Teniente, por favor! ¡Necesito esa imprenta! Sus hombres sólo tardarían unos minutos. ¡Por favor!

Durante un momento, él siguió mirándola fijamente. Después se dio la vuelta y llamó al sargento Monahan. Los hombres recibieron la orden de subir la imprenta a una de las carretas que todavía rodaban.

—¡Soldado Harper! —dijo Slater—. Ate su caballo a la parte trasera y conduzca usted la carreta.

—¡Sí, señor!

Tess exhaló lentamente. El teniente Slater la miró con dureza, se dio la vuelta y se alejó, diciéndoles a sus hombres que terminaran de apagar las hogueras y que montaran.

Entonces, Tess se dio cuenta de que el guapísimo indio de los ojos verdes la estaba mirando en silencio. La saludó con una sonrisa, como si se las hubiera arreglado muy bien. Después, él también se dio la vuelta.

Tess estaba segura de que aquél era un día muy largo para la caballería. Los hombres estaban acostumbrados a moverse rápidamente, pero en aquella ocasión tenían la rémora de las carretas. El paisaje era bello, y monótono. La tierra era polvorienta, de color marrón claro, salpicada de cactus y artemisas.

Ella no quería quejarse, pero pronto se vio cubierta de polvo, y después de interminables horas pasadas conduciendo el carromato, estaba exhausta. Le dolían los brazos en lugares donde no sabía que tuviera músculos. Podía haberlo dicho. La mayoría de los soldados eran amables y solícitos, y se acercaban a ella cuando podían para preguntarle si necesitaba algo.

Sin embargo, cada vez que hablaba con uno de aquellos hombres, Tess veía al teniente Slater a distancia, observándola, así que sonreía dulcemente y decía que estaba perfectamente.

El teniente tenía que parar. Tendría que parar en algún momento.

Por fin dio la orden cuando comenzaba a atardecer. Se mantuvo alejada de ella, pero Tess sabía que la estaba observando. ¿Juzgándola? ¿Tratando de averiguar si se había vuelto loca o si tenía caprichos femeninos? Ella tenía que seguir callada. Cuando llegaran al fuerte hablaría con calma, racionalmente, con el comandante, y conseguiría que la entendiera.

—¡Señorita Stuart! —le dijo Monahan, que se acercó y desmontó junto a la carreta—. Permita que la ayude a bajar, señorita. Yo me ocuparé de las mulas y del carromato.

—Gracias, sargento. Yo puedo...

Tess se interrumpió, porque estuvo a punto de caerse cuando él la ayudaba a bajar del pescante. Monahan la sujetó cuando sus pies tocaban el suelo, y ella sonrió.

—Gracias otra vez. Parece que sí necesito ayuda.

—A su servicio, señorita Stuart. El teniente Slater ha venido hasta tan lejos porque conocemos este lugar. Si va usted más allá de aquel risco, encontrará un riachuelo precioso. Está rodeado de rocas secas, y el agua está muy limpia. Hay una zona, hacia arriba, que está bien alejada del sitio donde abrevamos a los caballos. Puede ir caminando, y encontrará toda la privacidad que pueda desear.

—Gracias de nuevo, sargento —dijo Tess—. Me encantaría darme un baño, así que voy a seguir su consejo.

Entonces, se dirigió hacia la parte trasera del carromato, y tomó ropa limpia, una pastilla de jabón y una toalla. Cuando volvió a salir, el sargento Monahan estaba desenganchando a las mulas. Él le señaló hacia el risco, y ella vio que varios soldados iban en dirección contraria. Tess volvió a sonreír y marchó hacia el risco. Estaba jadeando ligeramente cuando subió hasta la cima, pero allí, se le escapó una exclamación de placer.

El riachuelo estaba rodeado de piedras y de rocas altas, pero había pequeños parches de hierba entre las piedras, y unas cuantas flores silvestres que se las habían arreglado para existir allí. El anochecer era rosa y dorado, muy bello, y Tess oyó el rumor del agua mientras corría hacia el río. Le pareció fresco y delicioso después de aquel día de polvo.

Subió por las piedras hasta un saliente muy amplio. Allí dejó la toalla y el jabón y comenzó a desnudarse a toda prisa mientras observaba el agua cristalina. Pronto se hubo despojado de la camisa, la falda, los pantalones y las medias. Bajó por las rocas, tan concentrada en el agua que no se dio cuenta de que no estaba sola.

Jamie Slater estaba descalzo y sin camisa, con los pantalones del uniforme de caballería remangados hasta los tobillos, a la sombra de una roca. Juró suavemente. Él acababa de empezar a bañarse, y no quería ser un mirón, pero ella se había desnudado con tanta rapidez, y él se había quedado tan sorprendido, que no había reaccionado. Se había quedado mirando embobado.

Ella era como una ninfa, como un ángel que hubiera salido del calor de la llanura. Tenía la piel de alabastro y los pechos perfectos. Tenía la cintura estrecha y las piernas largas y bien formadas. Aquélla era una visión muy sensual. Era como un ángel... una atrevida... Su pelo formaba un halo de oro al sol del atardecer, y caía en forma de cascada por sus hombros desnudos, se le rizaba alrededor de los pechos de una manera evocativa, juguetona, hipnótica.

Él retrocedió y gruñó suavemente.

Tess no lo vio. Entró al agua y se quedó asombrada por el hecho de poder sentir placer cuando sentía tanto dolor por la pérdida de Joe. Sin embargo, todavía estaba viva, y el agua estaba tan fresca y tan limpia después del viaje polvoriento... Se sumergió en la corriente y se aclaró el pelo, y flotó en el agua, temblando, deleitándose. Nadó un poco, y después se sentó en una piedra suave del fondo en la parte menos profunda y se enjabonó concienzudamente. Por último, se lavó la cabeza y se la aclaró. Cuando salió del agua, tomó la toalla y se secó bien; se estiró y alzó la cara hacia el sol del atardecer. Sus últimos rayos le acariciaron el cuerpo, y cerró los ojos un instante.

Cuando los abrió estuvo a punto de gritar.

El teniente Slater estaba sobre ella, con la camisa abierta sobre el pecho, descalzo y serio. Ella abrió la boca para protestar. Estaba completamente desnuda, y él estaba mirando hacia abajo sin disculparse.

Sin embargo, cuando Tess abrió la boca, él sacó el revólver y disparó varias veces.

Tess nunca había visto a nadie manejar un arma con tanta rapidez. No gritó. Pensó que él se había vuelto loco, pero cuando se giró para tomar la toalla se detuvo. Con asombro, vio los restos de una serpiente mocasín que estaba a menos de un metro de ella.

Tess volvió a mirar al teniente, sin poder hablar, sin poder moverse. Se había dado cuenta de que él acababa de salvarle la vida. Ella ni siquiera se había percatado de la presencia de la serpiente.

Él no dijo nada. Se limitó a recorrer su cuerpo con la mirada, y en todos aquellos lugares donde él posó los ojos, ella sintió fuego.

Él volvió a enfundar el Colt y, por fin, habló.

—Debe tener más cuidado eligiendo su roca, señorita Stuart —le dijo.

Tess oyó unos pasos. Alguien se acercaba corriendo. Él tomó la toalla y se la tendió rápidamente. Ella se envolvió justo cuando aparecía un soldado.

—¡Teniente! ¡He oído los disparos!

—No pasa nada, Hardy. Era yo. He matado una serpiente.

El joven los estaba mirando con los ojos muy abiertos.

—Eso es todo, Hardy.

—Sí, señor, sí, teniente.

El soldado saludó marcialmente, y Slater le devolvió el saludo. Después de que el soldado desapareciera, él inclinó el sombrero hacia ella y se dio la vuelta. Tess se puso muy roja y lo vio alejarse corriente arriba. Vio que sus calcetines y sus botas estaban en una piedra plana, y se le cortó la respiración. El teniente había estado allí durante todo el tiempo.

Tess se puso en pie y se puso rápidamente la ropa limpia, con las manos temblorosas. Después miró hacia la roca.

Él estaba esperando a que ella se marchara, sentado al borde de la piedra, con los pies en el agua.

—Ya casi ha oscurecido, señorita Stuart. Si no le importa...

—¿Cómo que si no me importa? ¡Usted ha estado ahí sentado durante todo mi baño, teniente! —dijo Tess con indignación.

—Soy afortunado —respondió agradablemente. Al ver que ella no se movía, comenzó a quitarse la camisa—. A mí no me importa, señorita Stuart. Puede quedarse. Tal vez incluso quiera unirse a mí...

Ella se dio la vuelta. Se sentía furiosa. ¡Estaba dispuesto a desnudarse en su presencia! ¡Y la había mirado mientras ella se bañaba!

Con un juramento, echó a correr. Estaba deseando llegar al carromato, y una vez allí, se sentó en la cama y se abrazó a sí misma.

Maldito fuera. Con sólo recordar cómo la había mirado, Tess notaba un cosquilleo en el cuerpo. Y cerrar los ojos no fue de ayuda; recordó cómo le colgaba de los hombros la camisa abierta, y su pecho fuerte cubierto de vello rubio, y su abdomen musculoso.

—¿Señorita Stuart? —era el sargento Monahan.

—¿Sí? —dijo ella, casi gritando.

Él estaba al final de la carreta, sonriendo.

—¿No le ha parecido un riachuelo precioso?

—Sí, es maravilloso —respondió Tess, más calmada.

Parecía que ya se había corrido la noticia de los tiros,

porque detrás de Monahan apareció otro soldado, que asintió respetuosamente para saludarla.

—¡Monahan! Hardy dice que casi la pica una mocasín. Por suerte, el teniente estaba cerca y le pegó dos balazos al bicho. Señorita, es un río precioso, pero debe tener cuidado de ahora en adelante, ¿entiende? Se ha convertido en alguien muy importante para todos nosotros.

—Gracias, gracias. Eso es muy amable por su parte —murmuró ella, pero sabía que se estaba ruborizando. Todo el mundo sabía lo que había ocurrido.

Al cabo de un rato, Monahan le llevó un plato de comida, y el otro joven le llevó un café. Ella les dio las gracias a los dos. Entonces, mientras comía, tuvo la sensación de que se acercaban todos los hombres de la compañía para ver cómo estaba, si necesitaba algo, cualquier cosa, para pasar la noche.

Ella les dio las gracias a todos, y cuando se marcharon, y oscureció por completo, y el campamento quedó en silencio, Tess sonrió. Eran yanquis, pero un buen grupo de yanquis. Tal vez hubiera esperanza. Había Von Heusens en el mundo, pero también había gente buena. Tenía que seguir luchando. Tenía que aferrarse al rancho y al periódico.

—Señorita Stuart.

Tess se sobresaltó al oír aquella voz.

—¿Sí? —respondió con tirantez.

—Sólo quería saber si está bien.

—Muy bien, teniente.

—¿Necesita algo?

—Necesito que me crea, teniente, y eso no me lo va a ofrecer.

Él se quedó callado. Ella esperaba que se diera la vuelta y se marchara, pero no lo hizo. Tess tuvo la sensación de que estaba sonriendo.

—No me ha dado las gracias por salvarle la vida.

—Ah, sí. Darle las gracias por salvarme la vida —repitió Tess, y se acercó al borde de la carreta—. ¿Teniente?

—¿Sí?

—Acérquese, por favor.

Él obedeció, y ella le dio una bofetada en la mejilla. Slater atrapó su mano por la muñeca y ella se quedó sorprendida, y también agradada, al ver que en sus ojos se reflejaba la furia.

—Le doy las gracias por haberme salvado la vida, teniente. Sin embargo, eso ha sido por el modo en que lo ha hecho.

Tiró de la mano para zafarse de él, pero Slater no la soltó. Sus ojos brillaban como la plata a la luz de la luna.

—Lo tendré en cuenta, señorita Stuart. Tendré en cuenta que es muy quisquillosa en relación al modo en que le salvan la vida.

—Sabe perfectamente a lo que me refiero.

—No quería molestarla.

—¿No?

—Se lo juro, señorita Stuart. Me quedé callado porque usted estaba desnuda como un bebé antes de que yo me diera cuenta. Y entonces, he de admitir que me quedé sin habla.

—¡No estaba sin habla en la roca!

Slater sonrió lentamente.

—No.

—¡Oh... yanqui!

Tess tiró de nuevo de la mano, y él la soltó por fin, aunque no dejó de sonreír.

—Buenas noches, señorita Stuart —le dijo suavemente.

Entonces sí se alejó. Ella no se movió, y después de un instante, el teniente se volvió de nuevo.

—¿Señorita Stuart?

—¿Qué?

Él vaciló.

—Es usted una mujer muy bella.

No esperó a que ella respondiera. Siguió caminando y desapareció en la oscuridad.

CAPÍTULO 3

Dos días después llegaron al fuerte.

A Tess le pareció el fuerte típico en una zona india. Tenía una empalizada muy alta, de unos seis metros, y hecha de troncos gruesos. La puerta era enorme, y se abrió para permitirles el paso. Al mirar hacia arriba cuando entraban en el recinto, Tess vio a guardias armados, de uniforme, sobre la pasarela. Estaban observándolos.

Estaba contenta de haber llegado al fuerte. Conducía su carreta, y se preguntaba si alguna vez iban a quitársele los callos de los dedos. Se le habían formado a través de los gruesos guantes de cuero del tío Joe. Estaba sudorosa, pegajosa, y la trenza en la que se había recogido el pelo se le estaba deshaciendo. Había dicho que podía arreglárselas, y el teniente Slater le había permitido que lo hiciera.

Sus hombres habían seguido siendo muy amables, y ella había seguido sonriendo y siendo tan educada como podía. Él se había mantenido a distancia de ella desde aquella noche, pero Tess siempre había sentido su mirada.

Siempre... él siempre tenía los ojos puestos en ella. Cuando conducía la carreta, de repente sentía calor, y al mirar a su alrededor descubría que él ya no estaba a la cabeza de la columna, sino que había ido al final y estaba observándola. Por la noche, cuando uno de los hombres le llevaba café y comida, él miraba desde el otro lado del campamento. Y a veces, Tess oía pasos, y se preguntaba si él no estaba asegurándose de que ella estaba dormida. Si estaba a salvo. ¿O caminaba cerca de la carreta para averiguar si aún estaba despierta?

Él la enfurecía, pero Tess también se alegraba de sentirse segura. No sólo porque estuviera rodeada por más de treinta hombres de la caballería, sino porque él estaba cerca.

Pero ya habían llegado al fuerte. Él entregaría la responsabilidad de su cuidado al comandante y desaparecería de su vida. Le asignarían a alguien la misión de acompañarla hasta Wiltshire y no volvería a verlo más.

Estaban frente al puesto de mando. Tess sonrió, porque Jon Pluma Roja se acercó a ayudarla a bajar del pescante. Le caía muy bien aquel hombre. Le gustaban su belleza, su fortaleza, su silencio y sus palabras bien elegidas. Y tenía la sensación de que él sí la creía.

Pluma Roja la depositó en el suelo, y ella le dio las gracias y miró a su alrededor. Los niños y las mujeres habían salido de las casas para darles la bienvenida a los hombres. Monahan les dio la orden de que podían dispersarse, y la columna se rompió rápidamente. El teniente Slater subía las escaleras del amplio porche que rodeaba la oficina del comandante, y saludó al hombre alto de pelo cano que lo estaba esperando. Jon le señaló las escaleras a Tess.

—Señorita Stuart, creo que el coronel querrá escuchar su declaración lo antes posible. Yo me ocuparé de su alojamiento y volveré enseguida.

La acompañó al porche. Parecía que Slater ya había explicado algo sobre ella, porque el coronel se apresuró a ofrecerle ayuda para subir los escalones.

—Señorita Stuart, mi más sincero pésame por la pérdida de su tío. Permítame que le diga también que me alegro muchísimo de que esté usted sana y salva.

—Gracias —dijo Tess.

Era extraño. Ya le parecía que todo había ocurrido en un pasado distante. Seguramente, se debía a los días que habían pasado en las llanuras. Y sin embargo, el coronel le habló con tanta amabilidad del tío Joe, que todo el dolor y la soledad volvieron de golpe.

Intentó tragárselos. Tenía que impresionar a aquel hombre con valor e inteligencia, no con un ataque de llanto. No quería que le dieran palmaditas en la espalda. Quería que la creyeran.

—Señorita Stuart, si es tan amable de pasar a la oficina, al coronel le gustaría hablar con usted —le dijo el teniente Slater.

Ella asintió y entró a la casa. El despacho era grande, amueblado con archivadores y un enorme escritorio, y con varias sillas de madera. Slater sacó una y se la ofreció. Tess se sentó con tanta elegancia como pudo, mientras se quitaba los guantes de cuero y los posaba en el regazo. Notó que Slater la estaba mirando, y apartó la vista rápidamente. Él había visto las ampollas y los callos que tenía en las manos.

El coronel ocupó su lugar detrás del escritorio. Era un hombre mayor de ojos azules y bondadosos. Su voz también era amable.

—¿Le apetecería tomar un café, señorita Stuart? Me temo que no tenemos té...

—El café está muy bien, gracias, señor.

Ella no se había dado cuenta de que había otro soldado en la habitación hasta que un joven ayudante apareció y le entregó una taza de café solo, fuerte. Tess le dio las gracias, y después se produjo un momento de silencio embarazoso. Entonces, el coronel se inclinó hacia delante y posó las manos sobre el escritorio.

—Señorita Stuart, el teniente Slater me ha informado de que usted sostiene que no fueron los indios quienes atacaron la caravana.

—Exacto, señor.

—Entonces, ¿quién fue?

—Hombres blancos. Son los pistoleros a sueldo de un hombre llamado Von Heusen. Está intentando quedarse con la propiedad de mi tío y...

—¿Ha hecho que atacaran toda una caravana de carretas para quedarse con la propiedad de su tío? Eso no parece lógico, señorita Stuart.

Ella apretó los dientes. Slater la estaba mirando con atención. Ella tuvo ganas de darle una patada.

—No era una caravana grande, coronel. Nosotros tenemos buenas relaciones con los comanches de nuestra zona, y mi tío no temía nada de ellos. Éramos un grupo pequeño. Mi tío, unos cuantos trabajadores del rancho y...

—Pero señorita Stuart, tal vez los indios no fueran comanches; tal vez fueran un grupo de apaches o de shoshones de las montañas, o quizá incluso sioux...

—Ningún indio atacó la caravana.

Tess se dio la vuelta. Jon Pluma Roja había entrado en el despacho. Se sirvió un café y se sentó junto a Slater. Le sonrió a su amigo, y después se dirigió al coronel.

—Estoy seguro de que la señorita Stuart sabe distinguir a un comanche cuando lo ve, señor. Y no eran apaches. Los apaches sólo les cortan las cabelleras a los mexicanos, en venganza —dijo. Después miró a Tess con una sonrisa y añadió—: Y le prometo que los sioux tampoco lo hicieron. Un sioux nunca se habría dejado a la señorita Stuart allí.

Tess se estremeció. No sabía si Jon se refería a que los sioux se la habrían llevado con ellos, o a si la habrían matado también.

El coronel alzó las manos. Parecía que seguía sin creerlo, pese a la explicación de Jon.

—Señorita Stuart, he oído hablar de ese tal Von Heusen.

Tiene mucho dinero, y buenos contactos, y es dueño de media ciudad...

—Literalmente, coronel. Es el dueño del juez, del sheriff y de los ayudantes.

—Vamos, señorita Stuart, eso es una acusación muy grave...

—Es una acusación cierta.

—¿Pero no se da cuenta, señorita Stuart, de que tendría que ir a un tribunal para enfrentarse a ese hombre? Y tendría que hacerlo en Wiltshire, que como ha dicho... —la voz del coronel se acalló—. ¿Por qué no vuelve al Este, señorita Stuart?

Ella se puso en pie al instante.

—¿Volver al Este? Nunca he estado en el Este, coronel. Nací en Texas. Mis padres ayudaron a fundar Wiltshire. Y la parte pequeña del pueblo que no es de Von Heusen todavía, es mía. ¡No voy a entregársela! Coronel, no tengo nada más que decirle. He pasado unos días muy difíciles. Si hay algún sitio donde pueda descansar, estaría muy agradecida de aceptar su hospitalidad durante uno o dos días. Después, señor, tengo que volver a casa. Tengo un rancho y un periódico que atender.

El coronel también se levantó, y ella sintió que a su espalda Jon y Slater hacían lo mismo. Se dio la vuelta, sintiendo la mirada de Slater. Seguramente, se estaba riendo de ella.

No. No se estaba riendo. La miraba fijamente, con sus ojos de humo, grises y enigmáticos. Tess tuvo la sensación de que se había ganado cierta admiración por su parte. Sin embargo, no sabía si aquella admiración le serviría de algo. El coronel había sido su última esperanza; a partir de aquel momento, la batalla era suya y sólo suya.

—Señorita Stuart, me gustaría ayudarla si pudiera...

—Tonterías, coronel. Usted no ha creído ni una palabra de lo que le he dicho. Pero está en su derecho, señor. Y yo estoy muy cansada...

—La señorita Stuart podría alojarse en casa del viejo Casey mientras esté aquí —dijo Jon—. Dolly Simmons ya está allí, con sábanas y toallas.

—Les estaré muy agradecida a los Casey —dijo Tess.

—No es necesario —dijo Slater—. Casey murió a causa de una flecha comanche el año pasado. Su esposa volvió al Este.

La estaba provocando, pero ella sonrió.

—Ya he dicho, teniente, que yo nunca he estado en el Este...

—Oh, no ese Este, señorita Stuart. La señora Casey se marchó con sus hijos a vivir a Houston, eso es todo.

—Bueno, pues a mí me gusta el sitio en el que vivo —respondió ella. Después se volvió hacia el coronel—. ¿Puedo retirarme, señor?

—¡Por supuesto, por supuesto! Jamie, Jon, acompañad a la señorita a su habitación. Señorita Stuart, como usted se empeña en volver a Wiltshire, le organizaré una escolta para el camino en cuanto sea posible.

—Gracias.

Jon le abrió la puerta, y Tess salió. Jamie la siguió.

—Es por aquí, Tess —le dijo Jon.

Él nunca había usado su nombre de pila, como si fueran amigos. Tenía los ojos muy brillantes, y ella se dio cuenta de que lo hacía porque estaban delante de Jamie Slater. Jamie. Tess pronunció su nombre silenciosamente. Pensó que «teniente» era más apropiado para él.

Seguía tras ella, mientras Jon Pluma Roja le señalaba las cosas.

—Aquélla es la tienda, y allí está nuestra única taberna. Y más allá está la única cafetería, para las señoras. Aquí hay bastantes mujeres. El coronel está de acuerdo en que los hombres casados tengan aquí a sus esposas, y como el fuerte es seguro... —dijo, y se encogió de hombros—. También hay solteros y damas sin pareja, lo cual hace que los bailes sean más agradables para los soldados.

—¡Bailes!

—Claro. Aquí intentamos ser civilizados, aunque estemos en la jungla.

—En el desierto —dijo el teniente, que seguía detrás de ellos—. Creo que es más un desierto que una jungla, ¿no te parece, Jon? —no esperó respuesta, sino que señaló una pequeña edificación—. Ahí está la casa —dijo.

De repente, se abrió la puerta, y apareció una mujer con un busto muy grande, regordeta, de ojos oscuros y alegres y pelo rubio, o plateado.

—¡Pobrecita! ¡Pobre, pobrecita! ¡Tener que sufrir un ataque de los indios!

—La señorita Stuart no cree que fueran indios, Dolly —dijo Jamie.

Dolly agitó una mano.

—No importa quién fuera. Ha sido horrible y cruel, y esta pobre chica perdió a sus amigos y a su tío. Era su tío, ¿verdad, querida?

—Sí —dijo Tess suavemente.

Dolly le posó las manos sobre los hombros y la llevó hacia la casa. Jamie y Jon las habrían seguido al interior, pero Dolly se lo impidió poniéndose en mitad del umbral de la puerta.

—Jon, Jamie, vosotros marchad a hacer vuestras cosas. Yo me ocuparé de la señorita Stuart. Voy a prepararle un buen baño caliente y una buena comida casera, y después la acostaré. Necesita un poco de ternura en este momento, y no creo que seáis los más indicados para dársela.

—De acuerdo, Dolly —dijo Jon, y con cara de diversión, dio un paso atrás.

Jamie Slater se levantó el sombrero para despedirse de Tess por encima del hombro de Dolly. Él también tenía cierta expresión divertida en el rostro, y por una vez, Tess tuvo la sensación de que entendía perfectamente el mensaje de sus ojos grises. El teniente pensaba que ella necesitaba la ternura tanto como un puercoespín.

—Buenas noches, señorita Stuart. Espero que muy pronto se sienta mejor.

—Si tienes suerte, Jamie Slater, estará perfectamente para el baile de mañana.

—Si tengo suerte... —murmuró Jamie.

—Pues muy bien, ¡hay muchos otros hombres disponibles en este fuerte, teniente! —dijo Dolly airadamente.

Tess se dio cuenta de que se le ponían las mejillas como la grana. No sabía a cuál de los dos tenía más ganas de golpear, si a Dolly por ponerla en aquella situación embarazosa, o si a Slater por comportarse como si acompañarla a ella a un baile fuera algo horrible.

—Nadie tiene por qué preocuparse —dijo—. Estoy de luto. Ni siquiera me planteo ir a un baile.

—¿De veras? —preguntó entonces Slater. Se las arregló para pasar al interior y agarró a Tess por los hombros—. Pues me parece una equivocación, señorita Stuart. Su tío era un hombre de la frontera, un luchador. No creo que él quisiera que usted se quede en casa llorando por algo que ya no se puede cambiar. Seguramente él sabía que la vida es dura, y algunas veces, muy corta, y querría que usted la viviera al máximo. Y se supone que a usted se le da bien eso, ¿no? Luchar, y vivir.

—Teniente Slater, de veras, yo...

—Tal vez no se le dé tan bien luchar. Y tal vez no sepa cómo vivir.

Ella echó hacia atrás la cabeza y apretó los dientes.

—¿Y cree que usted puede enseñarme a vivir, teniente? Ni siquiera estoy segura de que usted no sea más que un perfecto maniquí yanqui.

Él frunció los labios, y la soltó.

—Entonces, ¿por qué no me pone a prueba, señorita Stuart?

—Jamie Slater, esa chica es muy vulnerable en este momento —le dijo Dolly, pero Jamie y Tess se volvieron hacia ella al mismo tiempo.

—Igual de vulnerable que un puma de colmillos afilados —dijo Jamie.

—¡Nunca con tipos como él! —prometió Tess.

Dolly se quedó callada. Entonces, alguien se rió suavemente. Tess se volvió hacia Jon Pluma Roja, que estaba muy complacido con aquella situación.

—¡No me extraña que a los blancos no les caigan bien los indios! —murmuró Jamie.

—Claro. Que los blancos se pongan en guerra entre ellos, y la mitad de la batalla estará ganada —respondió Jon—. Jamie, vamos. Está todo decidido. Mañana recogerás a la señorita Stuart al atardecer.

—Nada de eso... —comenzó a decir Tess.

—¡Al atardecer! —dijo Jamie, gruñendo.

Y no le concedió un minuto más para protestar. Salió de la casa y dio tal portazo que incluso Dolly se sobresaltó. Después, sin embargo, la mujer sonrió con benevolencia.

—¡Adoro a ese hombre! —dijo.

Tess la miró sin comprenderla.

—¿Por qué?

—Oh, ya lo verás, jovencita. Ya lo verás. ¡Y el bueno de Jon! Le gusta causar problemas. Pero claro, tal vez esta vez no sea un problema. Jon también puede llegar a ser más callado que una tumba cuando quiere. Creo que está encantado por poder molestar a la señorita Eliza. Ella cree que tiene bien agarrado a Jamie, y quién sabe... Aquí la gente se siente sola. Pero ella no es la adecuada para él, no lo es. Ya lo verás.

—Señora Simmons...

—Dolly. Tutéame, por favor. Aquí no somos demasiado formales.

—Dolly, no tengo intención de ir a bailar con el teniente Slater. No me cae bien. Es intolerante, duro como el acero y frío como el hielo...

—Duro tal vez, pero frío no. Ya lo verás —predijo Dolly.

—Pero...

—Vamos, tengo el baño preparado en aquel rincón. Métete en la bañera mientras yo hago un buen té y termino la cena. Después, si quieres, podemos hablar para que me cuentes lo que ocurrió. Y yo te contaré más cosas sobre el teniente Slater.

—No quiero saber nada más sobre el teniente Slater —dijo Tess con firmeza.

Sin embargo, aquello era una mentira. Quería saber más sobre él. Quería saberlo todo.

—Deja que te ayude a quitarte esa ropa polvorienta —le dijo Dolly.

Era una mujer rápida y competente, y Tess se sintió inmediatamente cómoda con ella y aceptó su ayuda. En segundos se había librado del vestido y estaba en una tina de agua caliente que olía a rosas. Con una esponja suave, se frotó con deleite las rodillas y los hombros.

—¿Qué te has hecho en las manos, jovencita? —le preguntó Dolly.

Tess se miró las palmas encallecidas.

—Es por conducir la carreta. Yo sé hacerlo, naturalmente, pero quien conducía normalmente era el tío Joe.

De repente, a Tess se le llenaron los ojos de lágrimas.

—Deberías llorar para desahogarte —le advirtió Dolly—. Deberías llorar todo lo que quieras.

Tess negó con la cabeza. No podía empezar a llorar otra vez. Prefirió hablar.

—Mi tío me crió. Mis padres murieron cuando yo era pequeña. Los dos enfermaron de neumonía un invierno, y no lo superaron. Joe era hermano de mi padre. Él vendió las tierras de mi padre y puso el dinero en un fideicomiso para mí, y me llevó a vivir con él, y él fue quien me enseñó lo que es amar la tierra y la lectura, y amar a Texas, y el negocio de la prensa, y sobre todo, me hizo amar la verdad. Nunca dejó de decir la verdad, ni de luchar. Y por eso yo tengo que estar a la altura. Él siempre me lo dio todo...

Se quedó callada. Recordó cómo había aprendido a montar a caballo, a entintar la imprenta, a pensar muy bien cómo iba a contar una historia, lo que era el buen periodismo y...

Y cómo había aprendido lo que era vivir con dolor y mantenerse erguida, pese a todo. Joe estaba allí cuando ella se había enamorado del capitán David Tyler en el año sesenta y cuatro, cuando su cuerpo de infantería de la Confederación había sido destinado a Wiltshire. Tess sólo tenía diecisiete años y no sabía lo que era amar a un hombre hasta que había conocido a David.

Bailaron juntos, dieron largos paseos y montaron a caballo, e hicieron meriendas junto al río, y él la había besado, y ella había aprendido lo que era sentir fuego en la sangre. Sabían que la guerra no podía durar mucho más, y pensaban casarse en cuanto terminara.

Sin embargo, la compañía de David le fue asignada a Kirby-Smith. La mayoría de los demás hombres, tanto rebeldes como yanquis, habían depuesto las armas y habían comenzado la larga marcha de vuelta a casa, pero David murió a causa de un disparo de cañón, porque Kirby-Smith había decidido luchar hasta el final. Y cuando Tess pensaba que se le había roto el corazón y que no podía continuar viviendo, Joe estaba allí. Callado. No había intentado decirle que era joven, y que lo superaría, que volvería a amar.

La había abrazado y había estado allí para consolarla cuando ella lo necesitaba. Y había empezado a encargarle más y más tareas en el periódico. Tess se dio cuenta de que aunque nunca olvidaría a David, podía aprender a vivir con el dolor, que podía sonreír al recordarlo. Entre ellos había habido cosas buenas, y Tess no quería olvidarlas nunca. Y gracias a Joe, había aprendido que podía recordarlas con una sonrisa.

Pero Joe también había muerto. Y, a su manera, Jamie Slater tenía razón. A Joe no le habría gustado que ella dejara de vivir la vida.

Dejar de vivir...

¿Y quién creía el tal Slater que era? Ella siempre vivía, vivía con dureza, con valentía, con determinación.

Tal vez hiciera demasiado tiempo que no se divertía. Tenía veinticuatro años. A la mayoría de los hombres les parecería una vieja. Tess se acarició la mejilla con los dedos húmedos, sin darse cuenta, preguntándose si tenía aspecto de vieja, de solterona. También hacía mucho tiempo que no se preocupaba por su aspecto, pero sin saber por qué, durante aquellos últimos días había empezado a hacerlo... y sólo porque sabía que Slater preguntaba por ella, que se acercaba al carromato, y que la miraba.

En el calor del agua, y para su disgusto, Tess notó que su cuerpo reaccionaba al instante al pensar en él. No creía que hubiera sentido aquella calidez cuando estaba enamorada de David.

Pero ella no estaba enamorada de Slater. Él le desagradaba. Se creía en posesión de la verdad, y no creía ni una sola palabra de lo que le había dicho. Era justo el tipo de hombre contra el que ella quería luchar, un buitre yanqui que quería obtener todo lo que pudiera de Texas.

—¿Estás bien, Tess? —le preguntó Dolly.

Tess abrió los ojos y sonrió.

—Estoy muy bien, Dolly, de veras. Te agradezco mucho tu preocupación y tu ayuda.

—Oh, puede que tenga la misma picardía que Jon Pluma Roja. Eres una jovencita muy guapa...

—Dolly...

—¡Claro que sí! Y mañana por la noche ya no tendrás esa cara de angustia, y tendrás el pelo arreglado en una cascada de tirabuzones, y podrás hacerle la competencia a la señorita Eliza.

—Dolly, yo no quiero hacerle la competencia a la señorita Eliza. Tengo que trabajar. Tengo que volver a Wiltshire en cuanto sea posible. El rancho tiene un buen capataz, y el periódico tiene un buen editor, pero ahora tanto el rancho como el periódico son míos, y tengo que hacerlos funcionar.

Dolly no encontró demasiado interés en el hecho de que una mujer dirigiera un rancho y un periódico.

—Hay cosas que debe hacer una jovencita, y hay cosas que no. Lo que tú necesitas es casarte. Necesitas un buen marido.

Tess se apoyó en la bañera con cansancio.

—Necesito un pistolero, eso es lo que necesito.

Dolly se quedó callada un momento, y después dijo con entusiasmo:

—Bueno, pues entonces lo que necesitas se llama teniente Slater.

—¿Cómo?

Dolly se acercó a la bañera y se sentó en un taburete.

—Se dice que era un forajido. Él, y también sus hermanos. Hubo un gran enfrentamiento, y los tres se salvaron a tiros de una situación muy fea. Después se rindieron y aceptaron someterse a juicio, y fueron declarados inocentes. Pero los hermanos Slater son una leyenda. Son los más rápidos del mundo con un Colt.

Eso era cierto. Tess no podía olvidar cómo había matado Slater a la serpiente. Ella podía haber muerto, pero él la había salvado siendo tan rápido con el revólver.

De repente, Tess se estremeció. Tal vez él no fuera lo que necesitaba, sino lo que quería: un buen hombre con un revólver. Un hombre con la mirada dura y con el pecho musculoso, y con manos fuertes, y con unos ojos que invadían el alma y el cuerpo.

—Alguien tiene que acompañarte hasta Wiltshire —dijo Dolly—. Y Jamie tiene tiempo. Y no es tonto. Sé que es muy importante eso de si fueron los indios o los blancos los que os atacaron, pero Jamie averiguará la verdad.

—Él no se cree ni una sola palabra de lo que he dicho.

—¡Pero puede averiguar la verdad! Él conoce a los shoshone, a los comanches, los cheyenne, los kiowas e incluso a los apaches mucho mejor que cualquier otro blanco. ¡Habla todos sus idiomas! En un segundo puede explicarte qué tribus están relacionadas con otras, y conoce sus costumbres y su forma de vida. Algunas veces conoce a los indios incluso mejor que Jon Pluma Roja, porque Pluma roja es un pies negros sioux, y él cree que el mundo comienza y acaba con los sioux. Jamie averiguará la verdad sobre el ataque. ¡No permitirá que culpen a los comanches de una atrocidad que no han cometido!

Tess se quedó en silencio, y Dolly volvió a hablar, suavemente.

—Si no te lleva el teniente Slater, tal vez te acompañe el coronel en persona. Los pawnees mataron a su esposa, y él no ha perdonado a ningún indio desde entonces. O el sargento Givens, y él también odia a los indios. O el cabo Lorsby, que es un muchacho que acaba de empezar a afeitarse, y que tampoco te servirá de mucho. Oh, espera un minuto, tengo un buen champú que me han enviado desde Boston.

—No quiero gastar tu champú bueno...

—Vamos, vamos, ¿para qué me sirve a mí, con esta cabeza vieja que tengo? ¡Úsalo! Te olerá el pelo a capullos de rosa, tan dulce como los rayos del sol.

Tess aceptó el champú. Desapareció bajo el agua para mojarse el pelo y después se frotó y se aclaró la cabeza. Cuando salía del agua otra vez, Dolly seguía hablando.

—El cabo Lorsby es un buen chico, pero no está curtido. No ha estado nunca en una batalla. Viene del este, y estoy segura de que es un chico listo y bueno, pero no distingue a un kiowa de un chino. Tienes que pensarlo bien, ¿sabes?

Tess asintió. Tal vez necesitara al teniente Slater, después de todo. Sonrió y dijo:

—¿Puedes pasarme la toalla, por favor?

Dolly se la tendió, y Tess salió de la bañera, se envolvió en ella y se acercó al fuego para empezar a secarse el pelo.

—De acuerdo, Dolly. Háblame de la señorita Eliza. ¿Por qué se supone que es tan horrible?

—Pues... no estoy segura. Parece que se cree que es un regalo de Dios para todos los hombres de la compañía. Jamie es el único que nunca le ha seguido el juego, y creo que por eso precisamente ella está encaprichada con él. Parece que a Jamie le divierte, pero esa mujer tiene muy buena planta, y muy mal corazón. Ya lo verás. Ahora siéntate y descansa. Te traeré el té y el mejor estofado irlandés que hayas probado en tu vida. Después iré a encargarme de que te traigan el resto de las cosas. Tengo un camisón para ti. Está sobre la cama. Cuando estés acostada, yo me ocuparé de lo demás. Tienes que dormir.

Dolly le llevó el té y el estofado, que estaba delicioso. Después, Tess se puso el camisón y se acostó. Estaba más cansada de lo que había pensado. Cuando Dolly empezaba a marcharse de la habitación, Tess la llamó.

—Gracias, Dolly. Muchas, muchísimas gracias.

—No es nada, hija mía.

Tess se incorporó.

—¿Dolly?

—¿Sí?

—No te he apartado de tu familia, ¿verdad?

Ella sonrió.

—¿A mí? No, hija. Yo me paso la mayor parte del día recordando a Will, mi marido. Estaba en la caballería, y lo mataron hace unos años. Pero volvió a casa. Jamie Slater me lo trajo. Tuvo que atravesar una emboscada para traer a Will a casa. Así que ahora, lo que hago es ocuparme durante unas cuantas horas del almacén, e intento cuidar de los soldados que necesitan un poco de afecto maternal. Y ahora, de ti. Ha sido un placer, querida, así que ahora duérmete.

Después, Dolly se marchó. Tess bostezó en aquella deliciosa cama caliente y limpia, y se estiró, pensando en que iba a dormir. Si los recuerdos de Joe no la obsesionaban.

Por fin, el agotamiento la venció y se sumió en un sueño profundo. Durmió y soñó con unos ojos grises, con un hombre de espaldas anchas que la tomaba entre sus brazos.

Desnuda, como estaba en el riachuelo.

Jamie se sentía como si estuviera caminando hacia una trampa mientras iba hacia la casa donde estaba Tess Stuart. Se estaba acercando a una trampa porque no podía llamar mentirosa a Tess. Él conocía bien a los indios, y no podía permitir que comenzara una tremenda guerra porque todo el mundo estuviera culpando injustamente a los comanches. Tendría que averiguar lo que había sucedido. Se detuvo ante la puerta antes de llamar, porque tuvo que contener un impulso salvaje de tirarla abajo y tomar a la señorita Stuart en brazos. Por mucho que lo intentara no podía olvidar todo lo que sabía sobre ella. Por mucho que ella se adornara con terciopelo, volantes o encaje, él seguía viendo lo que había debajo.

Le había mentido. Ella estaba llena de vida, en cada palabra, en cada aliento. Su espíritu estaba siempre dispuesto a luchar. Iba a ir a Wiltshire a quedarse, por muy estúpido que pudiera ser. Estaba empeñada en enfrentarse a aquel Von Heusen, y lucharía contra él por muy desigual que fuera la guerra.

¿Y si aquel hombre era de verdad tan peligroso?

Jamie no quería creerlo. Quería ser escéptico. Sin embargo, en la pasión y en la determinación de Tess Stuart había verdad, honestidad. Y aquello lo seducía tanto como sus ojos azules, del color del mar. Cada vez que dormía soñaba que ambos estaban atrapados en una red de deseo.

Y si no tenía cuidado, llegaría el día en que iba a echar abajo una puerta e iba a tomarla en brazos. No le importarían los indios, ni los blancos, ni siquiera si la tierra continuaba girando. Lo único que le importaría sería su olor, el tacto de su piel sedosa bajo los dedos...

Tuvo que recordarse que iba a un baile, y que todos los soldados y los oficiales estarían presentes. Apretó los dientes y controló su deseo, y después de respirar profundamente varias veces, llamó a la puerta.

—Pase, teniente.

Él abrió la puerta y la vio. Estaba junto al fuego de la chimenea, vestida de azul, con el pelo apartado de la cara y cayéndole por los hombros y la espalda en tirabuzones de oro. Su traje era de terciopelo, y tenía un escote bajo que mostraba la exquisita piel de su cuello y la parte superior del pecho. Estaba más bella que nunca, con los ojos brillantes y una suave sonrisa a la que la tragedia no afectaba aquella noche.

—¿Está lista?

—Sí, por supuesto. Me dijo al atardecer, ¿no es así?

Él asintió.

—Entonces, ¿podemos irnos?

—Sí, por supuesto.

Su sonrisa, decidió Jamie, era atrevida. La señorita Stuart no era una ingenua, sino una mujer consciente de su poder. No era afectada. Su inteligencia era evidente, y su fuerza, y ambas se reflejaban con claridad en su mirada.

Y sin embargo... su belleza, su feminidad... eran arrebatadoras. Jon lo había visto mucho antes que Jamie.

—¿Dónde es el baile?

—En la cervecería —dijo él, mientras salían de la casa y comenzaban a caminar—. Parece que el descanso le ha sentado muy bien. Tiene un aspecto maravillosamente... saludable.

—Vaya, gracias, teniente. Con unos cumplidos tan deliciosos, sería fácil que cualquier mujer perdiera la cabeza.

—Qué mentirosilla. Usted no perdería la cabeza ni aunque la estuviera mirando toda la Nación Apache, ¿verdad, señorita Stuart?

—Lo ha hecho otra vez, teniente. Qué maravilloso cumplido.

—¿Necesita cumplidos?

—Tal vez.

Habían llegado a las puertas de la cervecería. Se oía la música, los acordes animados de una danza. Las notas del violín eran las más agudas. Por un momento, Jamie tuvo la sensación de que la sonrisa de Tess flaqueaba, y de repente, se sintió mal consigo mismo. Aquella muchacha acababa de pasar por una experiencia horrible, y había salido de ello con un espíritu loable.

—Tal vez no debería haber venido esta noche —le dijo con delicadeza.

Ella sonrió.

—Estoy bien, teniente, de veras. ¿Entramos?

Él asintió y la acompañó al interior. Había muchas parejas bailando. Soldados de uniforme, oficiales con charreteras y fajines de colores, y mujeres con sus mejores galas. La sala estaba viva con el azul y el oro de los uniformes, con los rojos y los verdes vivos y los suaves colores pastel, las sedas y los brocados preciosos, el satén y el terciopelo.

Pero no había ningún vestido comparado con el traje azul que llevaba Tess Stuart. Ninguna mujer estaba tan favorecida como ella. Jamie vio que Jon Pluma Roja se acercaba a ellos, y juró entre dientes. Normalmente, aquel mestizo del demonio estaba callado como un muerto, y de repente, aquellos días había sacado a relucir toda su elocuencia de Oxford.

—¡Señorita Stuart! Y Jamie. Ah, por fin habéis llegado. Por favor, señorita Stuart, no piense que soy un atrevido. ¡Jamie! Exijo el primer baile.

—Jon... —protestó Jamie.

—¡Jon! ¡Buenas noches!

La alegría de Tess fue tan evidente que a Jamie le entraron ganas de escupir. Si aquellos dos estaban tan contentos juntos, era Jon quien debería haberla acompañado al baile. A él le habría dado exactamente igual.

Y un cuerno.

Él era quien la había encontrado, quien la había tocado, y quien la había llevado sana y salva al fuerte. Sonrió con galantería y se inclinó como todo un caballero del Sur, cosa que recordaba bien de sus días de antes de la guerra.

—Jon... Señorita Stuart, por favor. Jon, devuélvemela de una pieza.

—Está intentando insinuar que yo corto cabelleras. No hago nada de eso, ¿sabe? —dijo Jon con gravedad.

Tess sonrió otra vez. Su sonrisa fue espléndida. Se iluminó por completo. ¡Sonrisas para Jon, y pullas para él! Y sin embargo, Jamie sabía que estaban irrevocablemente unidos.

—Buenas noches, James —le dijo el coronel.
—Buenas noches, señor.
—Veo que le han arrebatado a la señorita Stuart —prosiguió el coronel, y señaló con la cabeza hacia los que bailaban—. Es encantadora. Una gran aportación para nuestra velada, ¿no cree?
—Sí, señor.
—¡Ah! Pero creo que no estará solo mucho tiempo. Aquí viene Eliza.

Eliza, en efecto, se dirigía hacia ellos. Se había detenido a charlar con alguien junto a la mesa del ponche, pero en aquel momento se acercaba abanicándose para saludarlo. Jamie no la había visto desde que había vuelto con Tess.

Pero ella lo sabía. Sabía que había vuelto con una mujer, y que había ido al baile con esa mujer. Jamie lo leyó en sus ojos oscuros. Eliza sonreía, pero en la curva de sus labios había un gesto de desdén.

Era una mujer magnífica. Tenía el cuello largo, de cisne, y el pelo negro como el ébano. Y, aunque era alta y esbelta, cualquier hombre podría perderse durante horas en la voluptuosidad de sus pechos. Tenía el cutis de marfil, sin mácula, y los labios rojos, y el rostro precioso. Jamie sabía que ella se había propuesto martirizarlo durante una temporada. Normalmente, él disfrutaba de su compañía. La había visto romperle el corazón a una docena de hombres antes de intentar destruir el suyo, pero él siempre había conseguido mantenerse a distancia de ella. Y se había preocupado de no pronunciar jamás una palabra que pudiera ser interpretada como un compromiso.

No siempre había sido capaz de rechazar su insistente seducción, pero él no había sido su primer amante, y Jamie estaba seguro de que no sería el último.

Eliza estaba especialmente bella aquella noche. Llevaba el pelo recogido a un lado, y los rizos negros le caían por el hombro hasta el escote. El vestido era verde oscuro, y contrastaba de una forma atractiva con la oscuridad de su pelo y el color clarísimo de su tez.

—¡Jamie, querido! Vaya, veo que me has reservado el primer baile. ¡Te he echado de menos!

A la vista de toda la compañía, lo rodeó con los brazos, se puso de puntillas y lo besó en los labios.

Él esperó a que se le removiera algo por dentro, pero no ocurrió nada. Estuvo a punto de soltar un juramento. Era culpa de Tess. Se había obsesionado con ella, y cualquier otra caricia lo dejaría frío hasta que hubiera conseguido apagar aquel nuevo fuego...

—Eliza, me alegro mucho de verte —murmuró mientras se zafaba de su abrazo.

Ella hizo un mohín, pero él no se dio cuenta. Estaba mirando más allá, hacia el lugar en el que Tess bailaba con Jon. Sonreía, reía, giraba y danzaba en brazos de su mejor amigo. Formaban una pareja increíble, el mestizo alto y elegante y la exquisita rubia que parecía delicada, pero que tenía una voluntad de hierro.

—¡A bailar! —dijo, y tomó a Eliza de la mano para llevarla hasta la pista.

—¡Tenía miedo de que no me hubieras echado de menos! —le dijo ella.

—¿Cómo? Claro que te he echado de menos —respondió él.

—Anoche no viniste a verme.

—No pude. Tenía que redactar informes.

—Te esperé hasta muy tarde.

—Lo siento.

—Volveré a esperarte.

Era tentador. Jamie pensó que tal vez pudiera cerrar los ojos e imaginarse que tenía a Tess entre los brazos.

No. No sería justo.

—Eliza, he venido al baile con la señorita Stuart.

—¿La señorita Stuart? ¡Ah, sí! ¡He oído hablar de ella! Esa loca que piensa que los blancos son comanches —dijo con un estremecimiento—. De verdad, Jamie, entiendo que te sientas responsable, pero llévala a casa y después vuelve.

—No puedo, Eliza. Esta noche no.

Ella se puso furiosa durante un momento, como si fuera a protestar. Sin embargo, se quedó callada y se apretó contra él.

—Me alegro de que seas tan comprensiva, Eliza —le dijo él.

—Claro. Yo siempre soy comprensiva —dijo ella a su vez, dulcemente, con seriedad.

Y un cuerno, pensó Jamie. Pero sonrió. Jon ya no estaba bailando con Tess.

Había bailado con la mitad de los hombres del regimiento. En aquel momento estaba en brazos de un joven y guapo sargento. Tan joven que seguramente ni siquiera había empezado a afeitarse. Y el sargento estaba babeando. Parecía que se iba a tropezar con su propia lengua.

En aquel momento, Jon volvió a reclamarla. Jamie apretó los dientes, y decidió que no iba a mirar más a su cita de aquella noche.

No podía saber que ella lo estaba observando disimuladamente a él. Sentía cosas extrañas al verlo con aquella mujer morena que se reía y se ceñía a su cuerpo, y que le ponía los pechos bovinos bajo la nariz. Estaba impaciente por bailar con Jon, y cuando llegó el momento, le preguntó:

—¿Señor Pluma Roja?

—¿Sí?

—¿Quién es esa impresionante cantidad de glándulas mamarias?

Él se echó a reír, y después se inclinó para hablarle al oído.

—Ésa, señorita Stuart, es Eliza.

Alzó la cabeza de nuevo y sonrió con benevolencia hacia Jamie.

—Vigílela —le advirtió a Tess.

—Eso pienso hacer —respondió ella dulcemente.

Después movió el pelo y se rió, y el sonido de su voz fue como una melodía en el aire.

Y todos los hombres del baile se volvieron a mirarla.

Incluido Jamie Slater.

CAPÍTULO 4

Tess no se dio cuenta de cómo ni cuándo Jamie se separaba de la señorita Eliza, pero, en pocos minutos, él estaba dándole golpecitos a Jon en el hombro, pidiéndole un baile con ella.

Tess sonrió serenamente mientras comenzaban a moverse al ritmo de la música. El teniente debía de haber asistido a muchos bailes como aquél. Era tan buen bailarín como jinete, y también como tirador. De repente, Tess se sintió como si estuviera moviéndose en el aire, y todo lo restante, la sala y los demás presentes, se desvanecieron. Él tenía sus ojos clavados en los de ella.

—¿Disfrutando de sus conquistas, señorita Stuart?

Tess abrió unos ojos como platos.

—¿A qué se refiere?

—Me refiero a que todos los soldados jóvenes del baile estarían dispuestos a morir por usted.

—¿De veras? ¡Vaya, qué amable por parte de los chicos, y qué gentil! Pero dígame, teniente, ¿cómo me va con los demás?

Él movió la mandíbula ligeramente, pero su sonrisa todavía era de diversión.

—Los de barba gris, señorita Stuart, están dispuestos a cavar su propia tumba si es necesario, por su causa.

—¡Oh, vaya! Bueno, esperemos que no sea necesario. Pero tengo curiosidad, señor, ¿cómo me va con los hombres de entre noventa y diecinueve?

—¿Le agradaría saber que seguramente varios de ellos estarían dispuestos a cortarle el cuello a algún otro con tal de conseguir la recompensa de su sonrisa?

Ella no sabía si estaba bromeando. Ya no. Él la estaba mirando con intensidad, y ella bajó las pestañas y se estremeció ligeramente, mientras se preguntaba si podía jugar con él con tanta despreocupación. Entonces alzó los ojos y dijo con atrevimiento:

—¡Gracias a Dios que usted no participaría en esa lucha! Quiero decir que, como cualquiera puede ver lo enfrascado que está...

—¿Cómo? —preguntó él con el ceño fruncido.

—La exuberante morena, teniente. La señorita Eliza.

—Ah, Eliza.

Pronunció su nombre con desdén. Con demasiado desdén. Él conocía bien a Eliza, tal vez mejor de lo que hubiera querido en aquel momento.

—Sí, Eliza —respondió ella agradablemente—. ¿Están comprometidos, teniente?

—¡Dios Santo, no!

—Ah, ¿y ese horror que siente es por la posibilidad de estar comprometido, o por Eliza?

—Señorita Stuart, es usted muy impertinente.

—Señor, nadie le ha obligado a bailar conmigo.

Él la agarró con fuerza. Estaba sonriendo, pero su sonrisa despedía chispas, y ella se estremeció de nuevo. Tal vez estuviera arriesgándose demasiado, pero era algo delicioso. Seguramente se estaba exponiendo a irritarlo hasta extremos que desconocía. Tess se daba cuenta de que quería hacerlo, de que la tormenta que había estallado en su corazón y en su cuerpo se lo exigía.

—Señorita Stuart, yo soy su acompañante en este baile, ¿no se acuerda? —replicó él.

—¿Cómo? Ah, sí, supongo que se me había olvidado. Al ver que sus labios se pegaban a los de Eliza...

—¿Celosa, señorita Stuart?

—Vamos, ¿cómo iba a estar celosa? Acabo de conocerlo. Yo no tengo por qué disuadirlo de... er... amistades que haya podido usted frecuentar en el pasado.

Oyó el chirriar de dientes del teniente. Su expresión de mal humor se hizo patente.

—¿Siempre se lanza con tanta temeridad a la lucha, señorita Stuart?

—¿Qué quiere decir? ¿Qué lucha, teniente?

—Tiene la lengua muy afilada.

—Pero, teniente, si lo único que he hecho ha sido hablar con franqueza...

—Um... Yo diría que tiene una lengua con espinas. Tal vez debiera averiguar si tengo razón...

Rápidamente, con agilidad, él la llevó danzando hasta la puerta del local y la escondió entre las sombras del porche. La apoyó contra una de las columnas y la besó con los labios separados, abriendo también los de ella. Tess había estado deseando aquello, exactamente aquello... Había estado provocando al teniente, y ya lo había conseguido. Sin embargo, aquel beso no fue algo insignificante ni ligero que pudiera ocurrir en un salón de baile. Era algo tan abrasador e íntimo que Tess se quedó sin aliento. Comenzaron a temblarle las rodillas mientras él abarcaba todos sus labios y le arrebataba toda la fuerza y la capacidad de decidir. El calor de su boca la llenó y su lengua derribó todas las barreras para invadir y saquear.

Y ella no hizo nada por detenerlo, no se resistió, no protestó ante la escandalosa intimidad de aquella invasión. Él siguió besándola y acariciándole cada resquicio con la lengua, con un ritmo que se le metió en el pulso de la sangre. Era muy distinto de cualquier cosa que hubiera experimentado antes. Le provocaba temblor en los miembros y un torbellino en el vientre. Le abrasaba los pechos y le debilitaba las rodillas.

Y lo peor de todo era que no sentía remordimiento ni vergüenza. Cayó entre sus brazos y sintió que él la sujetaba con su fuerza, con los músculos de su pecho y sus muslos...

Entonces, él apartó la boca de la de ella. Tess respiró entrecortadamente y lo miró a los ojos. Había sido un juego. No se esperaba aquello, y de repente temió que sus ojos delataran el alcance de su inocencia, de las sensaciones arrolladoras que se habían apoderado de ella. Él tenía los ojos oscurecidos, y no parecía un hombre que fuera a echarse a reír de placer por la facilidad de aquella conquista, sino un hombre consumido por una furia o emoción cegadora. Sin embargo, él no dijo nada. Ella tuvo ganas de acariciarle los mechones de pelo rubio que le caían por la frente, pero no se atrevía a moverse ni a tocarlo de nuevo, porque le parecía que había algo explosivo en él.

—¡Allí está!

Aquel grito, en tono de acusación, hizo que los dos se sobresaltaran. Jamie dio un paso atrás con sorpresa, con el ceño fruncido, y miró a su alrededor.

Había una mujer regordeta que estaba saliendo al porche. Era de estatura muy baja, y tenía el pelo blanco y cubierto con una cofia. Llevaba un vestido anticuado, como de antes de la guerra.

No estaba sola. La gente salió y se arremolinó a su alrededor.

—Clara —dijo Jamie suavemente—. Clara, ¿qué demonios pasa?

Pareció que ella no lo oía. Señaló con un dedo a Tess.

—¡Tú! ¡Tú, mujerzuela! ¡Fresca! ¡Te atacan los indios y

vienes aquí llorando y diciendo que han sido los blancos! ¡Cómo te atreves! ¡Deberías haber muerto! ¡Que Dios te atraviese con una flecha por mentirosa! ¡Maldita basura!

—¡Clara! —gritó Jamie.

Tess se había quedado anonadada por la violencia de aquel ataque, y miró a la mujer en silencio.

—Clara, estás obcecada, pero le debes una disculpa a esta señorita.

—¡No! —gritó la mujer—. ¡Es un demonio!

Tess se daba cuenta de que el porche estaba lleno de gente. Los soldados que antes hubieran muerto por ella, en aquel momento se habrían quedado contentos si pudieran clavarla a la pared.

—¿Cuántos tenemos que perder a nuestros seres queridos a manos de esos salvajes? ¡Lydia, los pawnee se llevaron a tu hija! Charlie, perdiste un brazo por culpa de los comanches, y Jimmie, tu hijo Jim murió en un enfrentamiento con los apaches. ¡Son unos infieles, todos ellos! ¡Y esta mujer está mintiendo sobre lo que pasó en la caravana! ¡No quiere que los hombres persigan a los verdaderos culpables, prefiere que los blancos luchen entre sí! Quiere que nos enfrentemos entre nosotros para que los malditos salvajes puedan aplastarnos. ¡Es una...!

—¡No! —gritó Tess con furia—. ¡Usted no lo entiende, no estaba allí, y no se atreva a...!

—Habría que embrearla y emplumarla y echarla fuera del fuerte, desnuda. Así podría ir corriendo con sus amigos los indios.

Hubo un momento de silencio y de estupor. Tess se sintió como si estuvieran a punto de abalanzarse sobre ella.

—Sí, sí... —comenzó a decir Clara salvajemente, pero Slater la interrumpió.

—¡Ya está bien! —dijo con firmeza—. Clara, no sé lo que te ha pasado esta noche, pero no tienes ningún derecho a juzgar a esta chica. Le debes una disculpa, y lo digo en serio.

Entonces, él hizo una pausa, y Tess se dio cuenta de que estaba mirando hacia la multitud, hacia Eliza.

Ella tenía algo en los ojos que le dio a entender a Tess todo lo que había ocurrido, aunque intentara fingir inocencia.

Era Eliza la que había incitado a la gente. Jamie la había dejado en el baile, y la señorita Eliza se había dedicado a envenenar a los más vulnerables.

—¿Pero y si es cierto, teniente? ¿Y si la señorita Stuart está imaginándose las cosas? Entonces, los comanches u otra de las tribus estarían en pie de guerra, y nosotros tenemos que defendernos.

—Lo averiguaré —dijo Jamie—. Os prometo a todos que lo averiguaré.

Hubo una exclamación de sorpresa. Era Eliza quien la había pronunciado, y Tess se dio cuenta de que era porque su plan se había vuelto contra ella.

Tess no sabía si era triunfo lo que sentía. En realidad, Jamie se había visto forzado a hacer aquel movimiento para defender el honor de una dama.

—Voy a acompañar a la señorita Stuart a su casa, y haré averiguaciones. Y descubriré la verdad.

Jon Pluma Roja ya se había acercado a ellos con calma, pero en actitud defensiva. Se había colocado junto a Jamie, y si se hubiera producido alguna pelea, él habría podido reaccionar a tiempo. Aunque tal vez se había acercado para algo más. Se adelantó y le tomó las manos a Clara.

—Dale tiempo a Jamie —le dijo.

La mujer miró a Jon.

—¡Oh, Jon! No me refería a ti.

—Lo sé —dijo él con una sonrisa—. Yo sólo soy medio salvaje, medio pagano y medio bárbaro.

La mujer enrojeció.

—Jon...

—No pasa nada, Clara. Si los sioux se pusieran en guerra, a veces no sé dónde estaría —dijo él—. ¡Todos vosotros habéis visto alguna vez cómo se cometían injusticias contra los indios! Habéis visto a soldados y a oficiales asesinar a mujeres y niños. ¿Cómo es posible que dudéis de esta historia?

Hubo murmullos, y la multitud comenzó a disolverse. Clara comenzó a llorar suavemente.

—Yo la llevaré a casa —le dijo Jon a Jamie.

Jamie asintió. Tess y él observaron cómo se la llevaba.

—Muy bien, ¡ya tiene exactamente lo que quería! —le dijo él, entonces.

—¿Lo que yo quería? ¡No! ¡Yo no quería que me insultaran así, teniente, y tampoco quería ver sufrir a una anciana, ni que me amenazaran con embrearme y emplumarme!

—Quería luchar contra su Von Heusen.

—¡Sí, eso sí! Quería que alguien se enfrentara a él.

—Y ahora se ha convertido en mi batalla.

—¡Pues sí! ¿No es usted de la caballería? Me lo dijo unas cuantas veces el día en que me arrastró por el polvo.

—¡Yo no la arrastré por el polvo! ¡Fue usted la que se lanzó contra mí como un murciélago que saliera del infierno!

—Estaba muy asustada, y seguramente usted se merecía todo lo que hice.

—¿Ah, sí? ¿De veras? ¿Es que se ha aficionado a juzgarme, señorita Stuart?

—¿Y por qué demonios no? Usted está decidido a juzgarme a mí.

Se quedaron en silencio durante un instante, y en aquel momento, oyeron un carraspeo. Jamie se volvió de nuevo, y vio al sargento Monahan muy ruborizado.

—Discúlpeme, teniente.

—¿Qué sucede, Monahan?

—El... el coronel quiere verlo.

—Iré a su despacho en cuanto haya dejado a la señorita Stuart en casa.

—Eh... Disculpe, señor, pero el coronel ha ordenado que la escolte yo, y que usted vaya a verlo inmediatamente. Es por el asunto de su marcha a Wiltshire.

Jamie frunció el ceño. Iba a protestar, pero después suspiró. Le lanzó a Tess una mirada de advertencia, aunque ella no supo bien a qué podía referirse. Ella todavía estaba temblando, y tuvo que agarrarse a un pilar.

Jamie le hizo una pequeña reverencia.

—Buenas noches, señorita Stuart. Nos marcharemos lo antes posible.

Después se alejó, dando zancadas largas. Tess miró a Monahan. Monahan también estaba observando a Jamie.

—Va a ser una discusión difícil —murmuró.

—¿Por qué? —preguntó Tess.

—¿Cómo? Ah... —Monahan se ruborizó, como si no se hubiera dado cuenta de que ella estaba allí—. Vaya, por nada, señorita.

—¡Monahan!

—Bueno, tal vez el coronel le pida que no se marche...

—¿Y por qué dice que tal vez? El coronel es de rango superior al teniente, así que puede ordenárselo. ¿O es que hay algo que yo no sé?

—No, no, pero el teniente tiene que renovar su alistamiento. Técnicamente podría haberse marchado de la caballería hace un mes. Aquí, los papeleos van muy lentos, a veces.

—¿Y por qué iba a querer el coronel impedirle al teniente que se marchara?

—Bueno, seguramente el coronel no querría. No por él, claro.

—Monahan, ¡me está desesperando! ¿De qué está hablando?

Monahan estaba muy ruborizado, y comenzó a tartamudear.

—La señorita Eliza es la que quizá oponga resistencia.

—¿Y?

—Eliza Worthingham.

—¡Monahan!

—Bueno, señorita Stuart, Eliza es hija del coronel Worthingham.

—¡Oh! —exclamó Tess.

—No quería que se disgustara, señorita. No se preocupe. El teniente no es tonto, y él no va a permitir que nadie dirija su vida, aunque la señorita Eliza sea tan guapa. Además, usted es tan guapa como ella, ¡o más guapa, incluso! Pero, de todos modos, él no va a dejar que ella lo controle, ni ninguna otra. Oh, vaya, parece que no lo estoy haciendo muy bien. Vamos, señorita Stuart, deje que la acompañe a casa para que pueda descansar.

—Está bien, Monahan. Creo que ya tengo ganas de retirarme.

El sargento la acompañó a través de la cervecería donde se había celebrado el baile, que ya había quedado vacía, y después, por el fuerte, mientras ella pensaba en lo desastrosamente que había terminado la velada. Entonces, se llevó los dedos a los labios y se dio cuenta de que no podía olvidar el beso de Jamie. No podría olvidarlo aunque no volviera a verlo jamás.

Claramente, él no se dejaría dominar por una mujer; eso era lo que había dicho Monahan. Sin embargo, si la acompañaba a ella, tal vez pensara que se había visto obligado a hacerlo... Que se había visto obligado a decir que iba a hacerlo para calmar a Clara.

Aunque si se quedaba...

Tal vez fuera peor para él, porque si se quedaba después de haber dicho que iba a ir, sería porque Eliza se lo había ordenado.

Estaba entre la espada y la pared, entre ellas dos, pensó Tess. ¿Y cuál de las dos iba a ganar?

Cuando llegaron a la casa de Casey, Monahan le abrió la puerta, encendió el farol y miró a su alrededor.

—Parece que todo está en orden.

—¡Sargento, esto es un fuerte de la caballería! ¿Por qué iba a tener miedo aquí?

—Ninguna precaución está de más, señorita Stuart —respondió el sargento Monahan—. Aquí lo aprendemos muy pronto, señorita.

—Sí, es lógico —dijo ella suavemente—. Bien, muchas gracias, sargento. Ahora me siento muy segura.

Entonces, el sargento le dio las buenas noches y se marchó. Tess se sentó a los pies de la cama y se descalzó. Después se quitó el vestido y se puso el camisón, y se metió bajo las sábanas. Pese al cansancio, no podía cerrar los ojos. No podía conciliar el sueño pensando en que tal vez hubiera perdido la batalla contra Eliza...

Pasó una noche terrible. Sentía el beso de Jamie en los labios, y por mucho que quisiera evitarlo, no podía dejar de pensar que aquel beso descendía por su cuello, que acariciaba la palma de su mano, y otros lugares...

Se durmió muy tarde. Pese a los ruidos de la compañía que salía de exploración aquella madrugada, cuando por fin Tess consiguió dormir, lo hizo profundamente.

Era casi mediodía cuando creyó que alguien llamaba a la puerta. Ignoró los golpes. Después se incorporó de repente, porque alguien abrió la puerta sin miramientos y entró.

La manta cayó a un lado. Ella tenía el pelo revuelto por los hombros, y el camisón descolocado y caído por un hombro, cubriéndole precariamente un pecho. Se quedó atontada, desorientada, y jadeó de horror al ver a Jamie Slater vestido de uniforme, con el sombrero bien calado sobre los ojos, las piernas separadas y las manos enguantadas en las caderas, mirándola fijamente.

—Usted —murmuró ella.

Él se quitó el sombrero con la pluma y le hizo una exagerada reverencia.

—Sí, le pido disculpas, señorita Stuart. Quería informarla de que partiremos mañana al amanecer. Por supuesto, me doy cuenta de que levantarse tan temprano será un gran esfuerzo para usted, ya que sigue en la cama al mediodía, pero tengo intención de salir puntualmente. ¿Entendido?

—¡Mañana! Pero... ¿me va a llevar usted?

Él entornó los ojos.

—Dije que lo haría. ¿Por qué no iba a hacerlo?

—Eh... No, por nada en especial —dijo ella, y bajó las pestañas para ocultar su mirada—. Sólo me preocupaba que no lo hubiera dicho en serio.

Él se quedó en silencio durante unos instantes.

—Señorita Stuart —dijo en voz baja—, yo siempre hablo en serio.

—Me preocupaba que no quisiera ir de verdad...

—¡Oh, por el amor de Dios! Voy a ir. Vamos a ir. Mañana. Es decir, si usted se levanta a tiempo.

Ella sonrió y olvidó el antagonismo que había entre los dos, y olvidó todo lo demás, también. Se levantó de un salto y corrió hacia él. Jamie extendió los brazos y la sujetó con fuerza.

—¡Gracias! —dijo Tess con euforia.

Entonces se dio cuenta de lo que había hecho, y de cómo estaba. Y de que no había muchas barreras entre ellos. Sentía la presión de sus pechos contra la dureza del cuerpo del teniente, y sabía que el fino camisón de algodón que llevaba no escondía nada.

Retrocedió mientras tragaba saliva.

—Gracias —repitió—. De veras se lo agradezco mucho. Supongo que usted no podrá entenderlo, pero yo sí —dijo.

Intentó colocarse el hombro del camisón. Se dio cuenta de que, además, la luz de la mañana la iluminaba y marcaba cada una de las curvas de su cuerpo, que todas sus formas eran evidentes para él. Y estaba notando una calidez inquietante, y sabía con seguridad que se le estaban hinchando los pechos, y que su respiración se había acelerado, y que él podía ver los latidos de su corazón.

—Sinceramente, muchas gracias —dijo una vez más.

Él sonrió, y ella se metió rápidamente bajo las sábanas de la cama.

—Señorita Stuart.

—¿Sí?

—Hágame un favor en cuanto nos pongamos en marcha, ¿quiere?

—Sí. ¿Qué favor?

—Que no vuelva a parlotear de esa manera, sin parar, ¿eh?

—¡Yo nunca parloteo! —respondió ella con indignación.

—¿Nunca? —preguntó el teniente con una ceja arqueada.

Tess se ruborizó.

—Casi nunca. Teniente, ¿no se da cuenta de que está siendo muy maleducado? Me ha despertado, y ahora ni siquiera tiene la decencia de marcharse para que yo pueda vestirme con tranquilidad.

Sus ojos cayeron sobre ella. Se recrearon en ella. Seguía sonriendo.

—Entonces, discúlpeme, señorita Stuart. Pero tenga esto en cuenta: durante los próximos días voy a despertarla a menudo.

Inclinó el sombrero hacia ella y salió de la habitación. Tess se envolvió bien entre las mantas. Después sonrió y se hundió en la cama.

Fue un día muy ajetreado para Jamie. Jon Pluma Roja iba a acompañarlos, pero aparte de él, viajaría solo. Como no sabía lo que iba a encontrarse, pasó bastante tiempo decidiendo lo que deberían llevar las mulas de carga, y lo que iba a poner en la carreta de la señorita Stuart.

La conversación con el coronel Worthingham no había sido difícil. Eliza era la causa de todo el problema; Jamie ya lo sabía. Tal vez Worthingham estuviera ciego en cuanto a su hija, pero era un buen oficial. Aunque ella había tenido buen cuidado de verlo, y estaba con su padre cuando él había acudido a la cita. Eliza le había hablado del peligro, de que Jamie era muy necesario en el fuerte, y había sido tan dulce que nadie hubiera pensado que tenía un solo pensamiento malintencionado.

Worthingham le había sugerido que dejara el trabajo para otro hombre. Jamie le había recordado amablemente que él ya no formaba parte de la caballería de manera oficial. De ese modo había conseguido tres meses libres.

Y Jon era independiente. Siempre lo había sido. Jamie se alegraba de que lo acompañara, aunque le molestara con respecto a Tess. Como si la muchacha necesitara un defensor. Ella sabía librar muy bien sus batallas.

Pero Jamie no quería luchar. Al recordarla tal y como la había visto aquella mañana, en camisón, bañada por la luz de la mañana y completamente seductora entre sus brazos, se dijo que era un idiota. Debería alejarse de ella tanto como le fuera posible, y sin embargo, se había comprometido a llevarla a Wiltshire.

Había tantas cosas que él quería de ella como recompensa... Y ella estaba lo suficientemente desesperada como para dárselas. Sin embargo, aquél no era el modo en que quería conseguirla. O sí; la deseaba tanto que quería conseguirla de cualquier modo, y no estaba seguro de que la ética tuviera nada que ver.

Debía dejar de pensar en ella. Apretó los dientes y se puso a trabajar.

Tardó casi todo el día en preparar el viaje y reunir las armas y la munición que quería llevar. Ya había oscurecido cuando llegó a su habitación. Ansiaba tomar una buena cena y un baño caliente antes de ponerse en camino.

Su ayudante le habría preparado la bañera. Cuando abrió la puerta de su despacho, vio un farol encendido y el baño humeante en un rincón, y suspiró de alivio. Lanzó el sombrero a una silla, se quitó la guerrera y el cinturón y dejó las armas en el escritorio. Se sacó las botas y, mientras se desabotonaba la camisa, entró en el dormitorio. Estaba ansioso por darse un baño.

Sin embargo, se detuvo en seco al ver a Eliza. Ella había usado la bañera, y estaba sobre la cama con el pelo húmedo. No estaba exactamente desnuda, pero su aspecto era más provocativo que si lo estuviera. Sólo llevaba un corsé de encaje casi transparente, y unos pantalones de seda muy fina, y nada más.

—He venido a despedirme —le dijo con la voz ronca.

—Eliza, eres una boba —respondió él con irritación—. ¿Qué demonios estás haciendo en mi habitación?

—¿Es que no te alegras de verme?

—Francamente, no.

Ella se enroscó sobre la cama, observándolo como un gato.

—No voy a permitir que te vayas con esa mujerzuela rubia.

—Eliza, mírate y piensa bien en lo que estás diciendo.

—¡Estoy enamorada de ti! —exclamó ella. Se puso en pie y se acercó a él bamboleándose, con los labios húmedos y separados—. Estoy enamorada de ti, Jamie. ¿Por qué crees que me he acostado contigo? ¿Crees que está bien tener citas nocturnas, pero tienes miedo de que esté aquí por mi padre?

Comenzó a rodearle el cuello con los brazos, pero él le sujetó las manos.

—Eliza, no le tengo miedo a tu padre. Tú deberías tenerle miedo. Te enviaría al Este otra vez, en dos segundos, si supiera algo de lo que haces.

—¡Te obligaría a casarte conmigo!

—Nadie puede obligarme a que me case con nadie.

—¡Me lo debes! –gimió ella–. Jamie, me he acostado contigo...

—Um. Y con la mitad de las Compañías C, D y E –dijo él.

Ella consiguió liberar una de sus manos e intentó darle una bofetada, pero él la agarró de nuevo, y por un instante estuvieron muy cerca el uno del otro. Entonces, Jamie la vio sonreír. Fue una sonrisa de descaro, de placer. Estaba mirando por encima del hombro de Jamie.

Tess estaba en la puerta. Casta y pura, con sus tirabuzones rubios recogidos en un moño y con una blusa blanca que se abotonaba hasta el cuello y una falda larga de color azul marino.

Estaba inmóvil.

—Un oficial me dijo que quería verme, teniente. Yo no habría entrado con tanto atrevimiento, pero él me abrió la puerta, así que aquí estoy, para mi consternación. Buenas noches, señorita Worthingham. Teniente, ¿había mandado llamarme?

—¡Claro que no!

—Entonces, le pido disculpas. Perdón.

Tess se dio la vuelta.

—¡Espere un minuto! –bramó Jamie.

Tess lo ignoró.

Eliza se estaba riendo. Él la zarandeó.

—¡Esto lo has preparado tú!

—Sí. Ya nunca conseguirás meterte bajo sus faldas, Jamie –respondió ella con felicidad.

Jamie no respondió. La empujó a un lado y salió. No se

preocupó del hecho de estar descalzo y sin camisa. Lo único que le importaba era alcanzar a Tess.

—¡Tess!

Ella siguió caminando sin prestarle atención. Entonces, él la agarró del hombro e hizo que se diera la vuelta.

—¿Qué?

—¡Te he llamado! ¿Por qué no te parabas?

Ella lo miró, lamentando el hecho de no poder sentirse tan calmada y serena como fingía.

—Demonios, Tess, ¿no vas a escucharme?

—No sé de qué va a servir, pero adelante.

—Todo ha sido una trampa.

Ella no respondió, y él la agarró por los hombros y la atrajo hacia sí.

—¡Te estoy diciendo que ha sido una trampa!

Ella siguió sin responder, y él la miró a los ojos y soltó un juramento.

—¿Y por qué demonios te lo explico? Piensa lo que quieras. Vete al demonio.

Y la dejó allí plantada, en mitad de la calle. Se dio la vuelta y comenzó a alejarse a zancadas furiosas.

—¡Jamie! —exclamó ella. Cuando él se detuvo y la miró, Tess continuó—: Sé muy bien que era una trampa. Siento mucho que la señorita Worthingham se haya visto empujada a hacer algo así. Tal vez deberías darle más ternura.

Él volvió a jurar y se alejó.

Tess sonrió y se encaminó hacia su habitación. Sin embargo, su sonrisa se esfumó a los pocos segundos. Era una trampa, sí, pero ella había vuelto a enviarlo a los brazos del enemigo.

Aquella noche, cuando se acostó, se quedó despierta, presa de la angustia, preguntándose que iba a ocurrir después. Ella misma le había aconsejado que le diera más ternura a Eliza.

¿Y lo habría hecho él? ¿Se habría acostado con aquella seductora morena entre los brazos, contra el corazón?

Aquella noche no pudo dejar de dar vueltas por la cama, y al final estuvo a punto de dormir más de la cuenta. De no haber sido por la llegada puntual de Dolly Simmons, lo habría hecho.

—¡Arriba, arriba, querida Tess! ¡El teniente quiere salir rápidamente!

Dolly le había llevado café. Le puso la taza entre las manos y después, parloteando, comenzó a recoger las cosas de la habitación.

Mientras, Tess se tomó el café de dos tragos y se lavó antes de ponerse el vestido de viaje de color marrón. Entonces se dio cuenta de que Dolly también llevaba un vestido de viaje, aunque de color malva, y un sombrero de ala ancha.

—¿Dolly?

—Voy a ir contigo, querida.

—¿De veras?

—Sí. No te importa, ¿verdad?

—No, claro que no. Es sólo que... Dolly, nadie me cree, pero puede ser peligroso para ti.

—Tess, yo he corrido peligros durante toda mi vida. He vivido en sitios que le pondrían la carne de gallina a cualquiera. He luchado contra los apaches, los comanches, los shoshone, los cheyenes y los sioux. Creo que puedo defenderme en cualquier sitio. Además, aquí no me queda nada. Me gustaría ir contigo. Soy muy buena cocinera, y sé organizar una casa en cuestión de horas.

Tess sonrió.

—Dolly, eres bienvenida —le aseguró.

Después, terminó de vestirse y metió sus últimas pertenencias en un baúl. Dolly y ella echaron un último vistazo por la habitación y salieron juntas.

Tess casi no reconoció a Jamie cuando llegaron a la carreta. En vez de uniforme, llevaba una camisa y unos pantalones de tela vaquera, y unas botas altas. Mientras ajustaba la cincha de su enorme caballo, la miró de reojo.

—Ya era hora.

—Acaba de amanecer.

Él no respondió. Saludó a Dolly; debía de saber que la mujer iba a acompañarlos, puesto que no dijo nada respecto a su atuendo.

—Sube. Quiero salir ya. Jon y yo haremos turnos contigo para llevar la carreta. No hay ningún motivo para que vuelvas a destrozarte las manos. Y por el amor de Dios, no te quites los guantes.

—Yo puedo arreglármelas...

Él la agarró del brazo cuando Tess estaba a punto de subir al pescante.

—No vuelvas a decírmelo. Ya sé que puedes arreglártelas. Es sólo que te las arreglarás mejor si me haces caso, ¿entendido?

Ella le hizo un saludo marcial mientras apretaba los dientes.

—Entendido, teniente.

Después subió al pescante y Dolly se sentó a su lado. Las mulas estaban preparadas, Jon había montado y había dos caballos de repuesto atados a la parte trasera de la carreta. Todo estaba listo para su partida.

El coronel Worthingham apareció cuando estaban a punto de salir.

—Adiós, señorita Stuart, y buena suerte.

—Gracias, señor.

—Teniente, Pluma Roja, tengan cuidado. Recuerden que estamos aquí si nos necesitan.

—¡Gracias, señor! —dijo Jamie.

Aunque no iba de uniforme, saludó al modo militar. El coronel dio unos pasos atrás.

—¡Jamie! ¡Jamie, ten cuidado!

Eliza se acercó corriendo dramáticamente desde el puesto de mando. Se agarró a las manos de Jamie, que estaban sujetando las riendas.

—Eliza, gracias. Todo irá perfectamente —le dijo él con aspereza.

—Eliza, ven aquí, querida. El teniente Slater ha salido muchas veces. Ya sabes que siempre vuelve.

El coronel puso las manos sobre los hombros de su hija, y la llevó hacia atrás. Eliza ni siquiera miró a Tess, pero Tess notó toda la hostilidad que desprendía.

Se preguntó de nuevo qué habría ocurrido después de que Jamie se marchara, la noche anterior, y se enfureció al darse cuenta de que le importaba mucho, de que le hacía daño.

Tal vez lo mejor fuera que él se quedara, que se echara atrás. Eliza estaba deslumbrante aquella mañana. Llevaba un vestido amarillo claro que contrastaba con el ébano de su pelo, y tenía los ojos muy abiertos, enormes, llenos de angustia. Tess contuvo el aliento. Entonces se dio cuenta de que Jamie había tirado de las riendas, de que le estaba gritando y diciéndole que se pusiera en marcha.

Ella les gritó a las mulas. La carreta comenzó a avanzar.

No miró atrás. Siguió a Jamie y a Jon Pluma Roja hasta las puertas del fuerte, y suspiró de alivio al oír que se cerraban tras ellos. Se habían puesto en camino de verdad. Jamie Slater iba con ella. Eliza no había podido convencerlo de que se quedara.

Y en cuanto a la noche anterior...

Tess no sabía. No sabía qué pensar. Necesitaba un buen pistolero.

No importaba que también deseara a aquel hombre...

Si los rumores estaban en lo cierto, era uno de los hombres más rápidos con el revólver que había en todo el Oeste.

Tal vez estuviera empezando a sonreírle la suerte, sólo un poco.

Y tal vez, sólo tal vez, estaba exponiéndose a que le partieran el corazón.

No podía pensar, y no podía lamentarlo. Él estaba con ella, e iban de camino a Wiltshire. Por el momento debía conformarse con eso.

CAPÍTULO 5

Jamie Slater no debía de tener término medio. Cuando se ponía en camino, caminaba.

Avanzaron sin descanso durante toda la mañana. O Jamie o Jon iban de avanzadilla por la carretera, mientras el otro montaba junto a la carreta. A media mañana Jon se hizo con las riendas, y mientras él conducía, Dolly fue contándoles historias de antes de que naciera Tess.

—Will y yo llegamos aquí antes de que Texas fuera un estado. ¡Antes de que naciera la República de Texas! Y mucho, mucho antes de El Álamo. Recuerdo a algunos de aquellos chicos. Fue un privilegio conocerlos. Eran hombres de la montaña, hombres buenos. Ellos hicieron Texas. Will se libró de morir en El Álamo por poco. Lo habían enviado a negociar con los cheyenes. Cuando volvió, los chicos habían muerto. Dicen que a David Crockett lo mataron allí, pero eso no es verdad. Los mexicanos lo hicieron prisionero y lo torturaron hasta la muerte, eso fue lo que dijeron los chicos. Era un tipo muy bravo, muy fiero. No consiguieron que se derrumbara. No se puede romper a un hombre de las montañas. Puedes matarlo, pero no romperlo. Como a un pies negros, ¿verdad?

—A un pies negros, o a una inglesa, ¿no, Dolly? —dijo Jon con una sonrisa.

Dolly se echó a reír alegremente y asintió.

Tess se quedó mirando, sin darse cuenta, la magnífica cara de Jon. No podía negarse que el hombre tenía sangre india, sangre orgullosa. Tenía unos pómulos anchos y amplios, y la tez morena. Y el pelo también era indio, negro como la tinta, liso, brillante. Pero tenía los ojos de un verde increíble.

Él la sorprendió mirándolo, y ella se ruborizó.

—Disculpe, señor Pluma Roja. No quería molestarlo.

—No se preocupe. Puede hacerse preguntas sobre mí. Se lo contaré porque me cae bien. Mi padre era un jefe pies negros. Mi madre era hija de un barón inglés.

—¿Un barón?

—Sí. Sir Roger Bennington. Es un tipo muy decente —dijo Jon con una sonrisa.

—Y eso, ¿en qué te convierte a ti?

Jon se rió suavemente.

—Soy un mestizo pies negros. Sir Roger no casó a su hija con un indio. A ella la secuestraron, pero se dio cuenta de que se había enamorado de mi padre, y se quedó con los indios hasta que mataron a mi padre. Después volvió a Inglaterra. Murió allí.

—Lo siento.

—No lo sienta. Los dos fueron felices durante su vida.

—¿Fue usted a Inglaterra con ella? ¿Su acento es de allí?

—¿Mi acento?

—Bueno, no tiene acento de Texas, ni tampoco indio.

—No soy de Texas, salvo por las circunstancias de este momento. Nací en Black Hills. Y mi padre todavía estaba vivo cuando yo fui a Inglaterra. Mi madre lo convenció de que un mestizo iba a necesitar todas las ventajas posibles. Mi madre sabía que la forma de vida de los indios iba a terminar, y que estaban masacrando a los búfalos. Sabía que los blancos los empujarían hacia el Oeste sin cesar, hasta el mar, y que seguramente después los encerrarían en reservas situadas en medio del desierto. En prisiones.

Jon Pluma Roja decía palabras duras, pero las decía con suavidad.

—No parece que sienta mucha amargura —dijo Tess.

—¿Amargura? No, no la siento. La amargura es una emoción inútil. Ahora cabalgo junto a Jamie porque lo he elegido. En algún momento de este año volveré con la gente de mi padre. Y después, si me apetece, iré a visitar a mi abuelo a Londres. Me gusta ir al teatro y a la ópera, y mi abuelo es un gran tipo. Creo que le agrada mucho ver cómo la gente mira a su nieto indio. En realidad, me queda muy bien el traje de etiqueta.

Sonrió con nostalgia, pero después miró a Tess y se puso serio.

—También amo el Oeste. Me encantan los caballos, y quiero a mi tribu, y amo esta tierra dura y hostil. Y me he quedado con Jamie porque él conoce a la gente. Se ha pasado casi toda su vida luchando, pero de todos modos conoce a la gente. Hace la guerra con los hombres, pero nunca ataca a los niños.

Jon miró a Tess con curiosidad, estudiándola.

—Jamie la cree. Ha ido a los poblados indios, y sabe lo que son capaces de hacer algunos blancos. En la caballería hay muchos hombres que piensan que un bebé indio es un indio, y que crecerá, y que después se dedicará a atacar a los blancos. Había un teniente que siempre ordenaba a sus soldados dispararles a las mujeres y, después, aplastarles la cabeza a los bebés para ahorrar balas.

—Dios, qué espantoso.

—Jamie sabe que ocurren cosas así. Ha visto mucho durante la guerra.

—Durante la guerra no ocurrían cosas así...

—Jamie viene de la frontera entre Missouri y Kansas. Allí sí había cosas así.

—Sí, pero la guerra ya ha terminado —intervino Dolly—.

Tenemos que dejar atrás todo eso. ¡Han pasado cinco años! Y ahora, el presidente es el señor Grant...

—Al señor Grant le vendría bien un poco de ayuda aquí, en el Oeste —dijo Jon irónicamente. Después volvió a sonreír a Tess—. ¿Ha estado alguna vez en Londres?

Ella negó con la cabeza.

—No. Nunca he salido de Texas.

—Eso es una pena. Una señorita como usted debería conocer mundo —dijo. Jamie se estaba acercando a ellos, y Jon añadió—: Señorita Stuart, puede viajar conmigo siempre que quiera. De hecho, lo consideraría un honor.

Jamie frunció el ceño. Tess bajó las pestañas. Sabía que Jon había dicho aquello sólo para que lo oyera Jamie.

El gran caballo de Jamie estaba haciendo cabriolas.

—Parece que tenemos el camino despejado durante un buen rato. Jon, ¿no quieres cabalgar un poco? Yo llevaré la carreta.

—Claro —dijo Jon. Detuvo el carro y saltó al suelo mientras Jamie desmontaba.

Tess miró a Jamie y le dijo:

—Le agradezco mucho su preocupación, pero yo apenas he llevado las riendas en todo el rato...

—Señorita Slater, yo conduciré un rato la carreta. Después de todo, no podemos permitir que se le estropeen las manos a una periodista.

Dolly le dio una palmada en la rodilla a Tess.

—¡Deja que conduzca! —exclamó, y después añadió con un bostezo—: Yo voy a irme detrás un ratito.

Sonrió como un gato satisfecho y se marchó a la parte trasera del carromato.

Mientras Jamie subía al pescante, Jon había desatado a su pinto y había montado.

—Yo me adelantaré —dijo.

Jamie asintió. Así, Tess se quedó a solas con él, a su lado, sintiendo agudamente el calor que desprendía su muslo pese al sol de justicia de aquel día.

Avanzaron en silencio durante un buen rato. Finalmente, Jamie dijo:

—Esta mañana ha sido puntual. ¿Ha dormido bien?

—Sí, muy bien —dijo ella amablemente. Después se giró a mirarlo con una expresión inocente—. ¿Y usted, teniente? ¿Ha conseguido dormir algo?

Él la observó atentamente y después sonrió.

—Sí, he dormido.

No dio ninguna explicación más, y Tess se enfadó. Quería obtener alguna respuesta en cuanto a aquella cuestión, y él estaba decidido a callársela.

—Parece que está pasándolo muy bien esta mañana —comentó Jamie.

—¿De veras?

—Conozco a Jon Pluma Roja desde hace mucho tiempo. Nunca lo había visto hablar tanto.

—Es encantador.

Jamie refunfuñó.

—¿Y yo no lo soy?

—No. Usted es insolente, maleducado y una verdadera pesadez, teniente.

—Ah, ¿de veras? Entonces, ¿por qué está tan interesada en disfrutar de mi compañía?

Ella respiró profundamente.

—Porque sabe disparar.

—Vaya, ¡gracias, señorita Stuart! Muchísimas gracias. Y se ha arrojado a mis brazos esta misma mañana, medio desnuda, porque sé disparar.

—Pues sí. ¡No! Yo no estaba medio desnuda...

—Pues a mí me lo pareció.

—Teniente, es usted un vil gusano, un maldito bicho...

—Ah, pero un maldito bicho que sabe disparar, ¿no?

—Exacto, teniente —dijo ella.

Jamie asintió y miró hacia delante.

—Está muy convencida de quedarse en Wiltshire, señorita Stuart. ¿No sería posible que fundara un periódico en otra parte?

—Pues sí, podría hacerlo. Pero no tendría el ganado y las tierras que Joe... —hizo una pausa y añadió—. Bueno, ahora todo eso es mío.

—¿Y merece la pena perder la vida por esas tierras?

—No lo entiende. No es la tierra. Alguien tiene que hacerle frente a ese hombre.

—Y usted desea hacerlo.

—Sí. Mató a Joe. Y yo voy a conseguir que lo detengan.

—Con la ayuda de un vil gusano que sabe disparar.

—Con la ayuda que pueda conseguir. Y usted me cree con respecto a lo del ataque. Lo sé.

Él se encogió de hombros.

—Tal vez. Todavía tengo mis dudas. Pero voy a acompañarla a Wiltshire.

—¿Y eso es todo?

—¿Qué quiere de mí? Vamos, señorita Stuart, suéltelo. Tal vez tengamos que aclarar ciertas cosas.

—Pero... pero... ¡Usted dijo que iba a averiguar la verdad! Le dijo a Clara...

—Le dije a Clara que iba a averiguar la verdad. No le dije que me iba a meter en una guerra en su nombre.

—¡Desgraciado!

—¡Cálmese, señorita Stuart! ¡Ese lenguaje no es propio de una señorita del Sur! Ya le he dicho que exprese lo que quiere, y seguiremos hablando desde ahí.

—¿Que diga lo que quiero? Bien... ¡Yo quiero que se quede! Así, cuando él envíe a sus hombres, yo también tendré los míos.

—Jon Pluma Roja y yo contra una horda de hombres

bien armados. Um. Entonces, ¿debo dejar que me llenen de plomo a cambio de que usted me llame vil gusano?

Ella respiró profundamente.

—Si lo prefiere, puede darse la vuelta con la cola entre las piernas, como un perro callejero, en cuanto lleguemos a Wiltshire.

—¿Un perro callejero? Creía que era un gusano y un bicho.

—No encuentro palabras para describir lo que es usted, teniente.

—Es una pena. Sin embargo, creo que podríamos llegar a un acuerdo, señorita Stuart.

—¿A un acuerdo?

—Sí. Si voy a morir, me gustaría que fuera por algo más que por una sonrisa.

Ella se quedó mirándolo con asombro.

—¿Acaso también tenía que negociar con la señorita Eliza, teniente?

—¿Sigue pensando en ella?

—¿Y usted?

Él echó la cabeza hacia atrás y soltó una carcajada.

—Esta situación no tiene ninguna gracia, teniente.

—Oh, claro que sí la tiene, señorita Stuart. Es muy gracioso. Creo que se habrá dado cuenta de que yo no necesitaba negociar nada con la señorita Worthingham. Además, todavía no he dicho nada de cuál sería nuestro acuerdo, pero ya he visto las ideas que se le han ocurrido a usted, en sus hermosos ojos azules, llenos de inocencia. «¡Quiere manchar mi honor!», ha pensado. «¡A cambio sólo de sus Colts! ¿Y qué puedo hacer? ¿Debo entregar mi honor y mi orgullo a este gusano sólo por mi causa?».

—Alguien debería pegarle un tiro —le advirtió Tess.

—Bueno, es usted misma la que está intentando convertirme en una diana. Pero, ¡ah! Tal vez pudiera morir con un beso de la señorita Stuart en los labios...

Ella intentó darle una bofetada, pero él fue más rápido y la agarró de la mano. Después le pasó un brazo por los hombros y la estrechó contra su costado para inmovilizarla. Ella se retorció.

—¡Tranquila, señorita Stuart! —dijo él entre risas.

—¡Teniente, me está aplastando!

—Estoy intentando salvar mi mejilla, señorita Stuart. Y ahora, cálmese. Está desesperada, ¿no es así? Estaría dispuesta a hacer cualquier cosa que yo pudiera pedirle. Qué misterioso...

—¡Jamie!

El grito fuerte de Jon captó su atención. Jamie la soltó, y ambos se volvieron hacia Pluma Roja, que se acercaba a la carreta a todo galope. Jamie tiró de las riendas para frenar.

—¿Qué ocurre?

—Tenemos visita —dijo Jon.

—¿Comanches?

—Sí.

—¿Cuántos?

—Por lo menos cincuenta. Están llegando a la cima de la siguiente duna.

—¿Es un grupo de guerra?

—Llevan pintura y plumas, pero creo que es un espectáculo. Estoy seguro de que es Río Rápido.

Jamie bajó de la carreta y fue en busca de su caballo. Reapareció montado.

—Vamos a ver a Río Rápido —le dijo a Jon.

—Un minuto... —dijo Tess.

—Quería conducir la carreta —le respondió Jamie mientras se alejaban—. Tome las riendas y hágalo.

Después azuzó al caballo y Jon y él salieron al galope. Tess tomó las riendas mientras juraba entre dientes, y Dolly se acercó desde atrás y se sentó en el pescante, resoplando.

—¡Comanches! Nunca me he fiado de ellos.

Las mulas llevaron la carreta hasta la cima de la duna. Al ver la imagen que tenía ante sí, a Tess se le paró el corazón.

Había comanches por todas partes. Llevaban el pecho desnudo y pantalones de gamuza, y atavíos de plumas en la cabeza. Estaban sentados sobre las monturas, tan erguidos como reyes. Muchos de ellos llevaban lanzas y escudos, y otros llevaban aljabas con flechas y arcos.

Ninguno se movió. Sólo miraban al pequeño grupo que se acercaba a ellos.

Tess, con el corazón acelerado, se preguntó si de verdad iba a convertirse en la víctima de un grupo de indios. Jon y Jamie se habían detenido por delante de ellas, y estaban observando a los comanches.

El cielo estaba lleno de luz, y el horizonte se extendía interminablemente hacia ambos lados, coloreado de rojo y dorado. El silencio era extraño. No se oía ni tan siquiera el susurro del viento entre las artemisas.

Entonces Jamie alzó el brazo a modo de saludo, y se oyó un grito fuerte y agudo desde la colina.

Y los comanches comenzaron a descender.

Tess gritó mientras los indios se acercaban entre una nube de polvo, entre vítores y exclamaciones. Nadie cabalgaba como los comanches. Los hombres estaban tendidos sobre el cuello de sus ponis, y se colgaban de ellos, y volvían a sentarse sobre el lomo del animal. Se acercaban más y más, y sus gritos cada vez eran más fuertes.

Y más letales.

—Dios Santo, nos van a matar —susurró Tess.

—No, no —le dijo Dolly con calma—. Es Río Rápido. Jamie y él son hermanos de sangre.

—Hermanos de sangre —repitió Tess.

—Sí. Los comanches son belicosos, por supuesto, pero esta tribu no. Río Rápido ha sido pacífico desde que llegó Jamie.

Él siempre trata con el teniente, y aunque ha habido ataques comanches, nunca han sido por parte de Río Rápido.

—Dios Santo —dijo Tess nuevamente, pese a las palabras de Dolly, al ver que los jinetes estaban rodeando la carreta mientras blandían las lanzas y los arcos por encima de la cabeza.

Desde tan cerca, vio que tenían el pecho y los rostros pintados de colores fuertes. Ella no se movió, aunque no supo si fue el miedo o el coraje lo que la mantenía quieta. Jon y Jamie seguían a caballo, y estaban mirando a los guerreros. Ninguno de los dos echó mano de sus armas.

Sería un suicidio. Sólo dos hombres y dos mujeres contra más de cincuenta comanches.

Los indios siguieron cabalgando junto a la carreta. De repente, los gritos cesaron, y hubo silencio. El polvo comenzó a bajar.

Los indios se habían quedado inmóviles de nuevo, rodeando a Jamie, a Jon y a la carreta.

Jamie elevó una mano.

Uno de los indios, que llevaba una banda blanca con una sola pluma negra en la cabeza, se acercó a él. Le ofreció la mano, y Jamie se la estrechó.

El indio comenzó a hablar. Tess no entendía una palabra, pero Jamie y Jon lo escuchaban con atención.

Después, Jamie respondió en el mismo idioma. Jon también habló, y el comanche respondió.

—¿Lo ves? —le susurró Dolly a Tess—. Era todo un espectáculo. Una especie de demostración. No había ningún peligro.

Tess exhaló lentamente.

—¿Y qué está sucediendo? —le preguntó a Dolly.

—¿Y cómo quieres que lo sepa, querida? ¡Yo no hablo ese galimatías!

Tess se puso rígida al darse cuenta de que Jamie la estaba señalando.

El indio que estaba hablando dirigió su caballo hacia ella, seguido de cerca por Jamie. El comanche tiró de las riendas y se la quedó mirando. Comenzó a hablar. Tess tragó saliva. Era un hombre delgado, fibroso, de aspecto amenazante con sus pinturas de guerra, pero mientras hablaba, sonreía, y tenía unos dientes fuertes y blancos. La sonrisa le confería un atractivo extraño a su rostro.

Tess le devolvió la sonrisa.

—¿Qué dice? —le preguntó a Jamie entre dientes.

—Dice que él no mató a su tío.

—Dile que eso lo sé.

Jamie habló. Después, el jefe volvió a soltar una retahíla de frases. Tess, sin entender nada, sonreía y asentía.

—¿Y ahora qué ha dicho?

—Bueno, le he contado que vamos hacia Wiltshire, y que yo voy a intentar demostrar que los culpables son unos hombres blancos. Si usted me compensa lo suficiente, claro. El jefe sugiere que me compense de manera satisfactoria. Piensa que usted debe negociar conmigo.

—¡Oh! —jadeó Tess con ira. Cuando ella frunció el ceño, el jefe comanche también frunció el ceño.

—Oh, Dios mío —murmuró Dolly.

—¡Sonría, Tess! —le sugirió Jamie como si no pasara nada.

Ella sonrió mientras apretaba los dientes. El jefe volvió a hablar, en voz baja.

—¿Qué ha dicho? —preguntó Tess.

Jamie no respondió.

Lo hizo Jon.

—Ha dicho que es usted muy bella, y que Jamie debería cuidarla bien.

El jefe volvió a estrecharle la mano a Jamie, y después alzó la lanza y echó hacia atrás la cabeza. Emitió un grito agudo que atravesó el aire. Los jinetes salieron disparados por la llanura entre tremendas nubes de polvo y, como flechas, desaparecieron por encima de la colina por la que habían llegado.

El polvo bajó al suelo lentamente.

Jamie se volvió hacia la carreta.

—Vamos, señoras. No debemos permanecer más tiempo aquí.

Tess tomó las riendas y las agitó para poner en marcha a las mulas. Al cabo de un rato, Jon se acercó a la carreta y sonrió a Tess y a Dolly.

—Señoras, ¿se encuentran bien?

—Perfectamente, Jon —dijo Dolly.

—¿Tess?

Ella asintió.

—Jon, ¿ha traducido bien Jamie las palabras del jefe indio?

—Más o menos. Río Rápido dijo algunas cosas más.

—¿Cuáles?

Jon se encogió de hombros.

—Dijo que tal vez la hubieran atacado los apaches. Ellos se han negado a aceptar tratados, y están en guerra constantemente. Hay grupos perdidos que atraviesan con frecuencia esta zona. Los comanches y los apaches son enemigos.

—¿Y Jamie conoce a los apaches tan bien como conoce a Río Rápido?

—No. Los apaches no quieren darse a conocer.

Tess se estremeció.

—Jamie conoce a algunos guerreros y jefes. Ellos sí hablarán con él. Jamie habla apache con tanta fluidez como habla el comanche.

—¡Para mí todos son iguales! —anunció Dolly.

Jon sonrió a Tess, y ella se sintió un poco mejor. Las habilidades de Jamie eran reconfortantes. Tal vez pudieran demostrar que los apaches no eran culpables del ataque a la caravana de su tío, como no lo eran los comanches.

Jon saludó y se adelantó a la carreta.

—Ahora llevaré yo las riendas durante un rato —dijo Dolly.
—Oh, no, no es necesario...
—Me aburriré muchísimo si no cumplo mi turno, querida. Vamos, dámelas.

Tess sonrió y obedeció.

Siguieron en el camino hasta el atardecer, cuando la temperatura comenzó a bajar. Jamie y Jon conocían el terreno, y de nuevo, sabían dónde podían encontrar agua.

Tess bajó de la carreta en cuanto se detuvieron, y se estiró para intentar relajar un poco la tensión de la espalda. Jamie le señaló un camino que había entre los árboles y que conducía hacia un riachuelo. Ella se dirigió hacia allí en silencio. Dolly la siguió.

El agua saltaba por entre las rocas y discurría por la tierra. Era una corriente muy escasa, pero de todos modos, Tess hundió las manos en ella y se echó agua en la cara y el cuello, sin preocuparse de si se empapaba el vestido. A su lado, Dolly mojó el pañuelo en el agua y se limpió la cara, el cuello y los brazos con él.

—¡Ah, Dios Santo! —dijo alegremente—. ¡Jamie! Vamos, acércate. El agua está deliciosa.

Tess se quedó helada al percatarse de que el teniente había estado detrás de ella todo el tiempo, en silencio. Dolly se levantó y dijo:

—Bueno, voy a ver si Jon ya ha encendido el fuego para cocinar.

Entonces, Jamie se arrodilló en el lugar que Dolly había dejado libre. Se inclinó y sumergió toda la cabeza en el agua, y después se frotó los hombros y el cuello con el pañuelo. Tess se quedó mirándolo sin darse cuenta. Se sobresaltó ligeramente cuando él le tocó el hombro.

—Está empapada —le dijo.

—Sí, supongo que sí.

Él sonrió al recordar otro encuentro en un riachuelo distinto, en un momento diferente.

—Me gusta mucho mojada.

—Usted...

—Vamos, vamos, por favor.

Ella se quedó callada. Él se puso serio y se sentó en el suelo.

—Tenemos que hablar, Tess.

—¿De qué? —respondió ella con aspereza.

—Bueno, quiero saber si va a negociar conmigo o no.

Tess se quedó callada. Notó que le ardía el cuerpo.

—¿Y bien?

—Es usted un desgraciado.

—Vamos, vamos, señorita Stuart, ¿va a negociar, sí o no?

Entonces, Tess se puso en pie de un salto.

—¡Sí! —le escupió—. ¡Sí! Tenía razón. Estoy desesperada, y le daré lo que sea a cambio de su ayuda. Lo que quiera.

Se dio la vuelta. No veía por dónde andaba, y estuvo a punto de tropezar y caer. Tuvo que agarrarse a una rama para guardar el equilibrio.

—¡Tess! —dijo él con ligereza.

—¡Oh, por el amor de Dios! ¿Y ahora qué?

—Bueno, perdone, pero no ha esperado a que le diga qué es lo que quiero.

—¿Cómo?

—He dicho que...

—Pero... Pero...

Se quedó mirándolo con estupefacción. Él seguía sentado en el suelo, y estaba mascando una brizna de hierba despreocupadamente.

—¡Pero, pero, pero, señorita Stuart! ¿En qué estaba pensando?

Entonces, Jamie se puso en pie, y ella retrocedió cautelosamente.

—Escuche, teniente, no sé si dispara lo suficientemente bien como para que yo tenga que aguantar esto. ¿Qué es lo que quiere ahora?

Tess anduvo hacia atrás hasta que topó con el tronco de un árbol. Él se colocó frente a ella con una gran sonrisa. Entonces le acarició la mejilla con delicadeza, y se rió suavemente, mientras ella apartaba la cara con indignación.

—Bueno, señorita Stuart, ¿está preparada para oír mi petición?

—¿Qué es lo que...?

—Tierras.

—¿Cómo?

—Tierras. Quiero algunas hectáreas. Quiero hectáreas de sus mejores tierras, y tal vez un poco de ganado. Si voy a tener que arriesgarme a morir por esa tierra, quiero que un poco esté a mi nombre.

—¿Es eso lo que quiere?

—Eso es.

—¿Tierras?

—Tierras, señorita Stuart. Sé que lo ha oído bien.

Ella se apretó contra el tronco del árbol y se agarró a él. Entonces se ruborizó hasta la raíz del pelo y estalló en furia.

—¡Usted! ¡Me ha hecho pensar que...! ¡Oh, Dios! Es usted el más bajo, el más horrible, el más vil de los...

—¿Decepcionada? —le preguntó él afablemente.

Entonces, Tess gritó y se lanzó hacia él. Él le agarró la mano antes de que pudiera abofetearlo, pero ella siguió intentándolo. Entonces, Jamie la estrechó contra su cuerpo.

—No se enfade...

—¡Enfadarme! Podría sacarle los ojos...

—¡Ay! Me resultaría muy difícil apuntarle a su Von Heusen si me hiciera eso.

—¡Podría pegarle un tiro en cada rodilla!

—Entonces, ¿cómo iba a llegar a los lugares necesarios para averiguar la verdad?

—¡De acuerdo! ¡De acuerdo! Usted encárguese de Von Heusen, y después le sacaré los ojos y le pegaré un tiro en cada rodilla. ¡Y ahora suélteme!

—No. Todavía no. Me temo que estaría arriesgando mis ojos. O mi... ¡Ay! —se quejó cuando ella le pisoteó un pie. Ella tenía unos pies peligrosos. Y las rodillas también.

—¡Ni se le ocurra! —le advirtió Jamie, apretándola tanto contra el tronco del árbol que ella apenas podía respirar.

Ni tampoco darle una patada, porque sus muslos estaban pegados a los de ella. A Tess se le aceleró la respiración y se le aceleró el pulso. Sus labios estaban muy cerca de los de ella. Iba a besarla otra vez. Y si lo hacía, seguramente ella se lo iba a permitir, pese a cómo se había comportado.

—¿Sabía que tiene una boca muy bonita, señorita Stuart? —le preguntó él, a punto de tocarla.

—¡Ah! ¡Pero no tan bonita como mi ganado!

Él volvió a reírse.

—Está decepcionada.

—No se haga ilusiones, teniente. Estoy muy aliviada.

—¿Y por qué no la creo?

—Porque es un egocéntrico y un vil gusano.

—¿Y por qué me seduce tanto, señorita Stuart? ¿Será porque sabe a vino y huele a rosas, incluso en el momento más caluroso del día. ¿Es por su pelo dorado, o por sus ojos de color violeta? No... Deben de ser las palabras tiernas que me susurra con tanta ternura. Palabras como «vil gusano».

—Teniente, por favor, ¿le importaría...?

—Por supuesto que la deseo.

—¿Cómo?

—La deseo mucho. Pero no quiero negociar con eso. Cuando usted decida estar conmigo, lo hará porque quiere. Tendrá que pensarlo bien, tendrá que sopesar los pros y los contras, o tal vez se despierte una noche y se dé cuenta de que las cosas van a ser así. Lo noto cuando la toco, cuando estoy cerca de usted.

—¡Es idiota!

—¿De veras?

Él se inclinó hacia ella. Iba a besarla otra vez.

—¡No se le ocurra! —gritó Tess.

Él ignoró aquella advertencia y la besó, y aunque ella murmuró una protesta, rápidamente abrió los labios para acogerlo. Él se hundió en ella profundamente, y la acarició en lugares que no era posible alcanzar. Tess sabía que él tenía razón, y lo odiaba por ello, pero de todos modos lo necesitaba y lo deseaba. Se echó a temblar contra la dulce ferocidad de sus caricias, y notó la presión de su cuerpo, de sus muslos, de algo más que de sus muslos. Él le acarició el pelo, la cara, el pecho, y ella se fundió con él, incapaz de hacer otra cosa que no fuera sentir.

Entonces, él la soltó. Ella respiró entrecortadamente y se apoyó en el árbol. Jamie le besó suavemente la frente y las mejillas. Después sonrió.

—Egocéntrico, ¿eh?

Lo sorprendió con la guardia baja. Tess subió la rodilla con fuerza. No le dio en el blanco principal, pero le clavó el hueso en el muslo. Él gruñó de dolor y apretó los dientes, fulminándola con la mirada.

—Señorita Stuart, si no recordara vagamente lo que es ser un caballero...

—Si recuerda algo de eso, señor, debe de ser muy vagamente, en efecto.

—Señorita Stuart, debería darle una azotaina...

—Discúlpeme, teniente —dijo, intentando pasar por delante de él—. No es que no tenga unos labios decentes, es que es imposible saber dónde han estado antes.

—¡Unos labios decentes!

—Decentes, sí —dijo ella dulcemente, y se alejó.

Él consiguió agarrarla y la abrazó.

—Podría... —entonces se echó a reír—. Imposible saber dónde han estado antes. ¡Verdaderamente, creo que está celosa!

—¡Ni lo sueñe, teniente!

Él volvió a rozarle los dientes y la besó de nuevo. Después la soltó y le indicó el camino.

—Después de usted, señorita Stuart. Yo siempre espero.

—¡Esperará a ser viejo y tener el pelo gris!

Era cierto que estaba celosa, pensó Tess. Y angustiada. Era doloroso sentir aquello tan profundo, tan rápidamente.

Él sonrió con serenidad.

—¿De veras?

Tess consiguió devolverle la sonrisa.

—No todas las mujeres son como la señorita Eliza, teniente.

—¿No? Yo creía que sí, en el fondo.

—Pues está equivocado.

—Tal vez la equivocada sea usted. La mayoría de las mujeres son hipócritas.

—¡Oh, es usted imposible!

Tess se dio la vuelta y comenzó a caminar furiosamente hacia la carreta. Él la sujetó una vez más y la miró con intensidad.

—Tess, eres distinta.

—¿Distinta a qué?

Jamie sonrió.

—Distinta a cualquier otra mujer que yo haya conocido —respondió en voz baja.

Después pasó por delante de ella y la precedió hasta la hoguera que Jon había encendido para crear calor y luz.

CAPÍTULO 6

Había un delicioso aroma a comida cuando Tess se acercó al fuego. Ella inhaló profundamente mientras intentaba olvidar lo que acababa de ocurrir con el teniente Slater.

La hoguera estaba en mitad de un claro, y en ella se estaba asando un animal. Jon estaba en cuclillas y le daba la vuelta al asado. Y había una cafetera sobre unas piedras calientes que rodeaban la hoguera.

Dolly estaba acercándose desde la carreta con los platos de lata, y con tazas para el café. Sonrió a Tess.

—¡Conejo! Un conejo bien gordo que ha cazado Jon. Lo ha despellejado en un minuto. ¡Es un gran cazador!

—Pues sí —dijo Tess, sonriéndole a Pluma Roja.

Se acercó a él y se sentó en el suelo. Jamie atravesó el claro y se sentó junto a ella.

—Has cazado uno bien gordo —le dijo a Jon—. Muchas gracias.

—Ahora necesitamos un poco de agua para la cafetera —dijo Dolly.

—Yo iré a buscarla —dijeron Tess y Jamie al unísono.

—Muy bien. Ve tú —le dijo Tess.

Jamie asintió y se levantó. Se dirigió hacia el riachuelo. Entonces, Tess vaciló durante un minuto. Después salió corriendo tras él.

—¡Tess! —dijo Dolly.

—¡Ahora mismo vuelvo! —respondió Tess.

—¡No vamos a poder tomar café! —se lamentó Dolly.

Tess la ignoró y siguió corriendo hasta que alcanzó a Jamie, a la orilla del riachuelo. Él se la quedó mirando mientras llenaba la cafetera de agua, con una ceja arqueada.

—Quieres tierras —le dijo—. ¿Cuántas hectáreas?

—Bueno, eso no lo sé. Todavía no he visto la propiedad.

—Dame una idea.

Él se encogió de hombros.

—La mitad. La mitad de lo que tengas.

Ella soltó un jadeo de incredulidad.

—¡Estás loco!

—Puedo volverme al fuerte.

—¡Pero si ni siquiera sabes lo que tengo!

—Eso es cierto. Tú eres la que quieres una respuesta ahora mismo.

—Un cuarto.

—La mitad.

—¡Ni hablar!

—La mitad. Con eso será suficiente. No te pediré nada más.

—Ni lo sueñes.

Él sonrió.

—Normalmente, yo no regateo, y menos sin saber por qué voy a arriesgar la vida.

—Eres de la caballería. Arriesgas la vida diariamente.

—Ellos me pagan. Y tú...

—Yo te pagaré un salario.

—No. Ya sabes lo que quiero.

—¡No puedo darte la mitad de mis tierras! Te daré un cuarto —respondió Tess con firmeza.

—La mitad.

Él se incorporó y comenzó a caminar hacia el campamento. Ella se apresuró para seguir su ritmo, pero Jamie era muy rápido. Cuando llegaron al claro, él se detuvo y ella se chocó contra su espalda. Jamie se volvió hacia Tess.

—¡La mitad! —le susurró.

Ella se apartó rápidamente.

—Ya hablaremos luego. Me parece que estás loco. Creo que eres igual de corrupto que Von Heusen. Otro buitre yanqui.

Él se puso muy rígido, se dio la vuelta y llevó la cafetera hasta la hoguera. Después se sentó frente a Jon.

—Bueno, ese café sabrá mucho mejor después de que nos hayamos cenado el conejo —dijo Dolly alegremente.

—Para mí ya está lo suficientemente hecho —dijo Jon. Se inclinó hacia el asado y le arrancó una pata. Hizo un gesto de dolor porque la carne quemaba, pero sonrió—. ¡Adelante!

Todos comieron con hambre, en silencio. Jamie se levantó y sacó un poco de pan de la bolsa de víveres. No importaba que estuviera duro. Era delicioso. Y, cuando terminaron de cenar, el café estaba hecho. También tenía un sabor muy rico después de la comida, como había declarado Dolly.

Mientras lo tomaban se hizo de noche. La luna no era más que una rendija plateada en el cielo de terciopelo negro. Sin embargo, había cientos de estrellas.

—Es precioso, ¿verdad? —dijo Dolly.

—Muy bonito —convino Tess. Después bostezó—. Deberíamos llevarnos los platos al riachuelo y lavarlos ahora.

—No. Está muy oscuro —dijo Jamie con aspereza.

La miró duramente, y Tess se dio cuenta de que estaba furioso. Sin embargo, no sabía por qué.

—Yo... puedo llevarme el farol —sugirió.

—¡No! Hasta mañana nadie va a ir al riachuelo —exclamó Jamie con irritación.

Después se puso en pie, arrojó su café hacia un arbusto y se alejó hacia la oscuridad.

Tess miró a Jon.

—¿Qué le pasa?

Jon se encogió de hombros.

—No lo sé. Tendrás que averiguarlo tú —dijo, y se levantó—. Señoras, les sugiero que se acuesten pronto.

—¡Él se ha ido solo! —exclamó Tess con indignación.

—Va a hacer el primer turno de guardia —dijo Jon suavemente.

—Yo me voy a dormir —dijo Dolly—. Tess, ven tú también.

Jon estaba acercando la silla y la manta a la hoguera. Se tendió en el suelo, apoyó la cabeza sobre la montura, cerró los ojos y se tapó la cara con el sombrero. Dolly se dirigió hacia la carreta. Tess titubeó; finalmente, decidió ir tras Jamie.

Oyó que Jon se levantaba mientras ella se movía entre los arbustos, y juró suavemente, porque sabía que él iba a seguirla. Y lo hizo. Pero antes de que pudiera alcanzarla, una mano la agarró del brazo y la hizo girar. Tess se encontró con la mirada de enfado de Jamie, y tiró del brazo para zafarse de él. Por su propia seguridad, dio un paso atrás.

—¿Qué estás haciendo? —le espetó él.

—Buscarte.

—¡Te he dicho que no te alejaras a oscuras!

—Pero tú...

—De ahora en adelante vas a obedecer mis órdenes. Y no quiero que vuelvas a decir nada de que soy un yanqui igual que Von Heusen. Si lo oigo de nuevo, te voy a poner el trasero colorado, ¿entendido?

—¡No!

Él dio un solo paso hacia ella, y Tess se dio cuenta de que no era el mejor momento para seguir tentando la suerte. No creía que Jamie Slater hiciera amenazas vanas.

Se dio la vuelta y salió corriendo.

Jon estaba de pie junto a la hoguera. La había visto llegar junto a Jamie. Ella disminuyó el ritmo al verlo. Sonrió amablemente y le deseó buenas noches.

—Buenas noches, Tess —dijo Jon.

Tess subió a la carreta. Dolly ya estaba roncando suavemente. Tess se descalzó y se quitó el vestido. Después se metió en la cama y cerró los ojos. Hizo un esfuerzo por dormirse, pero tenía el corazón acelerado, y no sabía si era de ofensa o de excitación. Él quería sus tierras, no su persona, se recordó Tess. Entonces, ¿cómo era posible que fuera tan sensual, y tan insinuante, si sólo estaba hablando de unos terrenos? ¿Y cómo era posible que cambiara tan rápidamente de humor, que perdiera los estribos por unas pocas palabras?

Tess no lo entendía, pero se daba cuenta de que él ocupaba cada vez más sus pensamientos.

Y cada vez más su corazón.

Al día siguiente, después de desayunar café y truchas que Jamie pescó en el riachuelo, se pusieron de nuevo en camino. Hasta finales de la tarde no llegaron a Wiltshire. Allí, Tess les dio las indicaciones para llegar a su casa, que era un rancho muy grande que estaba a las afueras del pueblo.

Tess llevó la carreta, y cuando la casa apareció ante su vista, vio que Jamie frenaba al caballo y se quedaba mirándola. Después, se volvió hacia Tess.

—¿Ése es tu rancho?

—Sí.

Entonces, él comenzó a reírse mirando a Jon. Después espoleó al caballo y cabalgó hacia la casa. Tess agitó las riendas y lo siguió apresuradamente con la carreta.

La casa era espléndida. Joe había dedicado horas y horas de trabajo, durante muchos años, a aquella edificación de dos pisos. Había dos establos muy grandes a la izquierda, y una cochera muy grande, de color rojo, a la derecha. El huerto estaba en todo su esplendor veraniego, y se veía desde la parte posterior de la casa. Los corrales eran muy grandes, y estaban llenos de caballos purasangre que pastaban tranquilamente. Los potrillos correteaban junto a sus madres. Aquellos caballos eran el orgullo de su tío Joe.

Sin embargo, Tess sabía que a la preciosa casa le hacía falta una mano de pintura. Desde la guerra no se había hecho mucho en ella. Se habían considerado afortunados por haber podido conservar la propiedad después de la contienda. Había que reparar algunas tablas del porche, y Tess sabía que si Jamie miraba con atención los cortinajes del salón, se daría cuenta de que el terciopelo estaba gastado y viejo.

Durante aquellos últimos años, todos sus esfuerzos se habían dirigido hacia la lucha con Von Heusen.

Ella condujo la carreta por entre los corrales hacia la casa. Jamie y Jon estaban muy adelantados. Llegaron al claro que había ante el edificio y desmontaron. Jamie todavía estaba sorprendido, y muy agradado.

¡Debía de haber pensado que ella era una granjera y que él estaba regateando por unos cuantos metros de terrenos polvorientos! Pues bien, era normal que se sintiera complacido.

La puerta principal se abrió de golpe cuando la carreta llegaba al claro. Hank Riley, el capataz del rancho, bajó corriendo las escaleras, seguido por Janey Holloway, que había trabajado para ellos desde que Tess se había hecho cargo del periódico. Hank era alto y delgado, y tenía el rostro muy curtido de trabajar al aire libre, tan moreno que parecía indio. Janey era joven y regordeta, y muy guapa. Tenía el pelo rubio y los ojos grises.

Jane miró a Jamie y después miró hacia la carreta, y se puso a gritar de alegría al ver a Tess. Hank no dijo nada. Se acercó corriendo a la carreta y agarró a Tess por la cintura, y comenzó a girar con ella en el aire, con una enorme sonrisa.

—¡Tess! ¡Bendito sea el Señor! ¡Ese hombre nos dijo que habías muerto!

—No estoy muerta, Hank, estoy viva y coleando —respondió Tess mientras Hank la dejaba en el suelo. Jane estaba llorando suavemente—. ¡Jane! —Tess la abrazó para consolarla—. ¡Todo va bien! Ya estoy aquí, y estoy perfectamente.

—¡Oh, señorita Tess! Señorita Tess, ¡es maravilloso verla de nuevo! Él dijo que iba a volver esta noche, y al principio pensamos que usted era él, que venía con antelación. Vino con el sheriff, diciendo que usted y su tío habían muerto, que los habían matado los indios, y que estas tierras saldrían en subasta pública. Nos dijo que Hank, los muchachos y yo teníamos que irnos de aquí. Bueno, los peones podían quedarse, pero nosotros...

Hank, que estaba mirando con curiosidad a Jamie y a Jon, continuó con la historia, lleno de indignación.

—¡Dijo que como nosotros podíamos pensar que estábamos muy unidos a la familia, que tendríamos que irnos antes, para que no empezáramos a robar las cosas de los difuntos!

—¡Él! ¿Quién demonios es él? —preguntó Jamie.

Hank frunció el ceño. No estaba dispuesto a responder preguntas de un desconocido hasta que Tess le diera una señal.

—Bueno, Tess, yo le diré a este tipo quién demonios es él, ¡cuando este tipo me diga quién demonios es él mismo!

Jamie entrecerró los ojos y comenzó a enrojecer.

—Hank —dijo Tess rápidamente—, te presento al teniente Jamie Slater, de la caballería. Y al señor Jon Pluma Roja. Hank, han tenido la amabilidad de acompañarme hasta casa...

—Entonces, es cierto que Joe murió...

Tess asintió.

Hank tragó saliva y miró hacia el horizonte.

—Al verte he tenido la esperanza de que... Entonces, los indios lo mataron de verdad.

—No. Los indios no. Fue Von Heusen.

—Otra vez él —murmuró Hank.

—Otra vez él —dijo Jamie—. ¿Estamos hablando de Von Heusen todo el tiempo?

—¡Por supuesto! —exclamó Tess.

—¿Quiere decir —preguntó Jamie, dirigiéndose a Hank— que este Von Heusen ya ha estado aquí y les ha dicho que la propiedad va a salir en subasta pública, en vez de ir a parar a los herederos legítimos?

—Sí.

—Como un buitre —dijo Jon.

—Y va a volver —les aseguró Hank—. Pronto. Lo van a conocer muy pronto.

Dolly, que seguía en la carreta, carraspeó.

—Oh, Dolly —dijo Jamie a modo de disculpa.

Después se apresuró a ayudarla a bajar del pescante. Dolly sonrió y le estrechó la mano a Hank.

—Me llamo Dolly Simmons, Hank. Me alegro de conocerlo. Y a ti también, jovencita. Te llamas Jane, ¿verdad?

—Sí, señora.

—Un nombre precioso, precioso. Y yo estoy muerta de sed. Tal vez pudiéramos entrar y tomar un sorbito de algo.

—¡Por supuesto! —dijo Tess.

Se encaminó hacia la casa. Jon dejó las riendas de su pinto en un poste que había frente a la casa. Tess ya estaba subiendo las escaleras del porche cuando se dio cuenta de que Jamie no se había movido. Todavía tenía las riendas de su caballo en las manos.

—Jamie, pasa, por favor —le dijo amablemente—. Después nos ocuparemos de la carreta. Hank y los chicos nos ayudarán.

Él negó con la cabeza, mirando a Hank, y no a ella.

—¿Por allí se va al pueblo? —preguntó, señalando un camino con la cabeza.

—Sí.

—¿Y por dónde está la acción aquí?

Hank estaba sonriendo con curiosidad.

—En el bar de Bennington. Las mejores partidas de cartas de la ciudad se juegan allí, y es donde dan el mejor whisky, y donde están las mejores chicas... —se interrumpió y miró de reojo a las señoras—. Bueno, teniente, allí está el mejor entretenimiento de la ciudad.

Jamie asintió. Después sonrió a Tess y dijo:

—Creo que me voy para allá.

—¿Ahora? —preguntó ella. ¡El mejor entretenimiento de la ciudad! ¡Von Heusen iba a llegar en cualquier momento, y él se iba a disfrutar con una de las chicas de la taberna!

—No dejes para mañana lo que puedas hacer hoy —respondió él.

—¡Pero si Von Heusen está a punto de llegar!

—No quiero conocer al señor Von Heusen todavía —dijo él.

Entonces, volvió a montar y miró a Jon. Tess intentó descifrar su mirada, pero no lo consiguió.

Jon se quedó con ella. Y sin embargo, Tess estaba furiosa. Jamie le estaba exigiendo la mitad de sus tierras y ni siquiera iba a quedarse allí para enfrentarse a su adversario.

—Teniente, si va al pueblo, tal vez deba quedarse allí a pasar la noche —le espetó, y todos la miraron. Tenía que controlar su temperamento. Tenía que dejar de preocuparse por él.

Jamie sonrió.

—Vaya, señorita Stuart, ¿acaso cree que habrá suficiente entretenimiento como para mantenerme ocupado toda la noche?

—Me imagino, teniente, que eso es cosa suya. Haga lo que tenga que hacer.

Tess se dio la vuelta y entró en la casa. Él era un hombre libre, después de todo, y podía hacer lo que quisiera. Emborracharse, dormir con prostitutas y jugarse todo su dinero. Maldito yanqui. Maldito yanqui.

—Tiene una casa preciosa —dijo Jon cuando ambos estaban en el vestíbulo.

—¡Preciosa! —exclamó Dolly.

No era exactamente preciosa, pensó Tess, pero era agradable y fácil de habitar. El salón era muy grande, y junto a él había un comedor con una robusta mesa de madera mexicana, que podía acoger a catorce comensales. A la izquierda estaba la cocina, y al fondo había una amplia escalera que conducía al segundo piso. Junto a la puerta estaba el escritorio de Joe, sobre un estrado cubierto con una alfombra de piel de vaca. Detrás estaba su mecedora, y delante había dos butacones de cuero marrón. Frente a la chimenea había varias sillas y mesillas, y sobre las mesas auxiliares había jarrones indios llenos de flores. Tess sonrió. Hank y Jane lo habían mantenido todo impoluto, a pesar de lo que había ocurrido.

—¡Bien! —dijo Dolly con satisfacción—. ¡Esto es encantador! Tess, ¿dónde te gustaría que nos quedáramos?

—¡Oh! Disculpad. Arriba, Dolly. Hank, podemos esperar para subir el resto de las cosas, pero ocúpate de que suban los baúles de Dolly a su habitación. ¡Venid conmigo, por favor!

Cuando llegaron al segundo piso, encontraron un largo pasillo con puertas a ambos lados, y al final, un ventanal vestido con cortinas de terciopelo que llenaban el espacio de luz.

—Aquí arriba hay ocho habitaciones —explicó Tess—. No habrá falta de espacio.

Jane, que los había seguido escaleras arriba, carraspeó suavemente.

—Tess, tu habitación está arreglada, y la de Joe también, y casualmente he ventilado y limpiado las dos del fondo, pero no he tocado las otras todavía. Iba a hacerlo cuando nos enteramos de que... Cuando supimos que Joe y tú... Ya no tenía demasiado sentido.

—No te preocupes —dijo Tess—. Pero necesitamos sábanas

limpias y mantas para la señora Simmons y el señor Pluma Roja. ¿Podrías ocuparte de eso? Los instalaremos en las habitaciones que ya has ventilado y limpiado.

—¿Y el teniente?

—Creo que va a dormir en el pueblo. Y si vuelve, bueno, puede dormir en el establo.

Jon se atragantó y se echó a reír. A Dolly se le escapó un jadeo. A Tess no le importó. Caminó majestuosamente por el pasillo.

—Dolly, creo que esta habitación es más apropiada para una dama. Tiene un buen tocador, y la luz es maravillosa por las mañanas.

—¡Es una preciosidad! —exclamó Dolly—. ¡Me encanta! —le agarró la cara a Tess con sus dedos regordetes y le dio un beso en la mejilla—. Me alegro mucho de haber venido. Y no se te ocurra mandar que me sirvan. He venido a ayudar. Jane, tú ve a buscar las sábanas y yo haré la cama, y después, puedes enseñarme la casa y decirme lo que tengo que hacer.

—Dolly, no tienes que hacer nada más que descansar. Ha sido un viaje muy largo y...

—Shh, querida. ¡Voy a familiarizarme con mi habitación! —dijo la mujer. Entró y cerró la puerta. Jane se alejó por el pasillo en busca de las sábanas.

Tess sonrió a Jon irónicamente.

—Es maravillosa, ¿verdad?

—¿Dolly? Sí, es una maravilla.

—En realidad no le he dado la mejor habitación, Jon, estos dos dormitorios son grandes y tienen unas vistas preciosas. Creo que estarás muy cómodo aquí. La cama es grande y firme, y la habitación es muy espaciosa.

—Estaré cómodo en cualquier sitio en el que me instales, Tess —le aseguró él. Con una sonrisa, miró hacia el interior de la habitación, y después retrocedió—. Voy a ayudar a Hank con los baúles.

—Si estás cansado...

—Tess, ¿te parece que estoy cansado? Si Von Heusen va a volver esta noche, lo mejor será que ya estemos instalados, ¿no?

—Es curioso que tú pienses eso. Parece que al teniente no le importaba mucho.

—No lo subestimes, Tess. Sabe lo que está haciendo.

—Tú estás dispuesto a defenderlo pase lo que pase, ¿no?

—Porque lo conozco —dijo Jon con serenidad. Después se alejó por el pasillo y bajó las escaleras.

Lo mejor sería que ella comenzara a moverse también. Salió de la casa. Mientras los hombres descargaban la carreta, ella se ocuparía de los caballos y de las mulas.

Entonces tendría que averiguar cuántos de los vaqueros se habían quedado en el rancho después de enterarse de que Von Heusen iba a tomar las riendas.

Y finalmente, tendría que esperar... a que apareciera Von Heusen en persona.

La ciudad de Wiltshire no era un pueblucho cualquiera, pensó Jamie mientras recorría la calle principal. Era bastante sofisticada, en realidad. Había filas y filas de casas victorianas a ambos lados de la calle, y muchos negocios en los bajos de los edificios. Jamie vio dos almacenes diferentes, una barbería, una tienda de corsés, una tienda de ropa de caballero, una tonelería, una tienda de fotografía, una funeraria, una farmacia, una clínica, dos despachos de abogados, una pensión para señoritas y un hotel que tenía un letrero muy largo: *Hotel del Reposo, de Perry McCarthy. ¡Haga un alto en el camino para comer! Tenemos un restaurante para los viajeros respetables, los caballeros, las damas y los niños.*

Jamie se preguntó qué tal le iría a Perry McCarthy. Las calles de la ciudad estaban muy tranquilas.

Frente a la barbería había unos cuantos hombres sentados, fumando en pipa. A uno le faltaba un brazo y a otro el pie izquierdo. Tras él había un par de muletas apoyadas en la pared. Ellos miraron a Jamie cuando pasaba, y él pensó en la guerra. Aquellos hombres habían luchado como él, y eran del Sur, como él, aunque Tess se empeñara en llamarlo yanqui. Bien, se había convertido en un yanqui. Demonios, todos se habían convertido en yanquis. Porque los malditos yanquis habían ganado la guerra.

—¡Hola! —les dijo a los hombres.

El hombre a quien le faltaba el brazo asintió.

—Es nuevo por esta zona, ¿no, muchacho?

—Sí, señor. Pero me parece un pueblo muy agradable.

—Antes lo era —dijo el hombre sin pie, y escupió al suelo—. Lo era. Pero entonces comenzaron a llegar las alimañas y se apoderaron de todo. Ya sabe cómo son esas cosas. No parece de por aquí, pero tampoco tiene acento de Chicago, muchacho. ¿De dónde es?

—De Missouri.

—Missouri —repitió el hombre sin pie, y se acarició la barba gris mientras sonreía—. Bueno, pues espero que se quede una temporada.

—Eso era lo que tenía pensado. Quería comprar tierras.

—No creo que pueda comprar nada decente. Se venden unos terrenos al norte, pero es puro desierto. Eso no lo querrá, muchacho.

—Bueno, voy a echar un vistazo. Me he enterado de que Joe Stuart ha muerto. Tal vez pueda hacerme con algunas de sus tierras.

El hombre sin brazo se levantó en un segundo.

—No vaya como un buitre a casa de Joe. Acabará muerto, joven.

—Será mejor que te calles, Carter —murmuró el otro hombre.

Jamie sonrió.

—Señores, la sobrina de Joe está bien viva, puedo decírselo con certeza.

—¡La señorita Tess! —dijo Carter con alegría—. ¡Vaya, son las mejores noticias que he tenido desde hace mucho tiempo! ¿Es verdad eso, muchacho?

—Señor, tengo más de treinta años —le dijo Jamie amablemente—. Y he luchado durante toda la guerra, amigos, así que me he hecho bastante viejo. No soy un muchacho.

—Lo siento, hijo. Carter y yo no queríamos ofenderte.

—No es ninguna ofensa. Me llamo Jamie Slater, y quisiera comprar tierras. Si se enteran de algo, avísenme.

—Lo haremos. Pero no vayas al rancho de Stuart. Von Heusen quiere ésas.

—Pero no quiere ninguna otra. Interesante —murmuró Jamie.

—Espero que se quede por aquí —dijo Carter.

—Gracias. Eso es lo que voy a hacer.

—Yo me llamo Jeremiah Miller, y si necesita más información, much... joven, venga a verme. ¡Demonios, cualquiera más joven que yo es un muchacho, hijo!

Jamie se echó a reír y taloneó al caballo. Veía la taberna un poco más allá. Cuando llegó ante el establecimiento, ató las riendas del caballo a un poste y entró a través de las puertas batientes.

Se detuvo durante un instante para que se le acostumbrara la vista a la penumbra y al humo. Había un pianista al fondo, y una cantante con una falda corta de color lila, que apenas le tapaba una voluminosa combinación negra y las medias, sentada sobre el piano. Tenía la voz tan densa como el ambiente.

A su derecha estaba la barra, que recorría toda la longitud del local. Tras ella, dos camareros con delantal blanco, apoyados en el mostrador de caoba, hablando con algunos clientes. Había varios parroquianos más en las mesas, unas veinte, que estaban diseminadas por todo el bar. Los hombres eran comerciantes bien vestidos, rancheros con ropa vaquera y espuelas en las botas, y sombreros polvorientos. Algunos tenían los pies sobre las sillas, o en las mesas. Era una multitud perezosa, pero interesante.

Todos se quedaron en silencio en cuanto Jamie entró por la puerta. A la cantante se le olvidó la letra de la canción. El pianista se dio la vuelta y se lo quedó mirando.

—Hola —dijo Jamie.

La gente siguió observándolo. Entonces, la cantante saltó del piano y se le acercó.

—Hola, hola —dijo la chica con una gran sonrisa. Después frunció el ceño para todos los demás—. ¿Qué os pasa a vosotros? Ha venido alguien nuevo a la ciudad. Que no piense que somos unos maleducados.

—¡Tienes razón, Sherry, cariño! —dijo uno de los vaqueros, y bajó los pies al suelo—. Hola, señor. Bienvenido a Wiltshire. No somos maleducados, es que estamos sorprendidos. Ya no vienen muchos forasteros por aquí.

—¿Y eso por qué? —preguntó Jamie.

El vaquero se encogió de hombros y miró a su alrededor. Había varios hombres de traje en un rincón, jugando a las cartas.

—No hay apuestas altas. Por eso —dijo un señor alto, delgado, con unas grandes patillas canosas—. Pero ya que está aquí, únase a nosotros. ¡Hardy! —le dijo al camarero—. Ponle un whisky a nuestro amigo y cárgalo a mi cuenta.

—Muchas gracias —dijo Jamie, y se adentró en el local. Sherry le llevó el whisky mientras él se sentaba frente al hombre que le había invitado a la copa, y junto a otro hombre que llevaba unos anteojos y que parecía un poco nervioso.

—Me llamo Edward Clancy —dijo el hombre de las patillas, y le tendió la mano a Jamie—. Soy el editor del *Wiltshire Sun*.

Jamie estuvo a punto de delatar la sorpresa que sentía, pero consiguió seguir sonriendo como si nada.

—¿El periódico?

—Bueno, más bien es una gacetilla de chismorreos —dijo el hombre sin ambages—. Es lo único que me atrevo a sacar, y con cuidado. Bueno, también escribo algunos artículos sobre el presidente Grant, y sobre los indios. Pero no mucho más.

—¿Y por qué?

—Porque me gusta la vida —dijo Clancy—. Estamos jugando al póquer. ¿Quiere echar una partida?

Jamie se echó hacia atrás en la silla y metió la mano en el bolsillo en busca de algo de dinero.

—Claro, jugaré. Me gusta apostar.

—Muy bien, señor. ¿Cómo se llama?

—Jamie. Jamie Slater.

Clancy sonrió lentamente.

—He oído hablar de usted. Es uno de los hermanos Slater. Dicen que es capaz de darle a una mosca que esté en las nubes con sus Colts...

—Exageraciones —dijo Jamie—. Rumores que me gustaría que se mantuvieran tranquilos por el momento.

—Muy bien, muy bien —respondió Clancy, y volvió a sonreír—. Le presento al doctor Martin. Era uno de los mejores amigos de Joe Stuart. Nosotros no iremos contando nada por ahí, diga lo que diga usted.

—Gracias.

—Y lo ayudaremos en todo lo que podamos —dijo el médico.

—Lo que necesito en este momento es información —les dijo Jamie—. ¿Por qué ese Von Heusen se ha empeñado en que quiere el rancho de Stuart?

—Eso todavía no lo hemos averiguado, pero una cosa está clara: lo quiere a toda costa.

—¿Tanto como para matar por él?

—Pues sí, creo que sí. Si los indios no hubieran acabado con el pobre Joe... —entonces, el hombre se quedó callado mirando a Jamie—. Pero no fueron los indios quienes lo mataron, ¿no?

—Según Tess, no.

—¡Tess! ¡Está viva!

Jamie asintió. La expresión de pura alegría del hombre le resultó irritante. Parecía que aquella muchacha rubia era considerada un ángel en aquella ciudad.

Edward Clancy siguió hablando, en aquella ocasión con una expresión tensa.

—Si Tess dice que fue Von Heusen, es que fue Von Heusen. ¿Va a quedarse por aquí para enfrentarse a él?

—Sí. Supongo que sí.

No, no lo suponía. Se había comprometido a ello. Se había sentido comprometido desde que había visto a Tess por primera vez.

Lo único que ocurría era que no se había dado cuenta desde el principio.

—¡Maldita sea! No miren ahora —dijo el médico de repente.

—¿Qué ocurre? —murmuró Jamie.

—Han entrado algunos de los hombres de Von Heusen. Son esos cuatro, los mal encarados.

Verdaderamente, eran mal encarados, pensó Jamie. De pelo enmarañado, de ojos brillantes. Dos eran rubios, y dos morenos. Uno mascaba tabaco.

El moreno que mascaba tabaco debía de ser el portavoz del grupo. Dio un puñetazo en la barra que hizo vibrar todos los vasos que había en ella. Se puso a gritarle al camarero, que rápidamente comenzó a moverse.

—¡Hardy! ¿Qué te pasa, es que te has vuelto viejo de repente? —le preguntó—. Whisky. Y no ese matarratas que les pones a estos cerdos. Danos lo mejor.

Hardy puso una botella en la barra. El hombre agarró al camarero por el cuello de la camisa y tiró de él por encima del mostrador. Hardy estaba empezando a ponerse muy rojo, y su atacante se reía como una hiena.

—Ya está bien.

Jamie se puso en pie. Una vez más, todo el mundo quedó en silencio.

Los hombres de Von Heusen también. Los cuatro lo miraron con un completo asombro. Después comenzaron a sonreír.

—¿Y quién demonios eres tú? —preguntó el líder.

—Eso no importa. Suelta a Hardy.

—Vaya, vaya. Parece que no conoces esta ciudad, ¿no?

—Suéltalo —repitió Jamie.

—Hay que darle una lección —dijo uno de los hombres rubios, con un desagradable gesto de desprecio.

—Sí. Una lección mortal.

En una fracción de segundo, el moreno soltó al camarero y sacó la pistola.

Era muy rápido, pero no lo suficiente. Antes de que pudiera apuntar había soltado el arma y estaba aullando de dolor. Sus amigos intentaron desenfundar.

Jamie siguió disparando sus Colts. El segundo hombre cayó al suelo, agarrándose la pierna. El tercero se agarró un brazo. El cuarto se desplomó. Tal vez hubiera muerto. Jamie no lo sabía, y tampoco le importaba.

Miró a Edward Clancy y le dijo:

—Gracias por el trago, amigo.

Después salió de la taberna pasando por encima de sus enemigos.

CAPÍTULO 7

Al anochecer habían terminado de descargar todo el contenido de la carreta, salvo la imprenta, que sería trasladada a la ciudad a la mañana siguiente. Tess había conseguido, incluso, darse un baño para quitarse el polvo y la suciedad del camino. No podía olvidar que Von Heusen iba a ir a la casa, pero se sentía calmada, pese al hecho de que Jamie los hubiera abandonado. Von Heusen no iba a llegar al rancho y matarla como si nada. No tenía agallas para hacerlo.

Se puso un vestido verde de verano y comenzó a preparar la cena con Jane y con Dolly. Asaron un pavo enorme y prepararon toda la guarnición de verduras y empanadillas de manzana. Cuando la mesa estuvo puesta, y todo listo, Tess fue a buscar a Jon.

Él estaba apoyado en un pilar, con una banda atada en la frente y una carabina entre las manos, mirando hacia el paisaje.

—La cena está lista, Jon.

Él sonrió.

—Gracias, Tess, pero creo que voy a esperar aquí un poco más, para seguir vigilando un poco las cosas.

—Es pavo con verduras y patatas. Me gustaría darte las gracias por el viaje.

—Cenaré pronto —le prometió él.

Ella asintió y volvió a entrar en la casa, preguntándose si Jon estaba esperando a Von Heusen o a Jamie.

Tess esperaba que Jamie estuviera comiendo un mendrugo de pan duro en algún sitio. Sin embargo, tenía el presentimiento de que no era así.

Llegó al comedor y se encontró con Hank, que estaba junto a la mesa con una gran sonrisa.

—Los chicos están en el barracón, y se han puesto muy contentos al saber que habías vuelto a casa, Tess. Bueno, los que no se marcharon. Todavía están Roddy Morris, Sandy Harrison y Bill McDowell. No van a ir a ninguna parte.

—¡Maravilloso! —le dijo Tess—. Diles que vengan a cenar, ¿quieres, Hank?

—Ya han preparado la cena en el barracón, Tess. Si quieres, les invitaremos a todos a una gran comida el domingo, ¿te parece bien?

—Muy bien. Eso me parece muy bien, Hank. Y ahora, vamos a cenar.

Dolly bendijo la mesa y todos se sirvieron un plato de pavo. Tess estaba a punto de tomar el primer bocado cuando se oyeron ruidos de cascos. Entonces, ella dejó el tenedor en el plato. ¿Cuántos hombres se habría llevado Von Heusen? Parecía que cinco, por el sonido de los caballos.

—Disculpadme —dijo remilgadamente, y dejó la servilleta en la mesa con sumo cuidado.

No importó. Dolly, Hank y Jane se pusieron en pie como empujados por un resorte, y la acompañaron hacia la puerta. Desde el vestíbulo, oyeron la voz de Jon.

—Ya os habéis acercado lo suficiente.

—¡Es un maldito indio!

—He dicho que no os acerquéis más.

Alguien debía de haberse movido, porque se oyeron unos disparos, y después, un silencio lleno de asombro.

Entonces, Von Heusen comenzó a hablar.

—¡Tranquilos, chicos, no disparéis! Sólo he venido a decirles a Jane y a Hank que salgan de esta propiedad...

—No tienen por qué hacerlo —dijo Jon—. Esto es una propiedad privada, y el propietario quiere que estén aquí. Si das un paso más, muchacho —le advirtió a alguien—, te haré un agujero en el pecho.

—¿Y quién demonios eres tú? —gritó Von Heusen, que había perdido el control.

—Un amigo.

—¡Un amigo! Pues bien, escucha, idiota de cara colorada. Los Stuart han muerto. Los atacaron los comanches, o los apaches, y...

—¿Los apaches? —lo interrumpió Jon. Tess percibió un tono muy peligroso en su voz—. ¿Qué apaches? Los apaches hacen la guerra para matar a sus enemigos y poder comer. Nunca he conocido un apache que dejara el ganado muerto tirado en el desierto, entre los cadáveres de los hombres.

—¡Y a quién le importa lo que hagan los apaches! —bramó Von Heusen—. Entonces quizá fueran los comanches...

—Río Rápido lo niega.

—¡Hay más tribus de comanches!

—Sí, es cierto —respondió Jon serenamente—. Sin embargo, los comanches también saben lo que hacen cuando le cortan la cabellera a un hombre. Claro que los blancos también llevan haciéndolo mucho tiempo. He leído que comenzaron a cortar cabelleras en el este, en el siglo XVI. Sin embargo, unos blancos con prisas pueden hacer un trabajo muy torpe. Ni un comanche ni un apache harían un trabajo torpe, por mucha prisa que tuviera.

—¡Tú debes saberlo bien, maldito indio! —gritó alguien.

—Tal vez debamos colgarlo. Puede que sea uno de los del grupo que lo hizo —dijo Von Heusen.

—¡Vamos a colgarlo!

—Intentadlo —dijo Jon.

—¡Bueno, ya está bien! —gritó Von Heusen—. Mira, Joe Stuart y su familia han muerto. Este rancho se va a subastar públicamente. Ahora...

Tess aprovechó aquel momento para salir al porche, y se colocó detrás de Jon.

—Se equivoca, Von Heusen, no estoy muerta.

Von Heusen se quedó estupefacto.

Era un hombre delgado y alto. Tenía unos rasgos casi cadavéricos, las mejillas hundidas y la barbilla alargada. Estaba erguido sobre su caballo, sin embargo. Jon lo estaba apuntando al corazón con la carabina, pero Von Heusen no estaba amedrentado. Tenía las manos apoyadas en la perilla de la montura.

Tess se inquietó al notar que sólo lo rodearan cuatro de sus hombres. Él tenía unos veinte pistoleros a sueldo, y a Tess no le gustó nada que sólo se hiciera acompañar por cuatro. Normalmente iba de visita con unos diez.

¿Dónde estaba el resto?

Von Heusen recobró el habla, por fin.

—Vaya, señorita Stuart. Me alegro de verla sana y salva.

—Y un cuerno, Von Heusen.

—Eso es una impertinencia, señorita.

—Váyase al infierno, buitre.

—Alguien debería lavarle la boca con jabón, señorita. Yo sólo había venido a...

—Ha venido a robarle a Joe todo lo suyo, después de haberlo asesinado.

—Tenga cuidado con las acusaciones que hace, señorita Stuart.

—Es la verdad. Lo sabe, y yo lo sé. ¡Y encontraré el modo de demostrarlo, se lo aseguro!

Von Heusen estaba sonriendo.

—No creo, señorita Stuart. ¿Sabe lo que creo? Que este

rancho estaba destinado a ser mío, señorita Stuart. Ya le he ofrecido un buen dinero por él. Una buena cantidad. Y sin embargo, usted se empeña en no vendérmelo. Señorita Stuart, quiero que se marche de la ciudad.

—Pues no pienso hacerlo.

—Yo no sería tan obstinado, señorita. Tal vez se encuentre con que tiene que marcharse de todos modos.

—¿La está amenazando, Von Heusen? —le preguntó Jon.

—Parece que ella piensa que yo soy culpable de algo —dijo Von Heusen—. Toda la ciudad puede decirle que yo estaba en la taberna cuando los indios atacaron la caravana de los Stuart. Pero bueno, si la señorita está tan preocupada, y tan segura, entonces tal vez quiera marcharse de Wiltshire, ¿no le parece?

—Me parece que es usted quien debería pensar en marcharse, Von Heusen —le advirtió Jon con calma.

Von Heusen se echó a reír.

—¿Por lo que me diga un mestizo?

Taloneó al caballo para acercarse al porche, pero Jon hizo un disparo que debió de pasarle a un centímetro de la mejilla. Von Heusen palideció.

—Eh, jefe... —dijo uno de sus pistoleros, nerviosamente.

Von Heusen alzó una mano.

—Tranquilos, chicos. Que la señorita Stuart haya recurrido a la violencia no significa que nosotros tengamos que hacerlo también. Nos vamos a marchar. Pero no olvide lo que le he dicho, señorita Stuart. Me gustaría que pudiera marcharse de Wiltshire bien vestida, en la diligencia, con todo su equipaje —sentenció. Después añadió con una sonrisa—: Me alegro de verla bien. Una señorita tan bella. Y con todo ese pelo rubio. ¿Sabía que el pelo rubio se cotiza mucho en ciertos lugares?

Se quedó mirando fijamente a Tess. Mientras él la escrutaba, ella se dio cuenta, de repente, de que olía a humo.

Entonces, supo dónde estaban el resto de los hombres de

Von Heusen. El humo provenía de la cochera. La imprenta todavía estaba en la carreta, y la carreta estaba en la cochera. El verano había sido muy seco, y si la cochera comenzaba a arder, el fuego se extendería rápidamente hacia la casa y los establos.

Von Heusen seguía sonriendo.

—¡Desgraciado! —le dijo.

Jon no se había movido. No podía hacerlo. Si variaba la posición del rifle, tal vez Von Heusen decidiera acribillarlos a balazos a todos.

Se quedaron inmóviles, atrapados en aquel momento. Von Heusen mirando a Tess con una sonrisa, Tess fulminándolo con los ojos, odiándolo. Todo estaba perdido. La casa, el rancho de Joe. La imprenta. Parecía que a Von Heusen ni siquiera le importaba que murieran todos los caballos.

Entonces, de repente, en mitad de la victoria de Von Heusen y de su desesperación, Tess oyó ruidos que provenían de la cochera. Seguía habiendo humo, pero no llamas.

De repente, salieron cuatro hombres de la cochera, con los brazos en alto. Caminaban tropezándose, porque alguien los había obligado a bajarse los pantalones, y los tenían alrededor de los tobillos. Tres de ellos llevaban calzoncillos largos. El cuarto no llevaba ropa interior, y se había quedado medio desnudo. Tess sólo vio un poco de sus piernas desnudas, puesto que se había escondido detrás de los otros tres.

—¡Maldita sea! —dijo Von Heusen—. ¡Idiotas! ¿Qué demonios está ocurriendo...?

Se interrumpió, y no llegó a terminar la frase. Entre el humo de la cochera apareció otro hombre.

A Tess se le aceleró el corazón.

Era Jamie. Tenía una sola pistola y estaba encañonando a los hombres. Los seguía tranquilamente.

Los pistoleros siguieron caminando. El que estaba medio desnudo se detuvo, pero Jamie lo empujó hacia delante.

—Señoras, disculpen —dijo Jamie—, pero parecen más dóciles de esta manera.

—¡Te voy a matar! —masculló uno de los tipos.

—Bueno, no tengo ninguna duda de que vas a intentarlo —dijo Jamie. Después miró a los hombres que estaban a caballo—. ¿Cuál de ustedes es Von Heusen?

—Yo soy Richard Von Heusen. ¿Y quién diantres es usted?

—Jamie Slater. Pero eso no importa. Lo que importa es que ahora soy propietario de este rancho. Y me gustaría que saliera de mis tierras y se llevara a sus matones.

—¿De sus tierras? —preguntó Von Heusen.

—De mis tierras, sí. Vamos, muévase. Llévese a sus amigos los pirómanos.

—Debe de estar confundido. ¿Por qué iban a prenderle fuego a algo mis hombres?

—¿Y quién lo sabe? Pero eso es lo que estaban haciendo. En circunstancias normales me gustaría conocer a mis nuevos vecinos, pero parece que los Stuart y usted no están en buenos términos, así que no creo que deban quedarse. Estoy seguro de que la cena ya está lista. ¿Tess, la cena está lista?

—¡Sí!

—¿Y es algo rico?

—Pavo con su guarnición. De todo.

—Y se estará enfriando. Caballeros, buenas noches —dijo Jamie.

—Somos nueve contra uno, idiota...

—Nueve contra dos. ¿Ve a mi amigo? Él puede acertarle al pelo de la nariz de un hombre a quinientos metros, y es muy rápido. Nosotros somos más, pero ustedes no lo saben todavía.

—Eso ya lo veremos —dijo Von Heusen con ira—. ¡Subid a esos imbéciles medio desnudos a vuestros caballos! —les ordenó a sus hombres. Mientras cumplían sus órdenes, Von

Heusen se dirigió hacia Tess—. Esto me lo pagará, señorita Stuart. Lo pagará muy caro, se lo prometo.

Después salió al galope, seguido por sus pistoleros, y se perdieron en la oscuridad. A los pocos instantes se hizo el silencio. Jon Pluma Roja bajó el rifle lentamente, y miró a Jamie.

—¿Por qué demonios has tardado tanto?

—¡Bueno, es que había cuatro en la cochera! —respondió Jamie con indignación. Subió las escaleras del porche. Tess se quedó mirándolo con desconcierto cuando él le dio un pellizco en la mejilla y pasó a la casa.

Tess lo siguió. Él se dirigió hacia la mesa, arrancó uno de los muslos del pavo y lo mordió con apetito. Tess, y después Dolly y Jane, y también Jon y Hank, lo estaban mirando. Él alzó la vista y se detuvo a medio bocado.

—¿Os importa?

Tess se colocó frente a él.

—¿Adónde has ido? ¿Cómo es que has vuelto justo ahora?

Él tragó la carne antes de responder.

—Salí de la taberna después de conocer a gente muy amable, y a otros que no lo eran tanto. Sabía que él venía hacia aquí, pero no sabía que quería quemar el rancho —dijo. Después miró a Jon y a Tess—. ¿No os parece muy raro? Ese hombre quiere estas tierras, pero no le importa destruir la propiedad. ¿No os hace pensar?

—Claro que sí.

—¿Pensar en qué? —preguntó Tess malhumoradamente.

—Tess, piénsalo. La casa necesita una mano de pintura y algunas reparaciones, pero es una casa muy bonita, sólida y grande. Tienes los establos, la cochera, los caballos. No he visto lo suficiente como para hacer una estimación de su valor, pero creo que aquí hay cientos y cientos de dólares tan sólo en caballos. Y a Von Heusen no le importa. Quiere la propiedad, pero no le importa quemarlo todo.

—¡Porque es un canalla!

—Bueno, sí —dijo Jamie—, pero creo que hay algo más.

Dolly se sentó a la mesa y tomó una cucharada de puré de calabaza.

—¡Ese hombre es verdaderamente vil! ¡Nuestra cena se ha quedado helada!

—Eso es, Dolly —dijo Jamie—. Vamos, Jon, siéntate. Tal vez la comida se haya quedado fría, pero está deliciosa.

—¿Y eso es todo? —preguntó Tess acaloradamente.

—¿Qué quieres decir?

—¿Adónde has ido? ¿Qué estabas haciendo? ¡Se suponía que tenías que estar aquí!

—Jon estaba aquí —respondió Jamie.

—Pero...

Jamie estaba untando una tostada con mantequilla, pero se detuvo con el cuchillo en mitad del aire.

—Tess, no me gusta el tono de esta conversación. He vuelto a tiempo para salvarte el pellejo.

—¡No tendrías que haber vuelto a tiempo si hubieras estado aquí, donde tenías que estar! ¡Quieres cobrar un buen precio, y ni siquiera has sido capaz de quedarte en el rancho!

De repente, Jamie se puso en pie. Su cuchillo cayó al plato con un tintineo.

—Yo no discuto así enfrente de los demás, Tess.

—¡No hay ninguna discusión! —le espetó ella.

—No, claro que no. Lo dejaré bien claro. Yo iré adonde me plazca, y es asunto mío. Tú no eres mi tutora, y en cuanto al pago, pues sí, maldita sea. Mañana iremos a la ciudad y me cederás la mitad de esta finca.

Ella se quedó estupefacta.

—Jamie, no entiende lo que estás haciendo —dijo Jon, ajeno a la tensión, mientras tomaba un panecillo—. Si se lo explicaras...

—¡Que se lo explique! ¡Me siento como si estuviera ante un juez!

—¿Un juez? A mí no me importa un pepino lo que hagas con tu tiempo, pero...

—¡Tú me suplicaste que viniera aquí, Tess!

—¡Suplicar!

—¡Sí, suplicar!

—¡Oh! —gritó ella—. ¡Yo tampoco discuto en público, teniente!

Entonces, Tess se puso en pie y salió del comedor. Estaba temblando, y ya no tenía apetito.

—¡Tess! —exclamó Jamie.

Al ver que no se detenía, y que continuaba hasta la puerta de la calle, fue tras ella.

—Dale un minuto, Jamie —le aconsejó Dolly.

—¡Y un cuerno! —respondió él.

Antes de oír cerrarse la puerta, a Tess le pareció que la silla de Jamie se caía al suelo, y pensó que él debía de haberla seguido.

Empezó a correr hacia la cochera para entrar antes de que él pudiera verla. Estaba en la puerta lateral cuando oyó cerrarse la puerta delantera de la casa.

Entró en la cochera y respiró y espiró rápidamente. Sin embargo, no percibió ningún olor a humo. Lo único que olía era la alfalfa fresca que estaba almacenada al fondo de la edificación. Buscó a tientas la lámpara de gas que había junto a la puerta. Cuando su luz llenó la cochera, Tess fue a la carreta para inspeccionar la imprenta. Subió por la parte de atrás y suspiró de alivio al ver que la máquina estaba en perfectas condiciones. Se sentó en una de las camas.

—¡Tess! ¿Dónde estás?

Era evidente que Jamie estaba enfadado. Tess apretó los dientes e intentó ignorarlo. Bajó de la carreta y se acercó al carro. No parecía que lo hubieran dañado las llamas. Tampoco a la calesa. Al rodearla, descubrió una bala de paja medio abrasada. La habían llevado al centro de la habitación y le habían prendido fuego. Von Heusen quería que fuera un incendio lento. Quería estar muy lejos de allí cuando el incendio lo devorara todo.

Tess se alejó de la bala y del olor acre que desprendía.

—¡Tess!

Él seguía llamándola con la autoridad de un oficial del ejército. Con un suspiro, pensó que iba a tener que abrir la puerta. Sin embargo, se abrió antes de que ella pudiera girar el pomo. Tess dio un salto hacia atrás con un grito. Jamie estaba allí, sin sombrero, con las manos en las caderas y el pelo revuelto.

—¿Por qué no me contestabas?

—Porque no quería hablar contigo.

—¿Y no se te ha ocurrido que tal vez estuviera preocupado?

—Yo podía haber estado entrando y saliendo de la cochera durante toda la noche y tú ni siquiera te habrías dado cuenta. ¿Se supone que tengo que obedecerte ciegamente si de casualidad estás aquí? ¿Y que si no estás, no importa?

Tess vio que él apretaba la mandíbula, y vio también que se le aceleraba el pulso en el cuello.

—Pues más o menos, así es. ¿Crees que podrás vivir con esas reglas?

—¡No!

—Entonces, me marcho.

—¿Cómo?

—Ya me has oído.

—Pero...

Tess se quedó mirándolo con una estupefacción total. Respiró profundamente. No podía dejar que la abandonara. ¡No podía!

Sin embargo, pensó que él no iba a irse. Sólo quería verla rogar.

—Márchate —le dijo; estaba decidida a seguir con aquel farol.

Entonces, él se dio la vuelta y abrió la puerta. Tess pensó rápidamente lo que podía decir.

—Creía que te gustaba la finca. Creía que querías la mitad de todo. Si lo quieres, tienes que ganártelo.

Entonces, Jamie se dio la vuelta. Tenía una sonrisa en los labios, y apoyó la espalda en la puerta.

—¿Es que no puedes pedírmelo por favor?

—¡No es eso! ¡Dios Santo, esto no es justo! Quieres una propiedad que vale miles de dólares...

—Si Von Heusen se sale con la suya, no habrá ninguna propiedad.

—¡Pero eres injusto!

—¿Porque fui a la taberna?

—¡Porque no estabas aquí!

—Sí que estaba aquí. Estaba aquí exactamente cuando me necesitabas.

Jamie caminó hacia ella. Tess dio un paso hacia atrás y cayó sobre la bala de paja medio quemada. Él siguió avanzando, y ella le tendió la mano porque esperaba que la ayudara a levantarse. Él no lo hizo.

Se dejó caer, encima de ella y a su lado, y le pasó un brazo por el pecho para que no pudiera escapar. Entonces, sus ojos grises se clavaron en los de ella. Tess se dio cuenta de que se había afeitado en la ciudad. Tenía las mejillas suaves, y olía ligeramente a colonia. Olía muy bien, a jabón y a hombre. También se había bañado, entonces; Tess se enfureció de nuevo. Se había quedado en la taberna. Había tomado una copa, y un baño, y tal vez había comido, y había...

Tal vez había estado con una mujer.

—¡Quítame las manos de encima, yanqui! —le gritó.

Su mirada se endureció. La miró con frialdad y se inclinó hacia ella. Sus caras casi se rozaban. El calor de su cuerpo la envolvió, y ella se olvidó de todo, sintió temor, excitación, el impulso de escapar de él y de huir...

Y el impulso de saber más de él.

—Me estás haciendo daño —le dijo.

—No, no es verdad —respondió Jamie sin miramientos—. Y no voy a moverme, porque quiero que me prestes atención. Escucha. Puedo irme, o puedo quedarme. Tú eliges. Pero si me quedo, haremos las cosas a mi manera. Voy a explicártelo. Yo no estoy desesperado por tener tierras, ni ganado, ni una casa, ni dinero. Me ha ido muy bien a mí solo, afortunadamente, y a pesar de la guerra, a pesar de todo. Pero mañana vas a entregarme la mitad de este rancho legalmente. Así, tal vez tengas una oportunidad de conservarlo. Presta atención. Tú eres una chica lista, Tess. Von Heusen pensaba que lo único que tenía que hacer para conseguir este lugar era matar a tu tío, y matarte a ti. Tú no tienes ningún pariente más. Pero cariño, yo tengo mucha familia. Tengo hermanos, sobrinos y sobrinas. Von Heusen tardaría años en encontrarlos a todos si consiguiera matarnos a los dos. Eso sería un gran obstáculo para él, ¿lo entiendes?

Tess lo miró fijamente, y asintió. Tenía razón, y con aquella explicación, todo había cobrado sentido. Y ella quería ser sensata. Quería ser digna, quería ser agradecida y fuerte. Quería poder librar sus propias batallas, pero sabía que no podía hacerlo sola.

Ojalá no lo deseara como hombre, ojalá no se pusiera celosa y se enfadara con tanta facilidad. Y, sin embargo, él desprendía aquella esencia... Era hipnotizante. Su cuerpo sería suave y limpio, y ella quería saber cómo sentiría todo aquel calor bajo la lengua.

—¿De veras? ¿Lo entiendes? —preguntó él, ajeno a todo lo que se le estaba pasando por la cabeza a Tess.

—¡Sí!

—¿Y tiene sentido para ti? ¿Vas a hacer lo que te estoy pidiendo?

—Sí. Iremos a la ciudad. En cuanto haya parado en el periódico...

—Antes.

—¿Y qué diferencia hay?

—Tal vez ninguna, pero cuanto antes sepa esto Von Heusen, antes mejorarán las cosas.

—¡Muy bien! —respondió ella, casi gritando. Estaba a punto de llorar, porque quería escaparse de él y de su sensualidad—. ¡Por favor, deja que me levante!

Él se echó a un lado y la soltó.

—Sin embargo, cada vez te pareces más a él —murmuró ella con imprudencia, mientras se levantaba y comenzaba a quitarse el heno del vestido—. Buitres yanquis, todos vosot...

—Ésa es otra cosa que tenemos que aclarar de una vez por todas —respondió él, y antes de que Tess pudiera salir corriendo, la agarró, volvió a tenderla en la bala de paja y la sujetó—. No soy un yanqui. Ahora soy un oficial de la Caballería de los Estados Unidos, pero nací y me crié en Missouri, y luché junto a Morgan durante muchos largos años en la guerra. Fui un rebelde, Tess. ¿Lo entiendes? ¡No vuelvas a llamarme buitre yanqui nunca más, y te lo digo en serio! ¿Lo has entendido?

Ella lo miró con aturdimiento. Lo había llamado yanqui más de una docena de veces, y él no le había dicho la verdad hasta aquel momento.

—¡Tess!

—¡Sí! —gritó ella. Se zafó de sus manos y consiguió liberarse, y lo empujó con fuerza. Él no se movió.

—Jon, o yo, debemos saber siempre dónde estás, ¿de acuerdo?

—¡Sí!

—Nada de esconderse en la cochera, ni en los establos.

—¡No me estaba escondiendo! Sólo quería asegurarme de que el fuego estaba bien apagado.

—Yo no habría salido de aquí sin asegurarme de que el fuego estaba bien apagado.

—Tal vez necesitara comprobarlo con mis propios ojos. La imprenta está aquí.

—¡Esa maldita imprenta! Lo es todo para ti.

—¡Sí! ¡El periódico lo es todo! ¡Es la única manera que tengo de decir la verdad!

Él se quedó callado durante un momento. Después se puso en pie lentamente, y le tendió la mano. Tess intentó ignorarlo, pero él la agarró y la incorporó. Sin embargo, después no la soltó.

—Sé lo que estoy haciendo.

Ella percibió su olor.

—De veras me imagino que lo sabes.

—¿Y qué significa eso?

—Parece que te has dado un buen baño.

—Y me he afeitado.

—¿Puedo irme ya?

Él estaba sonriendo otra vez.

—Eres muy celosilla, ¿no?

—¿Y por qué iba a estar celosa? Yo he pasado una tarde muy agradable con el señor Pluma Roja. Es muy culto y ha viajado mucho.

Jamie entornó los ojos. Durante un instante, Tess se odió a sí misma por crear problemas entre aquellos dos amigos. Sin embargo, no podía evitar intentar que Jamie se enfadara.

Entonces, lo supo. Lo vio claramente. ¡Estaba enamorándose de Jamie!

«¡No! No estoy enamorada de él».

Sí. Tal vez lo estuviera. Lo deseaba. Lo deseaba de una manera que nunca hubiera imaginado.

—Es importante —repitió Jamie con suavidad—, que Jon o yo sepamos siempre dónde estás. ¿Lo has entendido bien?

—Sí, gracias, creo que sí. Sin embargo, como parece que

me llevo mucho mejor con Jon, ¿no cree que debería informarle siempre a él, teniente? —preguntó. Después se retorció para liberarse y le hizo un saludo marcial.

Él la agarró por los hombros y volvió a estrecharla contra sí.

—Eres una descarada, Tess. Una descarada con la lengua muy afilada, con ojos de sirena y con las garras más largas de este lado del Misisipi.

—Teniente, usted...

—No soy un yanqui, ni un buitre, Tess, y no vuelvas a decírmelo...

—Usted está a punto de romperme las clavículas, teniente —dijo ella, con tanta dignidad como pudo.

—Oh —murmuró Jamie, y la soltó—. Perdóname.

—Lo intento, teniente. Todos los días. Hora a hora —respondió ella, y se encaminó hacia la puerta.

—¿Tess?

Ella no se volvió.

—Podía haberte obligado a que me lo rogaras, ¿sabes?

Entonces, Tess se dio la vuelta como un rayo. Jamie estaba muerto de risa, y ella corrió hacia él y lo empujó en el estómago con todas sus fuerzas. Lo sorprendió y lo tiró al heno.

No se quedó a escuchar nada más. Salió a toda prisa de la cochera y volvió a casa, sin detenerse hasta que estuvo dentro. Se apoyó contra la puerta con la respiración entrecortada.

La mesa estaba despejada. Jane salió de la cocina, y Tess la saludó con calma. Charlando, subieron juntas las escaleras, y Jane le dio un abrazo antes de encaminarse hasta su habitación. Tess estaba muy cansada. Abrió la puerta de su dormitorio, entró y encendió la lamparita de su mesilla de noche. Se quitó la ropa, se cepilló el pelo y se acostó.

Sin embargo, por mucho que lo intentó, no pudo conciliar el sueño. Aquel día habían sucedido dos cosas muy importantes; por primera vez Von Heusen había sido derrotado, y por primera vez, ella había reconocido que deseaba a Jamie Slater con todas sus fuerzas, y que tal vez estuviera enamorada de él. Intentó olvidarse de todo y concentrarse en la frescura y la suavidad de las sábanas, en la firmeza del colchón, en todas aquellas sensaciones deliciosas. Las estrellas y la luna brillaban en el cielo y mantenían su habitación en una penumbra suave de sombras y claros. La brisa mecía las cortinas. Poco a poco, Tess fue cerrando los ojos.

Tal vez pudo dormitar un poco, pero no pudo pasar mucho tiempo antes de que se despertara de nuevo por algo diferente. Alguien había abierto de golpe la puerta de su dormitorio.

No estaba sola.

Jamie estaba en el umbral con los brazos en jarras, y ella sintió la ira que irradiaba.

—Muy bien, Tess, ¿dónde está mi habitación?

¿Su habitación?

—¡Oh! —murmuró ella—. Tu habitación... Bueno, creía que ibas a quedarte en el pueblo.

Él atravesó el dormitorio a grandes zancadas. Tess se incorporó rápidamente y se sentó en la cama, y él se detuvo junto a ella.

—Acabo de pasarme dos días cabalgando para traerte hasta aquí, y durmiendo en el suelo, bajo la carreta.

—La paja del establo es muy blanda.

—La paja del establo es muy blanda —repitió él, mirándola fijamente. Entonces se inclinó hacia Tess—. ¿La paja del establo es muy blanda? ¿Es eso lo que has dicho? ¿Es que no tienes ningún sitio para mí?

—Bueno, lo siento —murmuró ella—. Es que tú te habías ido, y todos estábamos muy cansados. Y te has bañado en otro lugar... Yo creía que ibas a dormir en el mismo sitio donde te has bañado.

Él se quedó inmóvil un instante. Después sonrió.

—Señorita Stuart, hágase a un lado.

—¿Cómo?

—Que te apartes. Si no hay sitio para mí, voy a dormir aquí.

—¡Pero qué frescura!

—¡Shh! O compartimos esta cama, o dormimos juntos en la paja.

¡Lo decía en serio! Tess no daba crédito. Empezó a levantarse para escaparse de la cama, pero él la agarró del brazo y tiró de ella, con suavidad, hacia atrás.

—¿Adónde vas? —susurró.

—¿Y adónde voy a ir? Tú eres más grande que yo. ¡No puedo echarte de mi habitación! Voy a dormir al establo.

—Espera.

—¿A qué? —preguntó Tess.

¿A qué? Todo su cuerpo estaba vivo, gritando. Sentía a Jamie en toda la piel, con el corazón, con el alma, con el vientre. Él la acarició. Estaba cálido, y su sonrisa, la mancha blanca de sus dientes en la oscuridad, era algo hipnótico.

—He dicho que iríamos juntos.

Entonces, Jamie la tomó en brazos, envuelta en las mantas y en las sábanas. La estrechó con fuerza contra su cuerpo y se dirigió hacia la puerta.

Ella le rodeó el cuello con los brazos. Observó los planos de su rostro a la luz de la luna. Debería gritar, protestar, despertar a toda la casa. Sin embargo, no iba a hacerlo. Le acarició la nuca con las yemas de los dedos. Se sentía cómoda en sus brazos. Era algo absurdo; él iba a llevarla al establo, y a ella no le importaba.

Y tampoco había nada secreto ni furtivo en sus movimientos. Jamie avanzaba a grandes pasos. Bajó las escaleras sin preocuparse por el sigilo, abrió la puerta principal con un brazo y dejó que se cerrara tras él. Se detuvo en el porche y miró hacia la noche. Después la miró a ella. Tess sabía que estaba sonriendo sin poder evitarlo.

—¿Adónde me dirijo?

—No lo sé.

—¿Dónde duermen los vaqueros?

—En el barracón que está junto al segundo establo.

—Entonces, ¿voy hacia el primero? —preguntó él suavemente.

Ella sonrió de nuevo y le dijo remilgadamente:

—Usted, señor, es todo un atrevido.

—Tal vez —respondió Jamie, devolviéndole la sonrisa.

Entonces, mirándose a los ojos, ambos se echaron a reír. Después, las risas cesaron.

Él la estrechó con más fuerza y mientras ella lo observaba con fascinación, él la besó profundamente.

La oscuridad envolvió a Tess, y las sensaciones se apoderaron de ella.

Tenía que huir de él... y rápidamente.

No. Tenía que quedarse. Aquél era el lugar en el que quería estar. Exactamente, donde quería estar.

CAPÍTULO 8

Jamie la llevó al establo. Allí la depositó, envuelta entre las mantas, sobre un lecho de alfalfa que estaba desprendida de las balas, lista para alimentar a los caballos. El olor del heno era dulce, casi embriagador.

Jamie se tendió a su lado y le acarició la mejilla, mirándola como si fuera algo bello y fascinante. Después le pasó un dedo por los labios carnosos, y la miró a los ojos durante un largo instante.

Jamie se apartó y se tumbó boca arriba, y se quedó mirando al techo del establo, y luego se giró hacia ella, apoyó la cabeza en la mano y la miró de nuevo.

—No podías haberme preparado una habitación, ¿eh?

—Y tú no podías quedarte aquí un rato, ¿eh? —replicó ella. Supo que él lo estaba disolviendo todo, que estaba destrozando el momento que ella había esperado con tanta ansia.

Jamie se tendió boca arriba de nuevo.

—Vuelve a tu habitación —le dijo—. Yo no tenía ningún derecho a traerte aquí.

Tess se puso en pie de un salto, con las mejillas enrojecidas, atormentada en cuerpo y alma. Lo miró con furia.

—¡No tienes derecho a hacer lo que estás haciendo ahora! ¡A estropearlo todo!

—¿A estropearlo todo? ¡Tess! ¡Estoy intentando con todas mis fuerzas hacer lo más decente! ¿Es que no lo ves? Estoy intentando dejarte marchar.

—¿Y por qué? Yo no quiero marcharme.

—Tienes que saber una cosa para poder decidirte —le dijo él, casi en un gruñido—. Nada de promesas, ni de ataduras, ni de garantías. Deberías echar a correr. Deberías huir de mí tan rápidamente como uno de tus purasangres.

—¿Por qué?

—Porque estamos en un establo, porque me da la sensación de que no sabes lo que estás haciendo, porque eres joven y porque, seguramente, eres del tipo de mujer que debería enamorarse del hombre adecuado y casarse con él, y todo lo demás. Porque yo soy un despojo de una guerra maldita, y porque aunque no me importaría que sucediera algo esta noche, no querría nada más que una amante.

Ella sonrió.

—¿Y qué te hace pensar que yo quiera algo más que un amante?

Él estuvo a punto de soltar un gruñido. Si Tess no se marchaba pronto...

—Tess, no creo que sepas...

—Jamie, tengo veinticuatro años, y también soy un despojo de una guerra maldita. Esa guerra me ha enseñado muchas cosas. Una de ellas es que no siempre se puede tener exactamente lo que uno quiere. La vida es demasiado corta, y puede acabarse con demasiada facilidad.

Ella seguía sonriendo, y sus palabras tenían algo conmovedor que le encogió el corazón. Nunca la había visto más bella, más femenina, más deslumbrante. Tenía los ojos muy abiertos y una sonrisa dulce. El camisón dibujaba con suavidad las formas de su cuerpo, de sus hombros, de sus pechos, y el pelo dorado le brillaba suavemente en la penumbra.

Jamie la miró mientras intentaba dar con las palabras más adecuadas para conseguir que se marchara. Ella iba a odiarlo por rechazarla y humillarla, pero tal vez fuera mejor que lo que él deseaba. Deseaba poseerla por completo, enseñarle todo lo que ella quería saber, que lo olvidara todo salvo la sensación de tenerlo a su lado...

–Entonces, ven aquí –le susurró con la voz ronca.

Ella se mantuvo inmóvil. Como un duendecillo, como una hechicera o como un ángel, él no supo qué. Tess sonrió, y dijo:

–¿Jamie?

–¿Qué?

–¿Dónde has tomado el baño?

Él también sonrió.

–En el establo del pueblo. No en la taberna.

–Gracias –murmuró Tess.

Entonces se giró hacia él, y se entregó a su abrazo. Él la besó y dejó que sus manos vagaran a su voluntad. Había intentado hacer lo más decente, y no había salido bien. Así pues...

Tess era fragrante como una droga. Él inhaló el olor de su pelo y de su carne. Le besó los labios y el lóbulo de la oreja, y pasó la lengua por el pulso de su cuello, y después volvió a besarle los labios y saboreó la caricia de su lengua, sintió cómo aumentaban el calor, el deseo y el latir de la sangre en sus ingles mientras sus lenguas se enredaban de una manera cada vez más erótica. Él le acarició el cuerpo a través de la franela del camisón, atrapó uno de sus pechos y le masajeó el pezón hasta que lo convirtió en un nudo duro con el pulgar y el índice. Entonces, gimió y bajó su boca hasta ella, y rozó con los dientes la plenitud de su seno y de su pezón duro a través de la tela. La humedad de su boca impregnó la tela y provocó susurros y gemidos en los labios de Tess.

Temblando, él se puso en pie y comenzó a desnudarse. Se despojó del pañuelo del cuello y de la camisa, y después se descalzó y se quitó el cinturón de la pistola, y después se liberó de los pantalones y de las últimas prendas de ropa. Ella no dejó de observarlo hasta que, por fin, cerró los ojos, con las mejillas ruborizadas.

–Todavía puedes echar a correr –le dijo Jamie con la voz ronca.

Tess negó con la cabeza. Entonces, Jamie se arrodilló ante ella y tomó el bajo de su camisón. Comenzó a subírselo y vio sus pies. Eran pequeños, muy bonitos. Tenía los tobillos muy finos y las pantorrillas delgadas.

Él le besó las rodillas y continuó subiéndole el camisón por las caderas, y allí se detuvo, porque se quedó sin aliento. Toda la longitud de sus piernas era fina y bella, y sus caderas eran curvilíneas. Tenía la cintura muy estrecha, y el vello del mismo color dorado que su cabellera, lo que añadía pureza e inocencia a su belleza. Y aquella pureza lo volvía loco. Jamie notó unos latidos furiosos en la entrepierna, y en la mente, que se extendían por todo su cuerpo. Bajó la cabeza y la enterró en su vientre, y gimió de deseo, de necesidad, de anhelo. Ella también gimió al notar sus labios en la carne, mientras él seguía subiéndole el camisón y besando cada centímetro de piel que descubría.

La franela pasó por encima de sus pechos, por encima de sus pezones endurecidos. Él se elevó y se arrodilló, y tomó cada uno de sus senos en la boca. Tess era de alabastro, tan perfecta como el mármol, y tenía los pezones de color rosa, tan duros y atractivos que Jamie notó que su cuerpo se endurecía más y más, y más todavía al oír los gemidos sensuales y seductores de Tess, y al sentir cómo se movía contra él. Eran unos movimientos ligeros, como si tuviera miedo, como si estuviera descubriendo los ritmos arrebatadores del sexo.

Él se detuvo y la miró a los ojos, sus ojos aturdidos, húmedos, luminosos y honestos, que se clavaron en los de él. Ella miró su cuerpo desnudo y excitado, y abrió los ojos desmesuradamente. Después volvió a mirarlo a él, con un precioso color sonrojado en las mejillas. Jamie la incorporó y le sacó el camisón por la cabeza y ella lo abrazó, tímidamente, apretándose contra él en toda su desnudez, y él sintió sus pechos en el torso, como ella sentía sus músculos y el calor abrasador que él desprendía.

Entonces volvió a tenderla sobre las mantas y la paja, y la besó hasta que ambos tuvieron la respiración entrecortada, hasta que sus pechos se elevaban y bajaban bruscamente entre las manos de Jamie, hasta que ella temblaba bajo sus caricias. Entonces le besó los senos de nuevo, fascinado por su forma y su textura, por su belleza perfecta de alabastro. Descendió hasta ella. Aunque estaba cegado de deseo, no quería que ella sintiera dolor, quería que saboreara aquellos momentos como él los estaba saboreando, que recordara la pasión, la desesperación, la necesidad dolorosa.

La besó entre los pechos, le besó el esternón, le acarició las costillas con la punta de la lengua, y después la hundió en su ombligo. Y entonces, bajó la cabeza todavía más. Notó que a ella le temblaban las piernas, que se sobresaltaba, y oyó su protesta ahogada. Sin embargo, la ignoró y le hizo el amor completamente, hundiéndose en su feminidad. Tess gimió, pero en aquella ocasión, no con tanta suavidad. Él entrelazó sus dedos con los de ella y se mantuvo firmemente entre sus muslos, y siguió acariciándola profundamente. Tess gimió y sacudió la cabeza, y su pelo se extendió como un amanecer. Y siguió bebiéndose su esencia dulce, hasta que notó el pulso del deseo desbocándose en ella.

Entonces ascendió por su cuerpo y descubrió que tenía los ojos cerrados, que había palidecido. Y de todos modos, Tess le clavó los dedos en los hombros y, cuando él se abrió paso, con ternura, con cuidado, en su cuerpo, la encontró húmeda y bien dispuesta. Observó su cara mientras atravesaba el portal de su inocencia, y ella no se quejó, ni protestó. Él siguió penetrándola lentamente, y entonces, le agarró la barbilla.

Tess abrió los ojos, tan grandes y oscuros, y volvió a cerrarlos, y él la besó, le dio besos largos, perezosos, tomándole toda la boca, explorándola y saboreándola. Y mientras la besaba, comenzó a moverse dentro de su cuerpo con unos golpes tan suaves como el terciopelo, lentos pero exigentes...

Jamie se dio cuenta del momento en el que desaparecía su dolor y comenzaba el placer. Tess aflojó los brazos alrededor de él, y lo abrazó con las piernas. Le acarició los hombros con las yemas de los dedos y comenzó a gemir de pasión.

Entonces, Jamie embistió con más fuerza y desató toda la pasión que se había acumulado en su interior. Se movió como el viento, como la tierra, y le susurró palabras sin significado, pero que lo decían todo. Se besaron una y otra vez, sus labios se separaron, se fundieron, se unieron de nuevo, como sus cuerpos. Él notó que comenzaba a sudar con el calor que estaban creando en la noche, y sabía que no iba a poder aguantar mucho más. Y sin embargo, luchó por contener el clímax que se intensificaba en sus entrañas, en su mente. Lo contuvo mientras llevaba a Tess a lo más alto, hasta la luna e incluso más allá. Entonces, lo sintió. Sintió una rigidez repentina en su cuerpo, un momento en el que ella intentó luchar contra él, y después, un temblor violento.

Jamie echó la cabeza hacia atrás y notó que se le formaba un gruñido en la garganta, justo cuando la fiebre, el calor y la excitación llegaban a su punto álgido. El sonido se le escapó y la vida y la energía de su cuerpo estallaron dentro de

Tess y la llenaron. Él se estremeció una y otra vez, y después la abrazó con fuerza. Se tendió a su lado para descargarla de su peso, y la hizo girar para que ella se tumbara sobre su pecho. Los mechones de pelo húmedo de Tess cayeron en su piel, y él recordó que se había preguntado cómo sería tenerla así.

Como la seda. Era como la seda. Tess era como el sol, tan dorada contra el bronce de su propia piel. Y era como la seda. Su cuerpo era suave, y estaba pegajoso por todo lo que había ocurrido entre ellos.

Ella apoyó la cabeza en su hombro. No dijo nada, y parecía que no quería mirarlo.

—¿Estás bien? —le preguntó Jamie con ternura, acariciándole el pelo.

Tess asintió.

—¿Te... Te he hecho daño?

Tess negó con la cabeza, pero siguió sin hablar.

—No estarás llorando, ¿verdad?

—¡No! —respondió ella con la voz ahogada, en tono de indignación.

—Las mujeres lloran, ¿sabes?

—¡Las mujeres! —dijo ella, y por fin se incorporó y lo miró a los ojos—. ¿Con cuántas mujeres has... Con cuántas...? ¡Oh, no importa! —exclamó, y comenzó a alejarse de él en busca de su ropa.

Jamie se echó a reír y volvió a abrazarla. Cuando respondió, tenía la voz ronca.

—Nunca, nunca había estado en una... er... circunstancia como ésta.

—¿En qué circunstancia?

—Con una virgen.

Ella se puso como la grana, y él la estrechó contra su pecho. Tess estaba moviéndose y retorciéndose como si quisiera marcharse una vez que había terminado todo, aunque antes hubiera sido seductora y atrevida. Jamie no quería perderla.

—¡Tess!

—¿Qué? ¿Te importaría...?

—Tampoco volví con Eliza aquella noche. Todo fue una trampa...

—Eliza está enamorada de ti.

—Eliza está enamorada de mucha gente.

Entonces, ella lo escrutó con sus enormes ojos violetas.

—¿Y tú?

—Yo no estoy enamorado de nadie –dijo. De nuevo, sintió que ella quería alejarse, y la agarró–. Pero estoy enamorado de tus ojos. Y adoro tu forma de luchar hasta el final, aunque también podría estrangularte por eso mismo. Me encanta tu forma de pensar, y cómo cuidas a quienes están a tu alrededor, y me encanta incluso cómo te brillan los ojos cuando estás celosa.

—¡Yo no soy celosa!

—Entonces eres entrometida. Estabas empeñada en saber dónde me había bañado.

—Porque...

Jamie sonrió.

—Porque no estabas dispuesta a acercarte a mí si yo había estado con otra mujer, ¿verdad?

—¡Sí!

Él volvió a reírse, la abrazó y rodó con ella por el heno.

—No tengas miedo, amor mío. Cuando estoy cerca de ti no necesito a ninguna otra.

Entonces la besó, y le acarició el cuerpo de arriba abajo, con roces íntimos y abiertos. Ella protestó contra su beso. Él le hizo caso omiso.

Jamie sentía todo el fuego del infierno ardiendo dentro de él otra vez, y en aquella ocasión ya no necesitaba ir tan despacio, ser tan cuidadoso. Ella había aprendido lo que era la ternura. Estaba lista para aprender lo que era la tempestad.

Más tarde, cuando empezó a amanecer, ella se quedó dormida. Jamie observó las vigas de madera del techo a la pálida luz del comienzo del día. Estaba impresionado por la entrega completa con la que Tess se había aproximado al sexo. Jamie nunca había experimentado tal relajación, ni tal dicha física, como las que estaba sintiendo con ella dormida a su lado. Tess había aprendido muchas cosas aquella noche...

Él miró su rostro, tan bello, tan perfecto. Tenía los labios ligeramente separados, del color de las cerezas. Eran muy tentadores. Jamie le acarició el hombro y la espalda. Ella se acurrucó contra él, y él sintió el calor de su respiración contra la piel.

Ella había aprendido tantas cosas...

Pero él también había aprendido mucho. Había averiguado que nunca había hecho el amor de verdad. Había estado con muchas mujeres, sí, pero nunca había hecho el amor realmente.

Nunca había deseado a nadie como la deseaba a ella.

¿Quién había enseñado a quién?, se preguntó.

Le besó delicadamente la piel suave del hombro, y sintió una punzada de deseo. Suspiró. Tenía que despertarla y dejar que volviera a la casa antes de que comenzara la mañana, antes de que el rancho despertara a la vida.

Aquella mañana llegaron a la ciudad a las nueve. Jamie llevaba las riendas de la carreta, y Tess iba sentada a su lado en el pescante, remilgadamente.

Jamie pensó que las cosas habían cambiado mucho en

pocas horas. Desde que él la había despertado, Tess había estado muy distante. Se había puesto el camisón en silencio, sin mostrar arrepentimiento por nada, con frialdad y calma. No había entrado a la casa a hurtadillas. Se había ido caminando con tranquilidad, después de prometerle que estaría lista en veinte minutos.

Cuando él le había dado un beso al despertar, ella le había respondido con calidez, pero enseguida había abierto mucho los ojos, como si pensara que había ocurrido algo muy grave, algo que no había sopesado hasta aquel momento. Él casi se había preparado para lo que ella pudiera decir, pero Tess había guardado silencio. Se había vestido rápidamente y se había marchado a la casa con la cabeza alta, como si no tuviera nada que esconder.

«¡Yo no la he obligado a nada!», pensó él. Sin embargo, no había encontrado palabras adecuadas para hablarle, y ella iba sentada a su lado, muy callada, mientras se dirigían a la ciudad. No habían intercambiado ni cinco palabras.

Era temprano, y las calles estaban vacías. Sólo había un par de transeúntes por las pasarelas de madera del banco y de la barbería, y ante las oficinas del *Wiltshire Sun*. Tess se mordió el labio al mirar hacia el periódico, pero no dijo nada sobre aquello.

—El despacho del señor Barrymore está más adelante. Él siempre fue el abogado de Joe.

—Muy bien. Entonces, vamos a verlo.

Él la ayudó a bajar de la carreta. Tess se había puesto un vestido de muselina de cuadros amarillos y blancos, con una capota de ala ancha.

Cuando sus dedos se tocaron, casi hubo una descarga eléctrica. Ella miró a los ojos a Jamie y se ruborizó.

—Tenemos que hablar —dijo él.

—Yo necesito ir al periódico —replicó ella—, así que date prisa, ¿de acuerdo?

—¿Es que estás impaciente por darme la mitad de tus tierras?

—Me arrepentiré hasta el final de mis días —dijo Tess con dulzura—, pero bueno, tú eres mejor que Von Heusen.

—¡Qué cumplido tan encantador! —exclamó él, y le hizo una reverencia justo antes de abrir la puerta del despacho del abogado.

Tess iba a responder, pero tuvo que sonreírle al hombre alto y delgado que había tras el mostrador.

—Señor Barrymore, ¿cómo está? —dijo, y le tendió la mano.

El abogado se levantó y le estrechó la mano a Tess, aunque en realidad tenía los ojos fijos en Jamie. Jamie se estremeció por dentro al darse cuenta de que aquel hombre estaba en la taberna cuando él había conocido a los chicos de Von Heusen.

Tess no se percató de nada.

—Señor Barrymore, le presento al teniente Slater. Teniente, el señor Barrymore, que ha asesorado y ayudado a mi familia durante años.

El señor Barrymore seguía mirando fijamente a Jamie.

—¡Señor Barrymore! —insistió Tess.

—Oh, querida, querida Tess. ¡Me alegro muchísimo de verte! Por supuesto, ya sabrás que Joe lo puso todo a tu nombre...

—Por eso estoy aquí —dijo Tess.

—Claro, claro...

—No. No lo entiende. Quiero cederle la mitad de mis posesiones al teniente Slater.

—¿La mitad?

—La mitad.

Por fin, el señor Barrymore miró a Tess.

—¿La mitad?

—La mitad.

Él carraspeó y miró a Jamie.

—Eso le va a convertir en un joven muy rico.

—Tengo intención de pagar a la dama, pero tendré que hacerlo a plazos durante los próximos años. ¿Por qué no redactamos un contrato? —preguntó Jamie.

Tess lo miró con incredulidad.

—¿Vas a pagarme?

—Por supuesto. No pensarías que iba a robarte tus tierras.

—No, pero...

—Tess —dijo Jamie suavemente—. Tú... quiero decir, las tierras merecen la pena.

A Jamie le pareció que ella se iba a poner en pie de un salto e iba a gritar. Tess consiguió controlarse. Se inclinó hacia delante y le sonrió al señor Barrymore.

—Entonces, señor Barrymore, asegúrese de que pague un buen precio por ellas, ¿de acuerdo?

—Sí, sí —dijo el abogado nerviosamente. Miró a Jamie, después volvió a mirar a Tess, y después carraspeó—. ¿Estás segura de que quieres hacer esto, Tess?

—Sí.

—Y, teniente Slater, ¿le importaría explicarme cómo va a hacer los pagos?

—Por supuesto que no —dijo Jamie. Recitó sumas y cantidades, y el señor Barrymore comenzó a escribir rápidamente—. Y, cuando terminemos con esto, necesito hacer testamento, y la señorita Stuart también. En caso de que muramos los dos, la propiedad se dividirá en partes iguales para mis dos hermanos, Cole Slater y Malachi Slater, y en caso de que ellos mueran, para sus herederos.

Jamie sonrió a Tess.

—Ah, y, señor Barrymore, me gustaría que les hablara de esto a todos sus conocidos. Quisiera que toda la ciudad supiera que no hay manera humana de que las tierras de los Stuart salgan a la venta. ¿Me entiende?

Barrymore comenzó a sonreír.

—Muy bien, teniente Slater. ¡Es una idea endemoniadamente espléndida! Oh, discúlpame, Tess. Se me había olvidado que estabas ahí sentada.

—Qué divertido —dijo Tess con una sonrisa rígida.

—Todos se van a enterar, no le quepa duda, se van a enterar —decía el abogado mientras escribía—. Debo reconocer, teniente, que sabe lo que hace con las propiedades y la ley. Aunque no me sorprende. También sabe muy bien lo que hace con sus revólveres. En mi vida había visto nada como el tiroteo de la otra noche en el bar...

—¿Qué tiroteo? —preguntó Tess, irguiéndose en el asiento.

—Oh, sí. ¡Tenías que haberlo visto! Unos cuantos de los matones de Von Heusen entraron en la taberna, pero el teniente les enseñó lo que es bueno —dijo el señor Barrymore, y dio una palmada en el escritorio mientras se reía de buena gana—. Fue toda una alegría, Tess. ¿Es que no se lo ha contado a la señorita Stuart, teniente? ¡Demonios, hijo, si hubiera sido yo, se lo habría contado a todo el mundo!

—No me dio tiempo, señor Barrymore. Cuando llegué al rancho había más hombres de Von Heusen, y estaban intentando jugar con fuego.

—¿Les disparaste a los hombres de Von Heusen en la taberna? —preguntó Tess.

—Claro —respondió el señor Barrymore—. Ya te habrías enterado si hubieras ido al periódico, Tess. El teniente estaba sentado en la mesa de Ed Clancy y Doc.

Tess se puso en pie y miró a Jamie.

—Creo que voy a dar un paseo hasta el periódico ahora —dijo—. Estoy segura, teniente Slater, de que usted sabrá perfectamente cómo quiere que se redacten los documentos. Después, el señor Barrymore podrá escribirlos y yo volveré y los firmaré. ¿Me disculpan?

Jamie y el señor Barrymore se pusieron en pie rápidamente, pero Tess ya estaba saliendo por la puerta. Sabía que estaba ruborizada, y se preguntaba si debía sentirse furiosa con Jamie o si debería volver al despacho y besarlo. No iba a hacer ninguna de las dos cosas, sin embargo. Iba a visitar a Ed para averiguar exactamente qué era lo que había ocurrido.

Cuando ella entró en la redacción, Harry, el tipógrafo, alzó la vista desde las planchas. Edward estaba trabajando en su escritorio, y también miró hacia arriba. La alegría que Tess vio en sus ojos hizo que se le olvidaran todas las preguntas. El hombre se levantó de un salto y le dio un abrazo tan fuerte que estuvo a punto de romperle los huesos.

—Ya sabía que estabas bien, Tess, porque hablé con Slater, pero chica, ¡cuánto me alegro de verte!

—¡Gracias, Edward, muchas gracias! Le dijo ella.

Harry, a quien le faltaban los dientes, y que era muy tímido, estaba detrás de Edward.

—Y tú también, Harry, ven aquí. ¡Deja que te dé un beso!

El hombre se ruborizó por completo, pero aceptó el beso y abrazó a Tess.

—Hemos tenido funcionando el periódico, señorita Stuart. Incluso cuando nos dijeron que usted no iba a volver, seguimos sacándolo los martes, jueves y domingos, ¡como siempre!

—¡Estoy muy orgullosa de los dos! —le aseguró Tess.

Edward carraspeó.

—Bueno, en realidad yo no he tenido valor para escribir demasiado. Von Heusen nos ha amenazado, y...

—Pero has conseguido que siguiera funcionando —dijo Tess—. Y yo te lo agradezco —añadió. Se quitó los guantes y se dirigió a su escritorio—. ¿Todavía estoy a tiempo de escribir un artículo para el diario del martes?

—¡Sí, sí, señorita Stuart! —exclamó Harry con entusiasmo, y volvió a su trabajo para poder imprimir lo que escribiera Tess.

Ella se puso a trabajar enseguida. Describió cómo había sido su viaje y su vuelta a Wiltshire. Describió la pequeña caravana de su tío, y el ataque que habían sufrido. Describió a los atacantes, diciendo que parecían hombres blancos disfrazados de comanches. Contó cómo la habían salvado de la muerte los hombres de la Caballería de los Estados Unidos, y después escribió acerca del jefe Río Rápido y afirmó que ella no creía en su culpabilidad. También dijo que sabía que ella era una testigo presencial... y una superviviente. Terminó el artículo con una acusación clara hacia Von Heusen, aunque sin mencionarlo, y pidiéndoles a todos que se unieran para combatir la maldad.

Cuando hubo revisado el texto, sacó la hoja de papel de la máquina de escribir y se la entregó a Edward.

—Léelo y corrígelo, ¿quieres, Ed?

Él ya estaba pasando la mirada por el artículo. Era un corrector muy rápido, y pronto llegó al final. Entonces le tembló la mano, y el papel también.

—Tess...

—Quiero que salga mañana.

—Tess, vendrá por ti...

—Ya me ha dado por muerta una vez.

—Pero Tess...

—Imprímelo, por favor. Y ahora, cuéntame. ¿Qué ocurrió en la taberna la otra noche?

Edward se la quedó mirando con asombro.

—¿La otra noche? Vaya, Tess, es que necesitaba un poco de compañía...

—¡No, eso no, Ed! Quiero saber lo que ocurrió con el teniente.

—¿El teniente?

—¡El teniente Slater, Edward Clancy! Jamie Slater y los hombres de Von Heusen. El tiroteo.

—¡Ah, fue magnífico, Tess!

—Pero, ¿qué ocurrió?

—Bueno, él entró a la taberna, y todos lo saludamos... Doc y yo estábamos jugando a las cartas y le invitamos a tomar una copa. Entonces entraron los tipos de Von Heusen, y uno de ellos agarró a Hardy por el cuello. Slater le dijo que lo soltara, y el hombre se echó a reír. Entonces amenazaron al teniente con pegarle un tiro, ¡pero Slater fue mucho más rápido! En un abrir y cerrar de ojos todos estaban caídos en el suelo, llorando como bebés. Y Slater pasó por encima de ellos, más fresco que un pepino, y se marchó al barbero para darse un afeitado. Doc curó a los matones de Von Heusen, y ellos se marcharon de la ciudad. No sé si se habrán marchado para siempre, pero no he vuelto a verlos. Aunque no creo que el más joven pudiera ir muy lejos, porque no podía montar. Slater le había acertado en la parte posterior del cuerpo... Ya sabes a lo que me refiero...

—Sí, ya lo sé —dijo Tess. Después le dio a Ed otro beso en la mejilla—. Ahora, cuídate. Yo volveré mañana por la mañana. Asegúrate de que ese artículo sale en primera página.

—¡Sí, señora!

Tess salió de la redacción y volvió al despacho del señor Barrymore. El abogado estaba terminando de hacer la copia de los documentos. Era evidente que Jamie le había dicho lo que tenía que escribir.

—Llegas en buen momento —le dijo él—. Necesitamos tu firma.

Cuando Tess leyó y firmó el contrato, Jamie pagó al señor Barrymore en monedas de oro, cosa que agradó al abogado, puesto que en aquellos tiempos el papel moneda no tenía demasiado valor. Se despidieron del señor Barrymore y salieron del despacho. Al llegar a la pasarela de madera junto a la que habían dejado el carro, ella se giró hacia él.

—Jamie, creo que todavía no quiero volver a casa.

—No vamos a casa —dijo él.
—Entonces...
—Vamos a hablar.
—¿Y si yo tuviera algo que hacer?
—Tendría que esperar.
—¡Claro que no!
—Hoy sí, Tess. Hoy tendría que esperar.
—Escúchame...
—No, escúchame tú, Tess. No voy a vivir así. Tenemos que aclarar esta relación.
—No hay ninguna relación.
—Y un cuerno que no. Vamos, sube a la carreta, o te subiré yo.

Para evitar una escena desagradable, Tess obedeció, aunque de mala gana. Jamie condujo el vehículo hacia las afueras de la ciudad, y al cabo de un rato, tiró de las riendas y detuvo al caballo. Entonces saltó del pescante y rodeó el carro para ayudar a bajar a Tess. La agarró por la cintura y la dejó en el suelo. Sin embargo, no la soltó. La miró con intensidad, y apretó los dientes. Ella se dio cuenta de que, claramente, Jamie tenía intención de aclarar las cosas.

Entonces, Tess abrió la boca para protestar de nuevo. Sólo quería negar lo que él le dijera y huir. No. Estaba temblando porque eso no era en absoluto lo que deseaba. Quería confiar en él, y apoyarse en él. Y sobre todo, quería sentir sus labios de nuevo, tan calientes como el sol, tan ricos como la tierra. Pero no quería desearlo tanto... No quería convertirse en una tonta como Eliza.

Porque, como Eliza, se estaba enamorando de él.

—Vamos —le dijo Jamie.
—¿Adónde?
—A la orilla del agua.

Había un río que discurría en paralelo a la carretera. Él la tomó de la mano y la guió por entre los árboles hasta que llegaron a un bosquecillo. Estaban solos, con el murmullo del agua, el canto ocasional de algún pájaro y el sonido suave de las hojas de los árboles. Entonces, Jamie la abrazó, y cuando ella se puso rígida, la estrechó todavía más contra sí.

—¿Qué ocurre? —le preguntó.

Ella se humedeció los labios, mirándolo a los ojos, y después, mirándole los labios.

—¿A qué te refieres? —le preguntó.

—Tess, ayer te di la oportunidad de marcharte. Demonios, te di varias oportunidades. Tú quisiste quedarte.

—Yo...

—Querías hacer el amor.

—Yo... sí —susurró ella.

—Y ahora estás huyendo. ¿Por qué?

—¡No estoy huyendo!

—Entonces, ¿qué sucede?

—¡Sólo estoy intentando darte espacio!

Bajó la cabeza. Deseaba desesperadamente apoyarse en él. Inhaló su olor masculino, limpio, y notó que el pulso se le aceleraba en el cuello, en el corazón, en las venas. Él metió los dedos entre su pelo, por los lados de la cabeza, e hizo que elevara la cara. La miró fijamente, y ella intentó devolverle la mirada sin vacilar. Pero entonces, él posó una mano en su pecho. Ella murmuró algo suavemente y se apoyó en él sin poder evitarlo. El cielo azul era deslumbrante, pero no tan deslumbrante como aquel hombre.

—¡Tess, Tess! —le susurró él, abrazándola—. Me da miedo, me da mucho miedo. Estás empezando a importarme tanto...

La abrazó y la besó, y mientras se besaban, descendieron lentamente y se sentaron sobre una cama de hojarasca, con el río un poco más allá. Siguieron besándose y saboreándose el uno al otro, y parecía que el murmullo del agua se hacía más y más intenso.

Tess se vio presionada contra las hojas, y acariciada por sus manos. Ella posó las palmas en las mejillas de Jamie y el deseo se apoderó de ella en cuanto palpó los planos y las texturas de su cara. Deslizó los dedos por su nuca y lo atrajo hacia sí para besarlo de nuevo. La tierra que había bajo ella comenzó a calentarse. Tess le pasó los dedos por la abertura de la camisa, y sintió la vibración de sus músculos bajo las yemas. Lentamente le desabotonó la camisa y metió las manos entre la tela, y pasó las uñas, con suavidad, por su carne desnuda, sintiendo los temblores que le provocaba.

Oyó su gruñido, y sintió que le tocaba los diminutos botones del vestido, y después notó que la liberaba de la ropa. Le dejó la combinación y la camisa, pero no eran barrera suficiente para sus besos. Pronto le subió las enaguas hasta las caderas, y ella notó las hojas bajo la carne desnuda. Él la rozó un instante con su miembro viril, y después penetró en ella de una sola acometida.

El sol estaba sobre él. Tess oyó unos ruidos curiosos, y se dio cuenta de que provenían de ella, y que estaba aferrándose a él, arqueándose, retorciéndose... Deseándolo. Notó los choques de sus cuerpos, y eran reales. Notó el sol sobre el cuerpo desnudo, y eso también era real. Sintió más... el calor, el brillo de la luz, que aumentaban el placer, el atisbo de cielo azul...

Estaba húmeda, y sentía con intensidad el cuerpo de Jamie dentro del suyo, y sentía con intensidad que el éxtasis iba formándose en su interior. Iba tensándose más y más, hasta que se le escapó un suave grito de entre los labios, al notar algo tan fuerte, tan dulce y tan volátil que la dejó temblando, que inundó todo su ser. No podía moverse. Apenas podía respirar, y le pareció que el mundo se oscurecía antes de que el sol estallara sobre ella de nuevo. Entonces, justo en aquel momento, él la embistió con dureza y se quedó inmóvil, con los ojos clavados en ella, con el rostro tenso de pasión. Y explotó en su cuerpo, y embistió y embistió de nuevo... y finalmente se tendió a su lado y la tomó entre los brazos.

El sol estaba sobre ellos.

—Me das miedo —admitió Tess.

Él estaba tumbado boca arriba, pero al oírla, se incorporó y se apoyó sobre un codo.

—¿Cómo?

—Me da miedo que empieces a importarme demasiado.

Él le acarició la mejilla.

—A todos nos da miedo eso.

—Yo no creo que a ti te dé miedo nada.

Él sonrió.

—Pues sí, yo también tengo miedo. Tengo miedo de perderte en este mismo momento.

—En este mismo momento —repitió ella—. Pero, ¿y mañana, Jamie? Eso es lo que me asusta.

—¿Qué quieres decir?

Tess negó con la cabeza. Se apartó de él y se puso en pie. Se colocó la combinación y comenzó a sacudirse las hojas y las hierbas que se habían quedado enganchadas en la tela. Le sonrió, y después salió corriendo hacia el agua.

Él debía de haberse quitado el resto de la ropa, porque cuando la siguió, estaba completamente desnudo. La tomó por la cintura y le besó la nuca. Después le susurró al oído, le dijo unas palabras tan suaves que ella no estaba segura de haberlo entendido bien:

—¿Mañana? No estoy seguro. Pero creo que me estoy enamorando de ti, Tess.

Entonces la dejó y caminó hasta el río. Se lanzó al agua y nadó hasta el centro de la corriente. Allí se levantó, gritó y se estremeció.

—¡Está helada, para ser verano! —le dijo.

Tess se agachó y se lavó la cara con el agua fresca. Vio que Jamie volvía a sumergirse bajo la superficie.

Entonces oyó el crujido de una rama detrás de ella. Se incorporó de un salto y se volvió.

Había cuatro hombres disfrazados de indios. Llevaban la piel pintada y taparrabos.

—¡Jamie! —susurró ella.

Pero, por supuesto, él no podría hacer nada. Aquellos hombres iban armados con arcos y flechas, rifles y hachas. Iban a matarla, y Jamie no tendría tiempo para salir del agua y protegerla. Y era culpa suya y sólo suya, porque si ella hubiera querido hablar con él aquella mañana, él no la habría llevado allí, y nunca se hubiera concentrado tanto en ella como para olvidarse del peligro...

—¡Jamie! —gritó Tess, cuando los hombres se abalanzaron hacia ella.

Luchó, dio patadas y arañó, gritó y forcejeó, pero entre todos la agarraron y la inmovilizaron.

A Tess se le llenaron las manos de pintura de color rojizo...

—¡Tess!

Jamie iba corriendo hacia ellos, pero estaba desnudo y desarmado. Tess vio sus ojos. Se le clavaron en la distancia; todo el dolor y el espanto de aquel momento se reflejaban en ellos.

—¡Tess! —gritó de nuevo, con angustia y miedo, mientras corría furiosamente hacia la orilla.

Uno de los hombres se echó a Tess al hombro y empezó a correr con ella. Tess alzó la cabeza cuanto pudo para mirar a Jamie. Lo vio llegar a la orilla, y lo vio correr, y embestir con ferocidad a uno de los hombres. Lo tiró al suelo, y comenzó a pelearse a puñetazos con el siguiente atacante.

Pero entonces, Tess vio al tercer hombre acercársele por

detrás con un garrote de guerra. Golpeó a Jamie en la cabeza con todas sus fuerzas.

Tess oyó un crujido...

Y gritó al ver caer a Jamie, y después no vio nada más, porque todo se volvió oscuro bajo el sol.

CAPÍTULO 9

Cuando recobró el conocimiento, Tess no sabía cuánto tiempo había pasado. Estaba colgada boca abajo, sobre el flanco de un caballo sudoroso, delante de uno de los indios falsos. Sólo sentía incomodidad. Aunque el sol se estaba poniendo, hacía muchísimo calor. El pelaje pegajoso y húmedo del caballo le irritaba la piel, y los golpes monótonos del galope le habían provocado un intenso dolor de cabeza. Le dolían los brazos, la espalda, el cuello. Era una gran masa de dolor. Al principio, sólo podía pensar en eso.

Después de un rato, lo recordó todo. La habían secuestrado. La pintura de color bronce que llevaba su captor se le había traspasado a la carne y a la camisa, en los lugares donde se tocaba con los muslos y las rodillas del hombre.

Y Jamie Slater se había quedado junto al río, con la cabeza rota. No era posible que siguiera con vida. Había luchado por ella y había muerto en el intento.

A Tess se le llenaron los ojos de lágrimas. Tuvo que contener un grito. Tal vez Jamie hubiera sobrevivido. Tal vez sólo hubiera quedado inconsciente. A ella también la habían dado por muerta una vez, y sin embargo, no lo estaba. Jamie era fuerte, duro. Había superado la guerra, había...

Tess había visto el garrote impactar contra su cabeza.

Sin embargo, no podía aceptarlo. Tenía que creer que él seguía vivo, porque de lo contrario, a ella no le importaría vivir o morir. Rezó, en silencio, para que él no hubiera muerto.

—¡Paramos aquí! —dijo alguien.

El caballo se detuvo, y un segundo animal paró junto a él. El hombre habló de nuevo.

—Ya nos hemos alejado lo suficiente. Si alguien encuentra el cadáver de Slater, no podrán seguir nuestras huellas por el río. Y hemos dejado muchas flechas comanches tiradas por allí. La chica todavía está inconsciente, ¿no, David?

—Eso parece, Jeremiah.

—Bien, muy bien. Vamos a parar aquí para dormir. Mañana por la mañana ya se la habremos entregado a los comancheros.

¿Comancheros? Al oír aquello, Tess sintió terror. Los comancheros no eran mexicanos, ni indios. Eran un grupo mixto que vivía salvajemente fuera de la ley. Atracaban, saqueaban, asesinaban y violaban sin darle importancia, y obtenían la mayor parte de sus ingresos vendiéndoles armas, ilegalmente, a los apaches.

Von Heusen había planeado muy bien su venganza. No le había concedido una muerte rápida y fácil, sino que la había condenado a un infierno en vida.

No podía permitir que la entregaran a los comancheros. Tenía que escapar de aquellos hombres. Y si habían matado a Jamie, se ocuparía de que fueran llevados ante la justicia.

—Vamos. Tenemos que montar el campamento para pasar la noche —dijo el hombre llamado David, y comenzó a desmontar—. Chico, qué gusto me ha dado romperle la cabeza a ese bastardo de Slater. Después de lo que nos hizo en el rancho de Stuart la otra noche, me habría gustado sacarle los ojos.

—¿O cortarle la cabellera?

—Sí. O cortarle la cabellera.

—¿Crees que Hubert y Smitty le habrán dado el mensaje ya a Von Heusen?

—Seguramente. Les dije que fueran directamente a su rancho. Alguien encontrará pronto el cadáver de Slater, y no pueden echarnos la culpa a nosotros. Vamos a bajar a la chica y a atarla antes de que recupere el conocimiento.

Jeremiah saltó del caballo. David la agarró. La agarró con las manos que siempre estarían manchadas con la sangre de Jamie.

Tess gritó salvajemente al notar que la tocaban aquellas manos. Estaba preparada. Él había dicho que quería sacarle los ojos a Jamie, y ella intentó hacerle lo mismo. Lo atacó ciegamente, y lo tomó por sorpresa. Su captor gritó de dolor cuando ella le arañó todo el rostro, y aunque Tess no llegó a sus ojos, le hundió las uñas en las mejillas. Él se tambaleó, y ella intentó erguirse en el caballo.

El animal se aterrorizó con los gritos y se encabritó, y movió las patas delanteras en el aire. Tess, desesperada como estaba, no pudo guardar el equilibrio; el animal bajó las patas y comenzó a cocear y a formar grandes nubes de polvo, y después volvió a encabritarse y lanzó a Tess a los arbustos.

A ella se le cortó la respiración a causa del impacto, y se quedó aturdida. David y Jeremiah se estaban gritando el uno al otro.

—¡Agarra al caballo! —ordenaba David—. ¡Agarra al maldito caballo! ¡Yo voy por la chica!

El miedo la empujó a ponerse en movimiento. Consiguió ponerse en pie y correr, con los pies descalzos, por un estrecho sendero. Se clavó piedras y espinas en las plantas de los pies, pero siguió corriendo pese al dolor, desesperada por liberarse.

Sin embargo, de repente unos brazos le rodearon las piernas, y Tess cayó de bruces contra el suelo. Se le llenaron la boca y la nariz de tierra, y entre jadeos y toses, consiguió abrir los ojos.

David se sentó sobre ella a horcajadas. Todavía llevaba el taparrabos y la pintura en el cuerpo, pero se había quitado la ridícula peluca negra con trenzas. Él era pelirrojo, y su pelo tenía un aspecto muy raro en contraste con la pintura de color bronce, aunque hacía juego con los arañazos rojos que ella le había dejado en el rostro. Debía de estar en la veintena, y hubiera tenido cierto atractivo si la vida no le hubiera hecho cosas en los ojos y el semblante. Ambos eran de una frialdad extrema, y tenía siempre un rictus de insatisfacción en los labios. Sonrió al mirarla. Estaba disfrutando del poder que tenía sobre ella, y de la tristeza de Tess.

—Vaya, vaya, vaya, señorita Stuart. ¡Es un placer verla así!

Tess se dio cuenta de que estaba medio desnuda. Tenía la camisa sucia, y se le había subido de modo que dejaba a la vista su estómago. Y tenía las enaguas enredadas en las piernas, que también le habían quedado destapadas. Mientras él la miraba, ella se sintió asqueada. Veía las intenciones de aquel hombre en su mirada, y tuvo ganas de morirse.

Hacía poco tiempo que Jamie le había susurrado al oído que se estaba enamorando de ella. Y también hacía poco tiempo que él le había enseñado lo que era sentirse femenina, lo que era sentir deseo mutuo, pasión, y todas las cosas dulces y fascinantes que deberían compartir un hombre y una mujer. Hacía muy poco tiempo.

Y en aquel momento, aquel hombre horrible, que tenía las manos manchadas de sangre, la estaba mirando y riéndose.

—¡Siempre quise conocerla mejor, señorita Stuart! —le aseguró.

Se inclinó hacia ella. Tess se retorció ferozmente y gritó, pero no pudo evitar que la tocara.

—¡Así me gusta! —susurró él contra su mejilla—. Muy bien. Muy pronto te va a gustar. Soy muy bueno, muy bueno. Te haré gritar como nunca has imaginado, nena. Y después me lo agradecerás. Porque vas a ir con Nalte, uno de los jefes de los apaches mescaleros. Desde hace mucho tiempo quiere tener una mujer blanca y rubia, como tú. Dicen que ha intentado conseguirla varias veces en algunos ataques, pero siempre se ha encontrado con morenas. Nuestros amigos los comancheros le prometieron una mujer rubia. Nalte es muy duro, ¿sabes? Te vas a alegrar de que yo te haya iniciado en esto...

Mientras hablaba, le agarró las muñecas con las manos para inmovilizarla, pero Tess comenzó a retorcerse de nuevo, entre sollozos, y arqueó las caderas con todas sus fuerzas para quitárselo de encima. Sin embargo, pareció que a él le gustaba que se moviera así. Tess sólo pudo clavarle los dientes en los dedos.

Él gritó de dolor y se sentó con fuerza sobre ella, mirándola con odio. Entonces la abofeteó con fuerza, y el mundo comenzó a dar vueltas. David comenzó a manosearle los pechos, a tirar de su enagua.

—¡No! —gritó ella con desesperación.

—¡Suéltala! —rugió alguien de repente. Y le quitó a David de encima.

Tess se arrastró rápidamente hacia atrás con los codos. Sintió un alivio inmenso al ver a Jeremiah y a David peleándose a puñetazos.

—¿Qué demonios te pasa, Jeremiah? ¡Tú puedes agarrarla cuando yo haya terminado!

—¡No! ¡Von Heusen dijo que no! ¡Le prometió al jefe una mujer virgen...!

—¿Y qué crees que estaba haciendo en el río con Slater?

—¡Yo no sé nada! Vi a la chica lavándose la cara y a Slater nadando. Eso es lo que vi. Von Heusen les prometió a los comancheros una chica virgen, y nos hizo jurar que no íbamos a tocarla. Yo no voy a dejar que me maten sólo porque tú quieras entretenimiento.

—Yo soy quien da las órdenes aquí...

—¡Las órdenes las da Von Heusen!

Tess se dio cuenta de que se había quedado inmóvil mirándolos. Estaban peleándose como locos y no le hacían caso, así que aprovechó para ponerse en pie y echar a correr de nuevo. Sin embargo, no había dado tres pasos cuando alguien la agarró del pelo. Sollozó, se agitó, golpeó con brazos y piernas e intentó escapar, pero estaba tan exhausta y tan dolorida que no lo consiguió.

—¡Ya basta! ¡Ya basta, señorita Stuart! ¡Cálmese! Así nos facilitará las cosas a todos. No vamos a tocarla, ¿entiende? Cálmese.

Era Jeremiah quien la estaba sujetando. Era tan joven como David, y tenía el pelo rubio y los ojos de un azul clarísimo, casi incoloro. Sin embargo, no tenía la misma crueldad que su compañero. Casi sonrió.

—Voy a traerle algo de ropa. Después la ataré. Tengo que hacerlo. Pero le traeré agua y algo de comer. No vamos a tocarla.

—¡Habla por ti! —ladró David desde cerca.

—¡No vamos a tocarla! —repitió Jeremiah—. Se la entregaremos a los comancheros, tal y como le prometimos a Von Heusen.

Tess no sabía cuál de los dos se saldría con la suya. Jeremiah, agarrándola con fuerza, la llevó hasta un tercer caballo que tenía varios fardos atados al lomo. Jeremiah soltó las ataduras con una sola mano, y los paquetes cayeron al suelo. Entonces, hizo que ella se agachara junto a él para abrir uno de ellos.

—Tenga —le dijo—. Póngase esto. Y no intente hacer nada raro, porque me daré la vuelta y dejaré que David haga lo que quiera con usted, ¿entendido?

Tess lo entendió. No tenía fuerzas suficientes para luchar con ellos. Necesitaba dormir. Necesitaba un poco de tiempo para pensar en un plan.

Aceptó la ropa que le dio Jeremiah. Era un traje apache. Unos pantalones finos y suaves y un peto tradicional, todo ello de gamuza, con bordados de abalorios. Se alejó hacia los arbustos con la ropa.

—¡Quédese donde pueda verla! —le gritó Jeremiah.

—¡Estoy aquí! —respondió ella.

Se quitó la ropa interior y se vistió rápidamente con las prendas indias.

—Debería llevar una falda, y no ropa de guerrero —comentó David.

—No puede montar con falda —respondió Jeremiah.

Tess los escuchó en silencio. Jeremiah era el más blando, pensó. Parecía que todavía tenía cualidades humanas. Cuando estuvo vestida, volvió junto a sus captores y se quedó inmóvil.

—Señorita Stuart —dijo Jeremiah—, tengo que atarle las manos.

Ella no se acercó más.

—Por favor —murmuró suavemente.

—Bueno... —comenzó a decir Jeremiah.

—¡De eso nada! —terció David—. ¡Te ha tomado por tonto! —añadió, y con furia, le quitó la cuerda de las manos a su compañero. Después caminó hacia Tess, y al verle la cara, ella estuvo a punto de echar a correr de pánico.

—¡Inténtalo, vamos! ¡Me encantaría que lo hicieras! —la retó él, y lo decía en serio. Le gustaba la caza, le gustaba la lucha e incluso el olor a sangre.

Ella extendió las manos en silencio. David se las ató con fuerza y tiró del nudo. Después la agarró del brazo y la arrastró al centro del claro, donde se habían detenido. Allí la obligó a sentarse. Después, miró a Jeremiah.

—Hay un riachuelo detrás de aquellos arbustos. Puedes ir a lavarte la pintura del cuerpo. Cuando vuelvas, decidiré si me fío de ti lo suficiente como para dejarla contigo y poder hacer lo mismo.

Jeremiah vaciló.

—No se te ocurra hacer nada raro, David Birch.

—¡No voy a hacer nada! ¡Sólo quiero librarme de esta maldita pintura!

Jeremiah caminó hasta los fardos de ropa y tomó uno. Miró a David y se marchó hacia el riachuelo.

Tess se quedó con David. Él sonrió y la observó fijamente.

—Crees que vas a conseguir engatusar a Jeremiah, ¿verdad? Pues no. Yo me ocuparé de que no sea así. Vas a ir con el viejo jefe Nalte, y ya no tendrás que preocuparte de escribir esas mentiras en el periódico. Tendrás muchas otras cosas en las que pensar —dijo, y soltó una carcajada—. Muchas cosas, como criar a toda una tropa de pequeños indios.

Tess giró y le dio la espalda. Él siguió riéndose. Después la agarró del pelo e hizo que lo mirara otra vez.

—Voy a disfrutar mucho sabiendo dónde estás. Como disfruté rompiéndole la crisma a Slater esta mañana. Me encantó.

Ella se obligó a sonreír.

—Tal vez no le hayas roto nada —dijo con suavidad.

David apretó los dientes y le dio un tirón de pelo.

—Ha muerto. Está bien muerto. No necesitas preocuparte más por él, tampoco.

Después de decirle eso, se alejó y la dejó tranquila. Jeremiah volvió, y él pasó a ser su guardia silencioso.

Tess no tenía la energía necesaria para decirle nada. Siguieron sentados en silencio mientras anochecía. Cuando volvió David, entre los dos encendieron una hoguera, y le dieron algo de pollo frío y agua de las cantimploras a Tess. Como tenía las manos atadas, comer le resultaba demasiado esfuerzo, así que dejó la comida, tomó un poco de agua y se tendió en la tierra.

Intentó decirse que Jamie estaba vivo, que en cualquier

momento saldría de entre los arbustos y mataría a aquellos dos hombres, y la rescataría.

Sin embargo, Jamie no llegó. Ella cerró los ojos con dolor e intentó olvidar todas las visiones de pesadilla de aquel día.

Jeremiah se le acercó. La tapó con una manta y le puso un fardo bajo la cabeza para que le sirviera de almohada.

—Y no se le ocurra intentar escapar —le advirtió.

A David no debió de parecerle suficiente. Tomó un rollo de cuerda de uno de los caballos y le ató un extremo al tobillo. Después le dijo:

—Si te mueves, lo sentiré. Si intentas huir, te lo haré pagar caro.

Se alejó con el otro extremo de la cuerda en la mano.

No importaba. Tess no podía moverse de todos modos. Estaba demasiado cansada. Tenía los ojos llenos de lágrimas. Cuando los cerró, vio a Jamie de nuevo, luchando, cayendo al suelo. Y oyó sus palabras: «Creo que me estoy enamorando de ti...».

A Tess le dolía cerrar los ojos. También le dolía abrirlos. Rezó para dormirse pronto y no ver aquellas imágenes. Intentó decirse de nuevo que él estaba vivo, pero sabía que si eso fuera verdad, Jamie habría ido a buscarla.

Y si no estaba vivo... Bueno, entonces ella tampoco quería vivir.

Jamie estaba vivo, aunque a punto de morir.

Jon lo encontró de noche, cuando la luna estaba en lo más alto del cielo. La carreta había vuelto al rancho sin Jamie ni Tess, pero muy tarde. Jon había tenido que seguir su rastro desde el pueblo en la oscuridad, y aunque había encontrado pistas, había tardado en llegar al río y hallar el cuerpo inmóvil de Jamie.

Jon se quitó la chaqueta de gamuza y envolvió a su amigo con ella. Palpó la herida que Jamie tenía en la sien, y con sumo cuidado, pasó los dedos por todo su cráneo. Descubrió que no tenía huesos rotos ni aplastados. Mojó su pañuelo en el río y le limpió la sangre. Jamie estaba helado. Necesitaba calor, y rápidamente.

Jon tomó a su amigo en brazos y consiguió montar con él en el caballo. El animal los llevó, con un trote suave, hasta el rancho.

Allí esperaban Dolly, Hank y Jane, que se habían quedado muy preocupados. Cuando Jon entró en el vestíbulo, Jane palideció al ver a Jamie.

—¡No se te ocurra desmayarte! —le dijo Dolly—. Tráelo al sofá, Jon. Jane, baja mantas, muchas mantas. Y tú, Hank, trae hilo y aguja, agua caliente y alcohol para desinfectar la herida, y para que el teniente beba un poco. ¡Tiene un buen golpe en la cabeza!

Hank ya estaba saliendo por la puerta, pero Jane se había quedado paralizada.

—¡Muévete! —le ordenó Dolly.

La joven volvió al minuto con varias mantas. Jon envolvió a Jamie y comenzó a frotarle los pies. Hank volvió con el hilo, la aguja y el agua, y Dolly comenzó a limpiarle la herida. Tenía una brecha que le ocupaba toda la sien.

—¡Es increíble que siga con vida! —murmuró Dolly.

—Es un hombre duro, de Missouri —le dijo Jon—. Sobrevivirá.

—Voy a hacer todo lo posible para que así sea, desde luego —le aseguró Dolly a Jon—. ¿Y Tess?

Jon negó con la cabeza.

—No lo sé. Tenía que traerlo aquí antes de que muriera. Ahora voy a volver para ver qué puedo encontrar —dijo él. Se levantó y se dirigió hacia la puerta. Allí se detuvo un momento y le dijo a Dolly—: Vamos, no le dejes morir.

—Voy a coserle la herida. Y voy a rezar.

Jon salió apresuradamente.

Sin embargo, cuando llegó al río descubrió que quienes habían agredido a Jamie y a Tess habían escapado por el agua. Necesitaría la luz del día para seguir aquella pista. Aquella noche no podía hacer nada más.

Aunque tal vez sí pudiera hacer algo. Era tarde, pero en las tabernas se reunía mucha gente. Tal vez pudiera averiguar más en una conversación relajada durante una partida de cartas que inspeccionando ramas rotas.

Guió a su caballo hacia Wiltshire.

Al amanecer, Jamie despertó de un sobresalto. Sintió un dolor lacerante en la sien, y gritó con la voz ronca mientras se agarraba la cabeza. Lentamente, el dolor se mitigó hasta que se convirtió en un suave martilleo, y abrió los ojos.

Vio a Jon sentado frente a él, observándolo. Jamie volvió a gruñir.

—¿Qué demonios ha ocurrido? ¿Dónde está Tess?

—Se la han llevado los falsos comanches de Von Heusen —respondió Jon con calma.

—¿Se la han llevado? ¿Y tú no has ido tras ellos?

—Espera un minuto, amigo —le advirtió Jon—. Se suponía que tú estabas muerto; así es como te dejaron. Y habrías muerto si no te hubiera traído al rancho. No podía seguir su rastro a oscuras...

—¡Tú puedes seguir cualquier rastro! —le recordó Jamie con indignación.

—No. Sin luz no puedo seguir un rastro por el lecho del río —dijo Jon—. Pero he averiguado adónde la llevan.

—¿Adónde? —explotó Jamie. El sonido de la palabra reverberó por toda su cabeza, y tuvo que agarrársela de nuevo para intentar calmarse el dolor.

—Se la llevan a unos comancheros. Y los comancheros se la van a entregar a un jefe indio de México llamado Nalte.

Jamie apartó la manta y se puso en pie, tambaleándose.

Entonces, Dolly gritó suavemente y le reprendió:

—Jamie Slater, ¿qué crees que estás haciendo? ¡No puedes ir a ninguna parte!

Jon también se había levantado.

—Siéntate, Jamie. Iré yo.

—¡No! Se la han llevado por mi culpa. Voy a ir a buscarla.

—No estás en condiciones de...

—¡Estoy perfectamente! —rugió Jamie. El sonido de su propia voz le retumbó en la herida de la sien. Agitó suavemente la cabeza—. Necesito mis pantalones. Y si no queréis ver algo embarazoso, Dolly y Jane, será mejor que salgáis ahora mismo.

—Jamie... —dijo Dolly, pero rápidamente se dio la vuelta ruborizada.

Jane se sobresaltó y salió disparada hacia las escaleras.

—¿No prefieres esperar a que te hayan traído algo de ropa? —le preguntó Jon irónicamente.

—Te lanzaré algo por las escaleras —le dijo Dolly con indignación—. Aunque no sé de qué le vas a servir a esa muchacha si ni siquiera puedes levantar la cabeza.

—Yo iré con él —dijo Jon.

Dolly se marchó hacia las escaleras.

—Yo iré a ensillar los caballos —declaró Hank.

Jamie le dio las gracias mientras el capataz salía también. Después se giró hacia Jon.

—No puedes venir conmigo. Te necesito aquí.

—No puedes montar solo. No estás en condiciones de hacerlo —insistió Jon.

—Entonces, dejaré que vengas hasta la frontera. Tal vez los alcancemos antes de que lleguen. De lo contrario, tendrás que darte la vuelta. Jon, mientras yo esté buscando a

Tess tú serás el único que puede quedarse aquí para hacerle frente a Von Heusen. Tienes que hacerlo –dijo Jamie. Entonces se estremeció mientras se sentaba en el sofá–. ¡Comancheros! ¡Tal vez ya esté muerta! Y después de pasar por las manos de los hombres de Von Heusen. Lo mataré –juró–. Voy a matar a Von Heusen con mis propias manos, y a todos los hombres que se hayan acercado a ella. Dios Santo, Jon, todo ha sido por mi culpa...

–Esto estaba sucediendo antes de que tú te vieras involucrado, Jamie. Ellos ya quisieron matarla en la caravana. Y las cosas no están tan mal como tú piensas. Los hombres de Von Heusen no van a tocarla, ni los comancheros tampoco. Nalte quiere a una rubia para sí mismo. Eso es lo que averigüé en la taberna.

–¿En la taberna?

–Sí. Allí hay una prostituta llamada Rosy, que conoce bien a Von Heusen. De vez en cuando, Von Heusen manda a buscarla para llevarla a su rancho. La última vez que ella estuvo allí, él estaba enviando mensajes y haciendo planes. Este Nalte siempre ha querido una mujer rubia para casarse con ella. Ya conoces a los apaches. Normalmente sólo tienen una esposa, a menos que consideren que pueden mantener más de una. A Nalte le va bien. Tiene una esposa india, pero quiere a una mujer blanca, también. A una mujer blanca y rubia. Y virgen.

Jamie miró a Jon y palideció.

Jon frunció el ceño y, de repente, inhaló con brusquedad.

–Ya no es una mujer blanca, rubia y virgen, ¿verdad?

–¡Jamie Slater, ahí van tus pantalones! –gritó Dolly, y los lanzó por el hueco de la escalera.

Jamie se envolvió en la manta y fue a recogerlos. Dolly lanzó también una camisa, y él se la puso. Cuando estuvo vestido, se volvió hacia su amigo.

—Tal vez no lo sepan. No creo que Tess vaya a decírselo —sugirió Jon.

—En primer lugar, los hombres de Von Heusen tendrían que tenerle mucho miedo para no hacerle daño a Tess —dijo Jamie—. Y después, los comancheros. ¿Quién se ha fiado alguna vez de un comanchero? Tenemos que alcanzarlos antes de que la lleven ante ese tal Nalte. O yo mismo tendré que hablar con él.

—Sí, tendrías que hablar con él —dijo Jon—. Y con cuidado, Jamie. Nalte no es fácil. Ha visto muchas guerras y muchos tratados, y él mismo es la ley. Evita todo lo que tenga que ver con los blancos, salvo sus armas, sus caballos y sus mujeres. Se llevó a su gente a las montañas al ver que los blancos se expandían por las llanuras, en vez de tener que convivir con ellos. Vive a la vieja usanza. Sus mujeres no llevan vestidos de algodón, ni los hombres llevan camisas de algodón. Él va vestido con pantalones de gamuza y taparrabos, como sus guerreros, en verano, y en invierno se protege con pieles y cuero. Es muy inteligente, astuto y peligroso. Un verdadero apache.

Hank acababa de llegar.

—Necesitas a la caballería —dijo.

Jamie negó con la cabeza.

—No, Hank, no. Si hago eso, tal vez la maten. Si no alcanzo a los comancheros antes de que se la entreguen a Nalte, tendré que hablar con él personalmente para convencerlo de que la libere. Es la única posibilidad. Escucha, Hank; Von Heusen va a pensar que se ha librado tanto de Tess como de mí. Si viene alguien, compórtate como si no nos hubieras visto a ninguno de los dos. El abogado hará correr la información sobre el testamento, y eso contendrá a Von Heusen durante un tiempo.

Jamie hizo una pausa y se acercó al escritorio del salón. Se sentó y escribió algo rápidamente en un papel.

—Y Hank, asegúrate de que este telegrama salga hoy mismo, ¿de acuerdo? Es muy importante.

—Sí, teniente Slater.

—Bien. Jon volverá pronto, y si tenemos suerte, yo traeré a Tess de nuevo a casa. Y si no, Hank, aguanta. Llegará ayuda. Von Heusen no va a quedarse con este rancho. ¡No lo conseguirá! —exclamó.

Jamie se levantó y rodeó el escritorio con los pies descalzos.

—Hank, necesito un par de botas que me entren.

—Claro, teniente. Se las encontraré.

Jamie asintió.

—Jon, necesito armas nuevas.

Jon se alejó para cumplir con su petición. Habían ido al rancho con una gran cantidad de armas, y sabía lo que Jamie quería y necesitaba.

Veinte minutos después, Jon y Jamie estaban listos. Se despidieron de Dolly, Jane y Hank y se pusieron en camino cuando el sol ya se estaba elevando por el cielo. Iluminaba la tierra con una luz anaranjada y dorada, y más allá, brillaba sobre las llanuras.

Había estado inconsciente demasiado tiempo, pensó Jamie. Y los hombres de Von Heusen habían tenido a Tess durante demasiadas horas.

Apretó la mandíbula y se maldijo a sí mismo por lo que había sucedido. Debería haber tenido más cuidado. Ellos nunca deberían haber podido acercarse tanto. Demonios, si hubiera sido tan negligente durante la guerra, habría muerto una docena de veces. Siempre había sido muy bueno; podía oír el crujido de una rama en el bosque, podía oír el sonido de los árboles cuando no era sólo el viento, y podía oír los pasos de unos pies descalzos contra la tierra seca. Sin embargo, cuando más importante era todo eso, había fallado.

Le había fallado a Tess...

Lo había olvidado todo al mirar sus ojos azul violeta, al sentir el temblor de su voz. Había creído que tenía que demostrarle algo. Ella se había mostrado tan distante, y él estaba tan enfadado, y ni siquiera sabía por qué...

Porque ella había intentado alejarse de él, y él no estaba dispuesto a tolerarlo. La deseaba, y no quería que escapara de él.

Se estaba enamorando de ella.

¿Y qué?, se preguntó burlonamente. Jamie no quería enamorarse. Sólo quería acariciarla, acostarse con ella. Sin embargo, no había querido permitir que Tess se alejara... Y no había sido capaz de darle tiempo.

Y la había perdido.

No se dio cuenta de que había gritado de angustia hasta que vio a Jon mirándolo. Hasta que vio la pena reflejada en la cara de su amigo.

—Es demasiado tarde para recriminaciones, amigo mío —le dijo Jon en voz baja.

—Sí. Demasiado tarde.

—Si quieres recuperarla, debes olvidar tus sentimientos. No puedes cometer más errores.

—No los cometeré.

—Deberías dejar que yo fuera solo.

—¿Un pies negros mestizo? A los apaches no les vas a gustar tú más que yo.

—A Nalte no le vamos a caer bien ninguno de los dos.

—Yo me encargaré de Nalte —dijo Jamie.

Espoleó al caballo y le dijo a Jon que lo siguiera al galope.

Él se encargaría de Nalte. De algún modo conseguiría recuperar a Tess.

De algún modo.

CAPÍTULO 10

Comancheros.

Estaban alineados sobre una loma seca y polvorienta que dominaba el desierto, que tapaba el horizonte. Eran, al menos, cien.

Tess iba sentada delante de Jeremiah en su enorme caballo, con las manos atadas ante ella. No sabía cuánto habían cabalgado aquel día, pero por fin habían llegado al desierto que se extendía hasta las montañas. Era una zona preciosa, con miles de colores, una zona yerma y peligrosa donde los buitres se posaban sobre los escasos árboles, entre los cactus, y donde la mayor parte de la vida se desarrollaba con el frío de la noche. Pronto, en cuanto entraran en las montañas, el terreno cambiaría de nuevo.

Ya estaban en territorio apache. Y Tess se había dado cuenta de lo poco que sabía sobre aquella tribu tan temida. Eran feroces y no querían vivir en las reservas. Ella había leído que el presidente Grant había comenzado una política de paz con los apaches aquel mismo año, pero eso era una cosa en Washington y otra muy diferente allí. Los apaches... Hacía falta un apache para seguir el rastro de otro apache, según decían. Una vez, Cochise había sido prisionero del ejército americano, pero la falta de libertad lo había enfurecido. Había sacado su cuchillo, había rajado la tienda y había desaparecido. Ni siquiera una compañía entera de la caballería había podido encontrarlo.

Tess se estremeció. Los apaches eran los indios que más terror infundían en la frontera del Oeste.

Sin embargo, nada era peor que los comancheros a los que tendría que enfrentarse en aquel momento. Ellos estaban mirándolos desde la cima de la colina. Los comancheros la estaban mirando a ella. De repente, prorrumpieron en gritos y en chillidos que llenaron el aire, y comenzaron a descender al galope hacia ellos. Los gritos le aceleraron el corazón, y a medida que se acercaban más y más, Tess sintió más y más espanto. Comenzó a ver sus caras, y eran tremendas. La mayoría eran mexicanos, con mostachos y barbas negros, sombreros y camisas, pantalones y botas, y mantas echadas al hombro. Todos iban armados y algunos llevaban cintas de cartuchos cruzadas sobre el pecho.

También había indios. Había renegados de muchas tribus, pensó Tess. Apaches, comanches, navajos, algunos vestidos de mexicanos como sus compañeros, y otros con el traje de gamuza tradicional, y otros tan sólo con taparrabos, cabalgando casi desnudos al viento, gritando de triunfo y silbando, corriendo alrededor de ellos tres una y otra vez.

¡Querían aterrorizarla! Tess se enfureció. Bueno, supuestamente no estaba en peligro todavía, aunque estuviera tan asustada que no sabía si iba a poder hablar o reírse. David había sido una pesadilla, pero aquello era mucho peor. Cualquier esperanza de que la rescataran se desvaneció. Nunca jamás se había sentido tan vulnerable.

Se juró, sin embargo, que no iba a mostrar su miedo a aquellos hombres. Querían verla llorar, y eso no iba a suceder. Apretó los dientes y alzó la barbilla. Siguió inmóvil sobre la montura, y esperó.

Los jinetes siguieron galopando unos minutos más, y finalmente formaron de nuevo una línea ordenada. Su líder se adelantó y se acercó a ellos. Era un hombre muy moreno, con el pelo y los ojos negros y la tez cetrina. Miró a Tess y sonrió.

—Por fin han traído la mercancía, amigos —dijo, y al ver que ella le devolvía la mirada, su sonrisa se hizo más amplia—. Me mira con dureza. Tal vez sea exactamente lo que desea Nalte. Desatadle las manos.

—Chávez, es peligrosa —le advirtió Jeremiah.

—¿Peligrosa? ¿Una muchachita rubia contra cien hombres armados? Te he dicho que la desates. Y mándamela.

Tess notó que Jeremiah desenvainaba su cuchillo. Cortó la cuerda que le mantenía aprisionadas las manos y ella, instintivamente, se frotó las muñecas, allí donde la cuerda le había quemado la piel.

—Ven aquí, niña —le ordenó Chávez.

Ella estaba dispuesta a desafiarlo, pero Jeremiah no. Él desmontó rápidamente y la bajó al suelo. Después se apartó de ella como si fuera una serpiente de cascabel.

—Aquí la tiene, Chávez, tal y como le prometimos. Y ahora, ¿dónde está el oro?

Chávez se sacó de la cintura una bolsa de cuero y se la lanzó a Jeremiah. Al instante, él la abrió, y gritó de alegría mirando a David.

—¡Es oro! ¡Oro de verdad! —dijo, y mordió las monedas con una sonrisa voraz—. ¡Mira, David, ha merecido la pena!

—Espera, amigo —le dijo Chávez, y dio un paso hacia Tess—. Estas ratas no te habrán tocado, ¿verdad?

Tess entornó los ojos. Después pensó en su propia seguridad.

—No. No me han tocado.

Chávez asintió.

—A Nalte no le gusta que lo traicionen —dijo. Después alzó la voz y comenzó a gritar órdenes en español. Un mexicano se acercó con un poni pinto–. Vosotros –añadió, dirigiéndose a Jeremiah y a David– ya habéis terminado. Podéis iros. Eso es todo. Y tú, mujer, monta en este poni.

Ella no se movió. Jeremiah montó, pero Tess no hizo ademán de obedecer. Chávez se enfadó y guió a su enorme caballo hacia ella, hasta que casi la pisó, pero ella permaneció inmóvil.

–Niña...

–No soy una niña, Chávez, y tengo un nombre. Soy la señorita Stuart.

Chávez se echó a reír. Se echó a reír con tanta fuerza que estuvo a punto de tragarse el cigarrillo que llevaba en la comisura de los labios. Se atragantó y lo escupió.

Cuando recuperó el aliento, desmontó y se dirigió iracundo hacia ella. Era un hombre muy bajo. Un hombre que tenía mucho mejor aspecto sobre el caballo que a pie. Ella era más alta que él. Alzó de nuevo la barbilla y lo miró a los ojos.

–Sube al caballo –dijo él–. Eh, niña, estoy hablando contigo.

Alargó una mano encallecida y se la puso en la mejilla a Tess. De repente, ella lo abofeteó con todas sus fuerzas.

Todos los hombres se quedaron paralizados.

Entonces, Chávez soltó una retahíla de juramentos en español. Tess pensó que iba a golpearla, pero no lo hizo. La tomó en brazos para colocarla sobre el poni. Ella luchó y le clavó las uñas. Le arañó las mejillas y le tiró el sombrero al suelo polvoriento.

Él volvió a jurar. La dejó en el lomo del caballo y recogió su sombrero.

–¡Eh, Chávez! –dijo David burlonamente–. Le advertimos que era peligrosa.

Chávez sacó su pistola y le pegó un tiro en el corazón.

Tess, que odiaba a David, estuvo a punto de jadear. Apretó

los dientes y consiguió permanecer inmóvil y silenciosa mientras observaba la mancha roja que se estaba formando en la camisa de David. Él abrió mucho los ojos, y después cayó del caballo.

Se lo merecía. Había atacado traicioneramente a Jamie. Había estado a punto de violarla a ella. Y, sin embargo, la frialdad de aquel asesinato le producía espanto.

—No... no debería haber hecho eso —dijo Jeremiah con horror—. El señor Von Heusen...

Jeremiah se interrumpió al ver que Chávez lo encañonaba. Chávez no era un hombre clemente. La pistola disparó de nuevo.

En aquella ocasión, Tess gritó. Bajó de un salto del poni y se abalanzó sobre Chávez. Lo golpeó con todas sus fuerzas. Chávez juró de nuevo, soltó la pistola e intentó esquivar los puñetazos. Por fin consiguió atraparla y la rodeó con los brazos, y ella percibió su olor hediondo a cebolla, halitosis y sudor. Estuvo a punto de vomitar, pero se contuvo y se quedó inmóvil.

—No seas demasiado peligrosa, niña. Ya ves cómo me encargo de la gente que ya no me sirve. Tendrás que portarte bien hasta que te entregue a Nalte. ¿Lo entiendes?

—No, no lo entiendo. ¡No lo entiendo porque no me importa!

Él soltó otro juramento y la miró como si quisiera romperle todos los huesos del cuerpo. De repente la soltó y la arrojó al suelo. El polvo se levantó a su alrededor, y Tess comenzó a toser. Chávez la levantó y la subió al poni. El caballo protestó y relinchó nerviosamente.

—¡Monta! —le gritó Chávez.

Tess tomó las riendas. Quería protestar, y quería luchar.

Sin embargo, no dijo nada más. No deseaba que la ataran otra vez. Por lo menos no estaba maniatada, y el caballo era robusto y ágil. No iba a poder escapar, porque estaba rodeada por cien hombres, pero al sentir el poder del caballo bajo ella, recuperó la determinación de que lo conseguiría en aquel momento. Escaparía, y sobreviviría.

—¡Vamos, monta! —le dijo Chávez de nuevo. Tess iba a obedecer, y él lo sabía—. ¡Tienes que montar! ¡Nalte está esperándote!

Los comancheros gritaron de nuevo. Los hombres alzaron los rifles en el aire. Algunos de ellos entonaron cánticos.

Entonces, todos se pusieron en marcha. Tess tuvo que aferrarse fuertemente al pinto por miedo a caer y ser aplastada en la estampida.

—¡Maldita sea!

En lo alto de un barranco, donde la montaña escarpada comenzaba su ascenso hacia el cielo, Jamie se dejó caer contra una roca, observando la llanura amplia y polvorienta que se extendía a sus pies. Cerró los ojos de dolor, y después los abrió y miró a Jon, que estaba en cuclillas, observando la marcha de los comancheros y la nube de polvo que dejaban a su paso.

Ellos habían cabalgado duramente y habían estado a punto de alcanzar a Tess antes de que David y Jeremiah la entregaran a los comancheros. Sin embargo, no lo habían conseguido. Habían presenciado el asesinato de los hombres de Von Heusen a sangre fría, y habían visto que Tess golpeaba al bandido mexicano.

Y después, habían visto cómo se la llevaban.

—Ahora no podemos hacer nada —dijo Jon.

Jamie asintió con amargura.

—Esta noche. Tenemos que alcanzarlos esta noche.

Se quedó en silencio durante unos segundos, y después se quitó el sombrero y lo arrojó al suelo con rabia.

—¿Qué demonios tiene en la cabeza esa mujer? ¿Es que

no sabe que Chávez es un asesino? ¡Si sigue así, él la va a hacer pedazos! ¡Yo mismo podría hacerla pedazos en este momento!

—Ella no sabe que estamos aquí, Jamie —dijo Jon.

Jamie se puso en pie, recogió su sombrero y miró hacia el sol. Iba a atardecer muy pronto. No quería seguir a los comancheros para que los bandidos no se dieran cuenta de su presencia, pero tampoco quería dejar que pusieran mucha distancia entre ellos.

—Se están acercando cada vez más al territorio de Nalte. Tengo que recuperarla antes de que acabe en manos de los apaches. Antes de que Nalte descubra que no le han llevado...

—¿Una novia virgen? —sugirió Jamie.

Jamie puso cara de pocos amigos. Siguió mirando el rastro de polvo que dejaban los comancheros a su paso.

—Conocí a Cochise —murmuró—. Admiraba a ese hombre. Accedió a reunirse conmigo pacíficamente, pese a que la caballería lo había traicionado muchas veces. Es nuestro enemigo y es peligroso, pero no vacilaría si tuviera que ir a verlo. Me pregunto si este Nalte es como Cochise.

—Nalte es poderoso —dijo Jon—. Es el jefe de su familia y de otras muchas familias. Normalmente guerrea con los mexicanos para defenderse de ellos, pero tiene tratos con los comancheros porque ellos le venden armas para luchar. Está en contra de la vida en las reservas, y luchará hasta el final por sus tierras. Sin embargo, por lo que he oído de él, es un hombre con ética y honor.

Jamie respiró profundamente y exhaló un suspiro.

—No sé. No lo sé. Voy a intentar rescatarla esta misma noche. No me atrevo a tener que negociar con Nalte.

Se dio la vuelta y comenzó a bajar por el acantilado hacia el pequeño claro donde habían dejado los caballos.

—¿Vienes? —le preguntó a Jon.
—Voy detrás de ti —le aseguró su amigo.

Los comancheros cabalgaron siguiendo la base de las montañas durante todo el día, hasta que empezó a atardecer. Entonces, entraron en las montañas. El terreno se volvió muy pedregoso y escarpado, y el ritmo de su avance disminuyó.

Después de unas horas, las rocas desaparecieron de repente del camino. Habían llegado a una pequeña llanura llena de edificios rudimentarios, que apenas se distinguían al anochecer. Había una gran hoguera en el centro del claro, y había hombres armados y mujeres esperándolos. Tess se figuró que aquél era el cuartel de Chávez en las montañas. Tal vez era su último bastión antes de entrar en territorio de Nalte.

Ella permaneció en el caballo mientras los hombres entraban al claro gritando, llamando a sus mujeres y desmontando.

Chávez se acercó a ella.

—Bienvenida a mi casa, niña —le dijo burlonamente—. Mi casa es la tuya. Mañana, tu casa será el tipi de Nalte —añadió, y se echó a reír con ganas, como si hubiera dicho lo más divertido del mundo.

Bajó del caballo y la hizo bajar del suyo. La estrechó contra sí sin dejar de reírse.

—Tal vez me quede contigo. Tienes mucho que aprender de modales. Creo que eres un caballo muy bonito para domar, ¿no? Una magnífica yegua a la que domar y montar.

—¡Chávez!

La expresión del bandido se endureció. No soltó a Tess, pero se dio la vuelta y miró a una muchacha joven, morena, de busto abundante, que se acercaba a ellos. Llevaba una blusa blanca y una falda llena de colores. Iba descalza. Era joven y guapa, pero sus caderas mostraban signos de estar ensanchándose con la edad y los partos. Miró fulminantemente a Tess y reprendió a Chávez en español.

—¡Cierra la boca! —le espetó él.

Ella no dejó de hablar hasta que Chávez la amenazó con un puño, como si fuera a golpearla. La mujer se calló entonces, pero su mirada era de lo más elocuente. Su mirada decía que odiaba a Tess.

—¡Soy Chávez, y harás lo que yo te diga! —le advirtió el bandido a la mujer. Después empujó a Tess hacia ella—. Llévatela a la casa. Yo iré ahora mismo.

La mujer le puso la mano en el hombro a Tess, pero Tess se apartó de ella.

—¡No me toques! —le advirtió con aspereza.

—¡Qué mujer! —masculló Chávez con un suspiro.

Tess se encaminó hacia la casa que él le indicó, pasando por delante de la mujer, que la siguió apresuradamente.

Entraron en la casa. Sólo tenía dos habitaciones; la cocina, llena de repisas sucias y de cajas. Había botellas de alcohol viejas y rotas sobre una mesa. Más allá de la cocina había un dormitorio.

Tess miró a su alrededor con horror.

—Esto está muy sucio. No puedo quedarme aquí.

Tras ellas, Chávez se echó a reír.

—Ana, tiene razón. Esto es una pocilga. Tienes que limpiarlo.

—¡Que lo limpie ella! —replicó Ana, dando una patada en el suelo.

—Ni hablar —respondió Tess inmediatamente, y se cruzó de brazos.

Chávez se rió de nuevo.

—Ella no va a limpiar tu suciedad, Ana. Es la señorita Stuart. Va vestida de apache, pero es una dama. Tú no sabes ser una dama, Ana. Debes fijarte en ella. No debes pedirle que limpie tu suciedad.

Chávez dejó de mirar a Tess y dio un puñetazo en la mesa.

—Tengo hambre, Ana. Trae algo de comer. Para la dama también.

A Ana no le gustó aquello. Comenzó a protestar otra vez en español, pero en aquella ocasión, Chávez la abofeteó. Ana lo miró fijamente, con los ojos llenos de lágrimas. Sin embargo, no dijo nada más y obedeció.

Chávez miró a Tess con severidad.

—¡Así es como se trata a una mujer! —le dijo firmemente.

—Así, Chávez, no se debe tratar ni a un perro —respondió ella.

Él se acercó a ella con el brazo en alto, como si fuera a golpearla también. Ella se obligó a mantenerse firme, y poco a poco, el bandido bajó el brazo.

Sonrió, y después se rió, y se sentó sin dejar de mirarla.

—Me gustaría quedarme contigo. Me gustaría ver cómo cambias de actitud. Me gustaría verte después de que tuvieras los ojos amoratados y te hubieran usado todos los hombres de este poblado. No serías tan orgullosa.

—No podrías someterme, Chávez —le dijo ella suavemente—. Tú puedes herir a Ana porque ella te ama, pero no puedes herir a una mujer que te desprecia. Aunque es lógico que no lo entiendas.

Él la miró con desconcierto, pero en aquel momento la puerta volvió a abrirse. Ana volvía con un plato de comida para cada uno.

Tess no quería tocar nada de aquella casa tan sucia, pero pensó que iba a necesitar fuerzas si quería escapar, y que aquel día no había tomado nada aparte de un poco de agua. Aceptó el plato que le tendía Ana.

—Gracias —le dijo.

Ana la miró con curiosidad y después se sentó frente a Chávez con la cabeza agachada.

Tess comió un poco de carne y de alubias con una cuchara. Comió rápidamente, pero no había conseguido terminar cuando Chávez eructó ruidosamente y se limpió la boca con la manga de la chaqueta. Ella lo miró y sintió ganas de vomitar. No podía comer más, así que dejó el plato en la mesa.

—¿Lo ves? No come mucho, y come a bocados pequeños, como una dama —le dijo Chávez a Ana.

Se levantó de la mesa, volvió a eructar y anunció:

—Ahora me voy a beber con mis amigos. Cuando vuelva, decidiré si vas a aprender lecciones de modales conmigo o con el apache.

Salió de la casa riéndose. Cuando se hubo marchado, Tess miró a Ana. De repente, se puso en pie.

—Ana, escúchame. Tú quieres a Chávez, ¡yo no! Ayúdame. Sácame de aquí.

—¡No! —gritó Ana alarmada.

—Tú lo quieres, pero yo lo odio. Por favor...

—¡No! ¡No, no, no! ¡Me pegará! ¡Puede que me mate!

Aquella mujer no iba a ayudarla por muy celosa que estuviera. Con un suspiro de frustración, Tess se sentó de nuevo. Cerró los ojos durante un momento. Estaba muy cansada. Sin embargo, tuvo una idea.

—¡Ana! ¿Y si nos peleáramos? ¿Y si fingiéramos que te he vencido y que...?

—¡Tú no podrías ganarme, zorra! —dijo Ana.

—¡Ana! ¡Chávez es tu hombre! Todo esto sería mentira. Yo te ato y te amordazo, y después me marcho. Tú te quedas con él, y él no podrá odiarte porque yo me haya escapado. Te querrá más por lo que yo te he hecho —dijo Tess.

No sabía si aquello era cierto o no, pero Tess estaba segura de que Ana sobreviviría a Chávez, aunque no estaba tan segura de que ella pudiera lograrlo. Así pues, insistió:

—¡Soy rubia! Eso es lo que quieren ellos. Si me quedo, puede que Chávez te deje y te eche de su lado.

Aquello lo decidió todo. Ana se puso en pie y miró a su alrededor. Pasó a su dormitorio y volvió a la cocina con varios pañuelos.

—¿Esto vale?

—Sí, sí.

Ana se acercó al fuego y tomó una sartén de hierro. Se la entregó a Tess.

—Golpéame. Tienes que darme fuerte en la cabeza. Tienes que hacerme un chichón.

—No... no creo que pueda...

—¡Tienes que hacerlo! Será mucho peor si me pega Chávez.

—Está bien —dijo Tess—. Entremos en la habitación. Quiero que caigas en la cama. No quiero hacerte daño.

—Pero tienes que hacerme algo de daño.

Entraron en el dormitorio. Igual que la cocina, estaba sucio y desordenado. La cama estaba deshecha, y había ropa por todas partes.

Ana se colocó ante la cama.

—Golpéame —le dijo.

Tess cerró los ojos y se mordió el labio. Después alzó la sartén y golpeó a Ana en la cabeza. La mujer cayó sin emitir un solo sonido. Tess, presa del pánico, le palpó el cuello para ver si tenía pulso, y comprobó su respiración. Cuando se aseguró de que la mujer seguía con vida, le ató las muñecas y los tobillos y la amordazó con los pañuelos.

Estaba terminando cuando se abrió la puerta de la casucha. ¡Chávez había vuelto ya!

Tess corrió hacia la puerta trasera. Se movió sigilosa y rápidamente, pero no fue suficiente. La puerta estaba atascada.

Chávez estaba tras ella. La agarró por los hombros y la giró mientras rugía. Tess lo miró a los ojos, y él cerró los dedos alrededor de su cuello.

―¡Eres peligrosa! ¡Los gringos tenían razón con respecto a ti! ¡No das más que problemas, y hay que meterte en cintura ahora mismo!

Estaba ahogándola. Tess no podía respirar. En un desesperado movimiento de defensa propia, le dio una patada en la entrepierna con todas sus fuerzas. Chávez gritó de dolor y se tambaleó hacia atrás.

Tess no se quedó a comprobar si mejoraba. Volvió a agarrar el pomo de la puerta y tiró de ella. Por fin se abrió. Ella estuvo a punto de caerse sobre Chávez del impulso.

Estaba a punto de salir cuando vio algo que le paró el corazón. Comenzaron a temblarle las rodillas y no pudo ver otra cosa que no fuera el hombre que estaba en el hueco de la puerta.

Era Jamie. Había ido a rescatarla.

Él la estaba mirando, y estaba mirando a Chávez, evaluando rápidamente la situación.

¡Estaba vivo! Estaba vivo y había ido a rescatarla. Ella no se había permitido aceptar que hubiera muerto, pero verlo era como un sueño. Tess estaba tan asombrada que no podía moverse ni hablar. No podía ver nada más que a Jamie.

No parecía que Chávez se hubiera percatado de la presencia de Jamie. Estaba mirando a Tess con odio.

―¡Tess! ―le dijo Jamie―. ¡Muévete!

Tess reaccionó cuando Chávez se abalanzaba sobre ella. Ella se acercó a Jamie rápidamente. Él la agarró por los hombros y la miró con severidad.

―¡Márchate! ―le ordenó―. Vete de aquí, ¿me oyes? ¡Sal corriendo!

Entonces la empujó hacia la puerta, hacia la oscuridad de la noche. Tess oyó el sonido del choque entre Chávez y él.

No pudo correr. Se detuvo y se volvió.

Chávez había sacado un cuchillo. El acero brillaba con la luz débil de la luna.

—¡Jamie! —exclamó Tess para avisarlo.

Pero Jamie ya había visto el cuchillo. Ella esperaba que desenfundara su Colt, pero se dio cuenta de que si disparaba, despertaría a todo el campamento.

Jamie también sacó un cuchillo.

—¡Vete! —le ladró a Tess.

Aquel tono de furia y de autoritarismo hizo reaccionar otra vez a Tess. La habían secuestrado y maltratado, y ahora él le estaba gritando.

Gritándole, y enfrentándose a Chávez con un cuchillo.

Tess se mordió el labio, se dio la vuelta y salió corriendo. Había un sendero estrecho y serpenteante que ascendía por las montañas. Comenzó a subir por él jadeando, sollozando, corriendo. Se tropezó con una piedra muy grande y lloró de dolor, pero siguió corriendo ciegamente, aferrándose a los arbustos, sin prestarle atención a la incomodidad ni al dolor.

Entonces chocó contra algo y cayó al suelo. Se apartó el pelo de los ojos y miró hacia arriba para averiguar qué era lo que había ocurrido.

Jadeó, pero no pudo emitir ningún sonido. El corazón se le aceleró de terror.

Él estaba ante ella, vestido sólo con un taparrabos, con los brazos cruzados sobre el pecho desnudo. Era tan alto como Jamie, e igual de ancho, y oscuro, muy oscuro. Tenía el pelo de ébano, liso, largo. Era casi de color bronce, y tenía unos rasgos muy fuertes y duros.

Se inclinó, la agarró por las muñecas y la puso en pie. Tess trató de alejarse de él, pero él se lo impidió. Sonrió muy lentamente, y aunque ella forcejeaba, la sujetó con firmeza.

—Suéltame —le dijo Tess—. Jamie... eh... El teniente Slater viene ahora mismo, y te va a pegar un tiro.

Se estaba volviendo loca. Estaba intentando explicarle cosas en inglés a un apache.

—Así que tú eres la mujer rubia que me ha costado tan cara —dijo él en un perfecto inglés—. Has escapado de los comancheros, pero no escaparás de mí.

Ella negó con vehemencia.

—¡No! ¡No lo entiendes! Suéltame. Tengo un amigo. Viene detrás de mí. Va a matar al jefe de los comancheros y te matará a ti también. Él...

—Cállate, Mujer del Color del Sol.

—Me llamo Tess. O señorita Stuart. Es...

—Mujer del Color del Sol. Ése será tu nombre. Yo soy Nalte, y es mi voluntad.

—¡Nalte! —susurró ella. Había escapado de los comancheros para ir a caer directamente en las manos del apache que la había comprado como si fuera cualquier artículo.

—Tú... hablas inglés —dijo.

—Sí. Ahora, ven.

—¡No! Por favor, escucha...

Él no iba a escuchar. La agarró de las muñecas y se la colocó a la espalda. Ella le golpeó furiosamente.

—¡Suéltame, salvaje! ¡Suéltame ahora mismo! ¡No puedes comprar a una mujer rubia como si nada! Por favor...

Pero él no la estaba escuchando. Estaba avanzando velozmente por el sendero. No parecía que corriera, pero el camino desaparecía bajo sus pies y cada vez subían más y más por la montaña. Él ignoraba sus ruegos.

—¡Desgraciado! —gritó Tess—. ¡Salvaje! ¡Salvaje espantoso!

Aquello hizo que el indio se detuviera. La dejó en el suelo y la obligó a arrodillarse. Tess intentó levantarse, pero él la empujó hacia abajo con tanta furia que ella se quedó inmóvil.

—¿Salvaje? ¿Tú, una mujer blanca, me llamas salvaje a mí? Nadie conoce la brutalidad tan bien como tu raza. Deja que te cuente, Mujer del Color del Sol, lo que nos han hecho los soldados blancos, lo que le han hecho a mi pueblo.

La luna estaba en lo alto del cielo, y le confería a todo una asombrosa claridad. Nalte, con sus hombros fuertes y musculosos, caminó a su alrededor y siguió hablando.

—En el año mil ochocientos sesenta y dos, el general James Carleton envió a una unidad de soldados a través del Paso Apache. Cochise y Mangas Coloradas estaban esperando. Hubo una batalla muy dura, y Mangas Coloradas fue apresado. Lo llevaron a Janos, pero sus hombres les dijeron a los médicos que debían curarlo, o que destruirían su ciudad. Así que Mangas Coloradas sobrevivió. Un año después, con la bandera de la tregua, fue a parlamentar con los soldados y los mineros de la zona, para alcanzar la paz. Lo atraparon. Tu general ordenó que le llevaran a Mangas Coloradas a la mañana siguiente, vivo o muerto. ¿Sabes lo que le hizo tu gente civilizada? Calentaron las bayonetas en una hoguera y le quemaron las piernas. Cuando protestó, le pegaron un tiro por intentar escapar. No fue suficiente. Le cortaron la cabeza y la hirvieron en un caldero. ¿Lo entiendes? Cocieron su cabeza en un caldero. ¿Y tú, que estás ahí sentada, puedes decirme que yo soy un salvaje?

Tess no estaba sentada, estaba arrodillada en la misma posición en la que él la había colocado. Estaba temblando, rezando para que Jamie llegara y la rescatara.

Sin embargo, no sabía si Jamie continuaba vivo. Ella no podía saber en qué había acabado su enfrentamiento con Chávez. Y en aquel momento estaba ante un apache que se expresaba magistralmente y que tenía muchos motivos para anhelar una venganza.

—Hablas inglés maravillosamente bien —dijo irónicamente.

Él no apreció su sentido del humor. Hizo que se pusiera en pie y la atrajo hacia sí.

—No encontrarás clemencia por mi parte —le aseguró—. No supliques.

—Yo... nunca suplico —dijo Tess, pero las palabras le salieron en un susurro. No sabía si estaba siendo desafiante, o sólo patética. No importó. Él volvió a echársela al hombro.

—¡No! —protestó Tess.

Le golpeó en la espalda, pero él no notó sus esfuerzos frenéticos. Gritó, pero él la ignoró.

Jamie...

Dios Santo, ¿dónde estaba?

Tal vez ya no importara. Tal vez ya no hubiera solución para ninguno de los dos.

CAPÍTULO **11**

Nalte se movía a través de la oscuridad con tanta rapidez que Tess no sabía cuánto habían viajado. Se sentía como si hicieran giros y curvas sin descanso, pero poco a poco se dio cuenta de que estaban descendiendo por una ladera. Al principio, ella intentó razonar con él, pero él le hizo caso omiso, y a ella le resultaba doloroso hablar cuando Nalte la tenía sujeta con tanta fuerza. Estaba exhausta. Sin embargo, aunque quería verse libre, no sentía por aquel hombre el mismo odio que había sentido por Chávez.

Y sabía que Jamie estaba vivo. O al menos, que estaba vivo la última vez que lo vio. Aunque él estuviera luchando contra Chávez, al menos Tess tenía esperanza.

Esperanza... ¿Podría Jamie rescatarla de Nalte? ¿Podría entrar durante la noche en el poblado de Nalte y llevársela? Ya no sabía qué pensar. Nunca hubiera imaginado que Nalte hablara inglés, y lo hablaba muy bien.

Él se detuvo de repente y emitió un grito como de pájaro nocturno. Recibió una respuesta parecida. Comenzó a caminar de nuevo y descendieron la última parte de la ladera hasta un claro en el que los tipis aparecían mágicamente contra el cielo de la noche. Había algunas hogueras que ardían suavemente, pero sólo se veía el movimiento de unas sombras.

Nalte la dejó en el suelo, y volvió a emitir el sonido del pájaro.

De entre las sombras emergió un hombre. Iba vestido como Nalte, con un taparrabos. Llevaba unas botas altas de gamuza y muchos collares de abalorios, y tenía un revólver del Ejército de los Estados Unidos. Comenzó a hablar con Nalte, y Nalte respondió. Después el hombre desapareció nuevamente entre las sombras. El campamento apache estaba durmiendo, pensó Tess.

—Vamos —le dijo Nalte. La tomó del brazo y la guió por el campamento hasta una de las tiendas—. Entra.

Cuando pasaron al interior del tipi, él cerró la portezuela y se cruzó de brazos. La miró fijamente. Ella retrocedió y se percató de que Nalte tenía una expresión de divertimento. Tess se tropezó con algo, miró a su alrededor y vio que había mantas y fardos de ropa perfectamente enrollados contra los laterales de la tienda, y que había varios utensilios de cocina junto al fuego que ardía en el interior del tipi. El fuego ascendía y escapaba por la abertura de la parte superior.

Había una mujer en la tienda. Era una muchacha joven y muy bella, que miraba a Tess con los ojos muy abiertos. Tess sintió miedo. Nalte quería una mujer rubia, pero ya tenía una esposa. Quería violarla allí mismo, delante de su primera mujer.

Él dio un paso hacia ella. Tess apretó los puños.

—¡Eres un salvaje! —le gritó—. No te acerques. ¡No quiero estar aquí! ¡Me han secuestrado para que te entretenga! Y ahí tienes a tu pobre esposa, y piensas que vas a... que vas a... ¡No! —gritó de nuevo, al ver que él estaba a punto de echarse a reír.

Nalte se acercó a ella, y ella comenzó a darle puñetazos en el pecho. No parecía que a él le afectaran mucho sus esfuerzos. Se agachó, la tomó en brazos y la depositó en una de las mantas. Ella abrió la boca para gritar, pero él no se acercó más. Retrocedió sin dejar de mirarla.

–Ella no es mi esposa. Es mi hermana. Y por ella, tú estás a salvo de mí esta noche. Cuando amanezca comenzará la ceremonia con la que se convertirá en mujer –dijo Nalte. Miró a la muchacha y sonrió con afecto. Al mirar a Tess de nuevo, aquel afecto desapareció–. Es una ceremonia importante. Una ceremonia religiosa.

Se dio la vuelta y se tumbó en otra de las mantas. Tess miró al guerrero y después a la joven, deseando saltar hacia la salida del tipi. Nalte ya se había estirado cómodamente en su manta.

La mujer sonrió a Tess y dio unos golpecitos en el suelo, como si quisiera indicarle que tenía que dormir.

Tess tragó saliva. Sin dejar de mirar cautelosamente a Nalte, fingió que cerraba los ojos. Cuando se quedara dormido, intentaría escapar. Si podía encontrar de nuevo el sendero de la montaña, seguramente encontraría a Jamie.

¿Estaría solo, o habría ido Jon con él?

Tess estaba exhausta, pero esperó despierta hasta que, por fin, Nalte se quedó dormido. Entonces, se levantó con sigilo y se dirigió hacia la salida de la tienda. Miró a Nalte de nuevo. Tenía los ojos cerrados y el semblante inmóvil. Tess comenzó a escabullirse por debajo de la portezuela.

Una mano la agarró por el tobillo y la tiró al suelo. En segundos, el feroz guerrero se había colocado sobre ella. Tenía los ojos de ébano.

–Tienes coraje –le dijo–, pero eres estúpida.

–¡Y tú me hablas de salvajismo! –respondió ella–. Tienes tratos con esos despreciables comancheros, ¡les compras rifles y mujeres!

–Mi hermana es mi única familia –le dijo Nalte–, porque los demás murieron asesinados por el hombre blanco. Les pegaron, los atravesaron con lanzas, los mutilaron y los dejaron morir lentamente. Mi madre murió así, y mis hermanas. Bebés. Yo no te he traído aquí para matarte. No, a menos que me obligues a hacerlo.

—Me estás reteniendo en contra de mi voluntad.

Él le acarició un mechón de pelo. Por un momento, se quedó pensativo.

—Con el tiempo me entenderás —dijo—. Aprenderás nuestras costumbres, y serás feliz aquí.

—¡No puedo ser feliz! —le dijo ella con desesperación.

—¡No somos salvajes!

Ella negó con la cabeza.

—No. No lo sois más que nosotros. Pero yo no soy lo que tú quieres. Yo...

—Eres mucho más de lo que quería —la interrumpió él, con una sonrisa—. Y ahora, duérmete, o quizá olvide que tengo que guardar una vigilia sagrada esta noche.

—Nalte, por favor.

—Duérmete ahora.

Tess sintió la tensión de sus hombros y vio el brillo feroz de sus ojos, y supo que su advertencia era seria. Se retiró rápidamente y se acurrucó en su manta. Se estremeció. Ella no odiaba a los indios, pero Nalte no lo entendía. No sentía repulsión por él, pero tenía que ser libre, porque ella no formaba parte de aquella sociedad. Tess quería vengarse. Quería hacer sufrir a Von Heusen como él la había hecho sufrir a ella.

Y quería a Jamie. Estaba enamorada de él. Eso era lo que más le dolía. Si no fuera por él, ella no podría soportar nada de lo que estaba sucediendo...

Pero Jamie estaba allí fuera, en algún lugar. Y ella nunca podría olvidarlo.

A la mañana siguiente, alguien le arrancó la manta de los hombros a Tess. Ella abrió los ojos sobresaltada, esperando encontrarse a Nalte. Sin embargo, se encontró con varias mujeres que la estaban mirando. Le hablaron, pero ella no entendió nada.

Hicieron que se levantara. Tess protestó, pero la ignoraron. La hermana de Nalte sonrió para darle ánimos. No tenía más remedio que obedecerlas. Las mujeres salieron con ella de la tienda y recorrieron el claro. El sol estaba empezando a salir al cielo e iluminaba el campamento. Hombres y mujeres estaban ocupados y se movían de un sitio para otro. Algunos estaban limpiando sus armas, otros la miraban con curiosidad. Las mujeres portaban cubos de agua o cuencos llenos de comida.

Alguien le dijo una palabra suave, y Tess continuó caminando. Nadie fue cruel con ella, pero no habría podido escapar de las mujeres, que estaban empeñadas en acompañarla.

Oyó el rumor del agua antes de ver el río, porque caminaban por un sendero que discurría entre árboles y arbustos densos. Recordó entonces que tenía mucha sed, y que tenía que ocuparse de ciertas necesidades físicas. Se alegró de estar con las mujeres, aunque se ruborizó cuando le tiraron de los pantalones para indicarle que tenía que desnudarse y bañarse.

Sin embargo, se sintió mejor después de sentir el agua contra la piel, y una vez que hubo bebido a grandes tragos. Se dio cuenta de que las mujeres estaban desapareciendo entre un grupo de árboles, y pensó que debía de ser la letrina. Las siguió, y cuando hubo terminado, pensó con melancolía que podría desaparecer entre los arbustos. Sin embargo, vio que dos de sus guardianas habían ido a buscarla. Tampoco en aquella ocasión fueron crueles, pero la agarraron con mano firme y la llevaron al río.

Allí la ignoraron. Fue la hermana de Nalte la que se convirtió en el centro de atención. Cuando ella terminó de bañarse, le pusieron un vestido de gamuza claro, con matices de amarillo. Le pintaron la cara con una pintura amarilla y le cepillaron amorosamente el pelo, dejándoselo suelto por los hombros. La adornaron con collares de abalorios y plata y con un colgante de garra de animal. Ella sonrió durante todo el proceso, sonrosada y bella.

Tess recordó que era el día de su ceremonia. Y entonces se dio cuenta de que no se habían olvidado de ella por completo. Una mujer la llamó desde la orilla, y a ella no le quedó más remedio que salir ante las miradas de curiosidad de sus acompañantes. Ellas susurraron sobre su desnudez y Tess se ruborizó, y retrocedió cuando intentaron tocarla. Su piel blanca era muy distinta a la de ellas. Sin embargo, lo que parecía que les fascinaba más era su pelo, tanto el de la cabeza como el del resto del cuerpo.

No siguieron bromeando con ella durante mucho tiempo. Le dieron ropa para que se vistiera. Era un vestido de gamuza suave, parecido al de la hermana de Nalte, pero sin el color amarillo. Le llegaba justo por las rodillas.

Todavía tenía los pies doloridos de sus caminatas por los senderos de la montaña, y esperaba que alguien le diera unas zapatillas. Sin embargo, no le facilitaron calzado, y cuando se lo pidió a una de las mujeres, la apache negó con la cabeza. Estaban preparándose para volver al pueblo, y Tess debía ir con ellas.

Tess se preguntó de nuevo cuáles eran las probabilidades que tenía de escapar, pero tenía entendido que las mujeres apache eran tan feroces como los hombres. Las mujeres estaban muy emocionadas con la niña a la que habían arreglado con tanto esmero para el ritual, pero no la perdían de vista. Tess caminó con ellas, cansada y desolada, intentando concentrarse en el odio que sentía hacia Von Heusen para no pensar en el miedo que sentía por su futuro, y para no seguir preguntándose desesperadamente por Jamie Slater.

Tenía la cabeza agachada cuando entraron en el poblado. Se tropezó y alzó la vista para ver por dónde iba.

Vio a cuatro indios ataviados con grandes adornos de plumas en la cabeza, que obviamente, debían de estar preparándose para el ritual. Sin embargo, los indios estaban mirando a un extraño que había llegado al poblado. Por un momento, a Tess le pareció igual que Nalte. Entrecerró los ojos y lo observó fijamente, intentando discernir por qué le resultaba tan familiar. Iba vestido de gamuza de la cabeza a los pies, y llevaba un sombrero adornado con plumas de águila y búho. Tenía el pelo tan negro y liso como el de Nalte, pero más corto. Mientras ella lo miraba, él se dio la vuelta y la señaló.

Tess se dio cuenta de que era Jon Pluma Roja. Él le sonrió brevemente para darle ánimos, pensó Tess, y después se puso serio de nuevo y continuó hablando con Nalte.

El alto apache también se había arreglado para la ceremonia. Llevaba una camisa con flecos, pantalones y botas, y plumas de águila en el adorno del pelo. También llevaba un amuleto de turquesa colgado del cuello, tachuelas y abalorios de plata en el tocado de plumas y en la camisa. Estaba escuchando a Pluma Roja, y observando a Tess mientras lo hacía.

Nalte asintió, y Jon silbó.

Entonces, Jamie entró a caballo al claro. Llevaba una camisa, unos pantalones de tela vaquera, botas altas hasta la rodilla y un sombrero vaquero. No miró a Tess, sino que alzó la mano para saludar a Nalte. Cuando llegó ante el jefe, desmontó y se aproximó a él, y habló rápidamente.

Tess tuvo la sensación de que se le iba a explotar el corazón. ¡Era un idiota! No conocía a Nalte, no sabía que el jefe apache odiaba a los blancos, ni se daba cuenta de las cosas que les había hecho la caballería a los indios apaches. Tess quería gritarle pero no podía respirar, sólo podía rezar para que Nalte no lo matara allí mismo.

Nalte negó violentamente con la cabeza.

De repente, cuarenta guerreros sacaron sus armas y se enfrentaron a Jamie.

Él llevaba los revólveres en el cinto, pero no hizo ademán de tocarlos. Habló con calma una vez más, y Nalte gritó algo. Entonces, sus guerreros bajaron las armas.

Tess se liberó de las manos de las mujeres que había a su alrededor y corrió hacia Jamie. Se arrojó a sus brazos, pero él la agarró con fuerza por los hombros y la apartó de sí. La apartó y la empujó hacia Nalte. Ella se enfureció.

—¿Qué estás haciendo, por el amor de Dios? —preguntó. No podía moverse. Los dedos de Nalte eran como un cepo a su alrededor.

Además, tampoco parecía que Jamie quisiera que se le acercara. La miró con furia.

—Ya basta, Tess.

—Pero...

—¡Ya basta! ¡Cállate!

—Maldito seas, Jamie...

Entonces, él comenzó a hablar en el idioma apache de nuevo, dirigiéndose a Nalte. Al final, volvió a hablar en inglés.

—Nalte, ¿puede llevarse Jon Pluma Roja a la mujer para que podamos hablar sin interrupciones?

—¡Hablar sin interrupciones! —repitió Tess.

Pero Nalte estaba asintiendo.

—¡Tess, ven! —le dijo Jon.

No debió de moverse con la suficiente rapidez, porque Jamie la tomó del brazo y la arrojó hacia Jon. Jon se la llevó, pese a sus protestas.

—Jon...

—Tess, Jamie está intentando negociar tu libertad.

—¡Van a pegarle un tiro! Tenía que hacer algo —dijo, y se volvió para mirar a Jamie y a Nalte—. ¿Qué están haciendo ahora?

—Hablar de precios.

—¿De qué?

—De tu precio, obviamente —respondió él con una sonrisa.

—¿Y cómo va a pagar Jamie a Nalte?

—Bueno, no puede pagarle mucho, y por eso está intentando convencerle de que tú no vales tanto.

—¡Que no valgo tanto!

—Tess...

Tess se frotó los ojos.

—Para empezar, él no debería estar aquí. No debe de saber que Nalte...

—Nalte ya habría matado a la mayoría de los hombres que se hubieran atrevido a venir. Está hablando con Jamie porque sabe de él, sabe que Jamie siempre ha sido justo. Tess, mantén la boca cerrada, ¿de acuerdo?

Ella quería hacerlo, pero todavía sentía terror por si los apaches traicionaban a Jamie, igual que ellos habían sido traicionados tantas veces. Se sentía eufórica por verlos, y quería saber lo que había ocurrido con Chávez, pero tenía miedo de preguntar. Estaba cada vez más alterada debido al temor que sentía por lo que pudiera ocurrir.

Antes de que pudiera decir algo más, Nalte caminó hacia ellos junto a Jamie y uno de sus guerreros. Jamie le lanzó a Tess una mirada fiera de advertencia. Nalte apenas la miró. Entraron en la tienda de Nalte.

—¿Y ahora qué están haciendo?

—Negociar.

Ella comenzó a temblar. Nalte no necesitaba negociar nada. Podía matar a Jamie y quedársela. Tenía todo el poder. Podía hacer lo que quisiera.

—¡No hay esperanza! —susurró.

Jon le puso las manos sobre los hombros.

—Ten valor, Tess. Hay mucha esperanza. La hermana pequeña de Nalte comienza la celebración de su ceremonia de la pubertad hoy mismo. El rito dura cuatro días. Aquella mujer de allí es su madrina. Es de un carácter intachable, y ella representará a la niña. El hombre que está allí, el que tiene un tocado con cuernos de búfalo y las plumas de águila blanca es el chamán, el curandero, y él es quien oficiará la ceremonia religiosa. La muchacha está vestida como la Mujer Pintada de Blanco, que es una doncella sagrada, una de las diosas más importantes de los apaches. Ella le rezará al sol. Los danzantes de los tocados son el Gan, los Danzantes de los Espíritus de la Montaña. Es una ceremonia muy cara, pero Nalte es un gran jefe, y ha puesto mucho esfuerzo en este ritual para su hermana. Los danzantes Gan simbolizan los cuatro puntos cardinales. Sus vestimentas son muy elaboradas.

Tess observó a los danzantes. Iban pintados de blanco y negro, y llevaban enormes tocados de plumas y faldas de gamuza, y tenían máscaras muy grandes, con ojos falsos. En sus trajes había pintadas serpientes, y otras criaturas.

Tess se estremeció. Se alegró de que Jon le hubiera asegurado que los danzantes estaban preparados para un ritual, y no para la guerra. Lo miró a los ojos, y se dio cuenta de que él le había estado explicando aquellas cosas para hacerle olvidar las preocupaciones, y se lo agradeció.

—¡Nalte debe de estar furioso porque lo hayamos molestado hoy! —susurró.

—No está molesto. Tomará rápidamente una decisión —le dijo Jon.

Entonces, de la tienda de Nalte salió un guerrero. Habló brevemente con Jon, y tomó a Tess del brazo.

—¡Jon!

—Ve con él —le ordenó Jon—. No te va a hacer daño. Nalte me ha llamado. A ti no.

Ella no quería separarse de Jon, pero él se alejó hacia la

tienda, y ella no tuvo más remedio que irse con el guerrero que la llevaba del brazo. Segundos después la metió en una tienda vacía. Había una hoguera en una esquina, pero estaba casi apagada. Junto a ella, sobre algunas piedras planas, había tortillas de maíz con carne seca. Sin embargo, Tess no lo probó. No creía que pudiera masticar nada.

Se puso a caminar por la tienda, y después de un rato se sentó y se miró los pies llenos de heridas. Nunca volverían a ser los mismos.

Un momento más tarde oyó que se abría la portezuela de la tienda, y vio entrar a Jamie. Ella se puso en pie y corrió hacia él, y lo abrazó.

Rápidamente, él se zafó de ella y la miró a los ojos.

—Vamos a salir de ésta, pero sólo si te comportas adecuadamente.

—¿Qué?

—¡Escúchame! —le dijo él, y la zarandeó con tanta fuerza que a ella le entrechocaron los dientes. Tess intentó alejarse de Jamie con indignación, pero él no se lo permitió.

—¡Me estás haciendo daño!

—¿Que te estoy haciendo daño? Estamos en mitad de un fiasco como éste...

—¡No ha sido culpa mía!

Él apretó los dientes.

—Lo sé. Fue culpa mía. Por haberme empeñado en entenderte.

Ella palideció. Jamie había ido a buscarla, había sobrevivido a los hombres de Von Heusen y a Chávez y había ido a rescatarla. Sin embargo, Tess se dio cuenta en aquel momento de que sólo lo había hecho porque se consideraba responsable de lo que le había ocurrido. Tess intentó alejarse de nuevo, pero él la sujetó con firmeza.

—El rito de pubertad de la hermana de Nalte durará cuatro días. Él no va a ocuparse de ninguna otra cosa durante ese tiempo. Jon y yo seremos sus invitados. Y tú te vas a quedar aquí, ¿entendido?

—¿Aquí... durante cuatro días? —susurró ella—. ¿No puedo estar contigo?

Él soltó un juramento.

—¡Te ha comprado, Tess! ¿No lo entiendes? Y no precisamente por tu talento para el periódico.

—Jamie, no empieces conmigo...

—¡No empieces tú conmigo! —replicó él acaloradamente—. Tú eres muy capaz de ocuparte de muchas cosas, y seguramente eres una buena ranchera y una buena periodista. Sin embargo, si intentas hacer algo aquí, Tess, seguramente moriremos los tres, ¿lo comprendes? Estamos caminando por un sendero muy peligroso. He intentado explicarle a Nalte quién es Von Heusen. Él tiene honor, y hay alguna posibilidad de que te libere. Sin embargo, no podré hacer nada si tú interfieres. ¿Lo entiendes?

Por fin, Tess consiguió zafarse de él. Se dio la vuelta y caminó con rigidez, muy erguida, hasta que se sentó a la manera india en una manta. No quería que él viera lo herida que se sentía.

Él no le dijo nada más. Se dio la vuelta para marcharse. Ella no pudo soportarlo, y lo llamó.

—¡Jamie!

—¿Qué?

—¿Qué... Qué le ocurrió a Chávez?

—Chávez está muerto —respondió Jamie.

—¿Y los comancheros?

—Los comancheros no me vieron. Pero si queremos salir de las montañas y atravesar su territorio, necesitamos una escolta apache. Así que no crees más problemas.

—¡Yo!

—Tú —dijo él lacónicamente, y se giró de nuevo hacia la puerta.

—¡Jamie!

—¿Y ahora qué?

Ella vaciló durante un segundo.

—Gracias. Gracias por venir a buscarme. Gracias por arriesgarte tanto por mí.

—No tienes que darme las gracias. Te lo debía.

En aquella ocasión, Jamie se quedó allí, mirándola. Sin embargo, ella no puedo decir nada, porque se le habían llenado los ojos de lágrimas y no quería llorar.

—Me acordaré de darle las gracias a Jon, entonces —dijo al fin, con frialdad—. Él no me debe nada.

—Sí, hazlo —dijo Jamie. Sin embargo, no se marchó. La miró durante unos instantes, y después le preguntó—: Tess... ¿Alguno de ellos te ha hecho daño?

Ella entendió lo que le estaba preguntando. Se ruborizó y bajó la cabeza.

—David era un monstruo, y seguramente me habría matado. Jeremiah no era tan malo. Él no dejó que David me tocara. Me dio pena que lo mataran, sobre todo por la forma en que lo hicieron. Y Chávez... bueno, tú ya sabes cómo era Chávez.

—Sí, sé cómo era Chávez. ¿Y Nalte?

Ella negó con la cabeza.

—Él me ha dejado tranquila, por su hermana.

Tess se sobresaltó al oír la exhalación entrecortada de Jamie. Pensó, por un momento, que él la iba a abrazar, pero no lo hizo. Tess apenas podía respirar; sólo deseaba ponerse en pie otra vez, pero él ya la había rechazado una vez, así que ella no iba a tocarlo de nuevo.

—Todavía eres de Nalte —le dijo él bruscamente.

Tess lo miró, y se dio cuenta de que él no iba a tocarla hasta que hubiera terminado sus negociaciones con el jefe apache.

Jamie no dijo nada más. Se dio la vuelta y se marchó, y

ella supo que, aunque lo hubiera llamado en aquella ocasión, él la habría dejado de todos modos.

El día fue interminable para Tess. Oía los tambores y los cánticos ceremoniales del rito, pero no pudo ver nada, y no participó en nada. Intentó tener paciencia y entender que todo dependía de una negociación.

Aquella tarde fue a verla Jon. Ella estuvo a punto de echarse a sus brazos, pero él le llevaba un plato de comida. Cuando lo dejó en el suelo y se sentó a su lado, Tess lo abrazó con fuerza.

—Come —le dijo Jon—. Necesitas recuperar fuerzas.

Ella asintió y miró desconfiadamente el plato.

—¿Qué es?

—Algo exótico y apache —respondió él—. Seguramente, carne de vaca, de alguna res que han capturado en un robo. No te preocupes, los apaches son muy melindrosos con su comida. No comen serpiente, porque piensan que es una criatura malvada. Aquí están muy cerca de las llanuras, y pueden cazar búfalos. También cazan ciervos, antílopes, alces y muflones. Su comida es muy civilizada, te lo aseguro.

Ella sonrió y comenzó a comer la carne con los dedos. Estaba deliciosa.

—¿Cómo va la ceremonia? —preguntó ella.

—La chica ha entrado a la tienda ceremonial con su chamán. Se ha arrodillado y se ha tendido boca abajo para recibir el masaje de su madrina, y ha corrido en las cuatro direcciones. Esta noche bailará en la tienda ceremonial, y los demás bailarán en el centro del poblado.

Jon hizo una pausa.

—Esta noche me voy. Nalte no te dejará marchar hasta que termine la ceremonia, y creemos que es importante que yo vaya a Wiltshire a darles la noticia de que te hemos encontrado.

—¡Oh! —dijo Tess. Dejó el plato en el suelo y miró a Jon. Después lo abrazó—. No quiero que te marches. Tengo miedo por ti.

—Los apaches me acompañarán hasta que haya dejado el territorio de los comancheros, como harán contigo si deciden liberarte.

—Si lo deciden...

—¡Cuando lo decidan! —le aseguró él.

Tess se apartó un poco para poder mirarlo a los ojos. Se sentía como si hubiera encontrado un amigo para toda la vida. Con la ropa de gamuza parecía un indio, pero sus palabras eran las de un hombre blanco que conocía su sociedad y que entendía sus miedos.

—¡Oh, Jon, ten cuidado! —le rogó.

—Estoy seguro de que lo tendrá.

La voz grave de Jamie los sobresaltó a los dos. Tess se puso en pie rápidamente. Jon se incorporó despacio, mirando a Jamie.

—Lo siento, no quería interrumpir —dijo Jamie. Después agachó la cabeza y salió de la tienda.

Tess corrió instintivamente tras él, pero Jon la agarró antes de que saliera.

—¡No puedes ir con él! —le ordenó—. Ya te lo ha explicado. Todavía eres de Nalte. Te quedarás aquí hasta que él tome una decisión.

—¡Pero Jamie puede malinterpretar lo que ha visto! —dijo Tess.

Jon sonrió irónicamente.

—Tal vez es lo que se merece, ¿no crees?

Ella no le devolvió la sonrisa, y Jon se apresuró a consolarla.

—Él es mi amigo, y yo soy su amigo. Sabe que estábamos

despidiéndonos, y nada más –dijo. No la dejó responder. La estrechó brevemente contra sí–. Te veré en Wiltshire –susurró, y después se fue.

Y ella se quedó sola. Fuera estaba atardeciendo. Se acercaba la oscuridad, y pese a que aquel día había sido muy caluroso, la noche iba a ser fría. Tess se estremeció y se abrazó a sí misma mientras miraba con tristeza la hoguera apagada.

Jamie caminó ciegamente en mitad de la oscuridad de la noche. Pronto comenzarían las ceremonias nocturnas para la muchacha, pero en aquel momento había un descanso durante el cual se terminaban los preparativos. Aquel rito de pubertad era uno de los más importantes para los apaches. Aquélla era una sociedad estructurada, y el respeto y el honor eran tremendamente importantes para ellos.

A pesar de la ira que sentía, Jamie le dio gracias a Dios por el hecho de que Nalte fuera un hombre honorable. Nalte se había dado cuenta, al negociar con Von Heusen, de que aquel individuo debía de ser una especie de marginado de su propia sociedad, pero no se había imaginado todas las cosas que le había contado Jamie. Jamie le explicó que Von Heusen había atacado a Tess y había matado a su tío, y que había preparado las cosas de modo que los culpables parecieran los comanches o los apaches. Aquello había enfurecido a Nalte, y el jefe había estado a punto de entregarle a Tess.

Casi...

Pero Nalte no estaba dispuesto a liberarla todavía.

Jamie apretó los dientes y los puños mientras salía del círculo de tiendas y se encaminaba al riachuelo. Quería lavarse la cara con agua fresca.

Sin embargo, cuando llegó al río, el agua no le sirvió de alivio. No podía olvidar los ojos de Tess, aquellos ojos de color violeta, luminosos, que lo miraban fijamente. En la tienda, Tess estaba calmada, inmóvil, y tenía un aspecto vulnerable con aquella ropa de gamuza. Tenía una serenidad extraña, una serenidad que no podía estar sintiendo. Él se había sentido impotente al no poder hacer otra cosa que hablar con ella. Supuestamente era su pistolero a sueldo, y había dicho que iba a protegerla. Sin embargo, no había podido hacerlo. La habían apresado otros, y ella había sentido miedo y dolor en sus manos. Por su culpa.

La noche había descendido por completo sobre el río. La luna brillaba suavemente en el cielo, y el murmullo del agua era calmante. Aquélla era una vista preciosa, la vista de un valle en el interior de aquella feroz cadena montañosa.

Una vista preciosa para morir, pensó Jamie.

Nalte le había prometido que tomaría una decisión con respecto a Tess en cuanto terminaran las festividades. Jon estaba seguro de que el apache ya había decidido que iba a liberarla, previo pago de algún precio, por supuesto, pero la liberaría.

Pero, ¿y si no lo hacía?

Jamie sabía que no podría marcharse sin ella.

Si Nalte decidía quedársela, él tendría que luchar con el jefe. Y si ganaba, los guerreros apaches lo matarían de todos modos, en venganza. Era posible que muriera en aquel lugar tan bello, y entonces no podría hacer nada más por Tess.

«¡Lo siento!», pensó. «No debería haberme involucrado tanto. El hecho de enamorarse de un ángel ha sido la ruina para muchos hombres. No pude dejarte marchar aquella mañana. Tenía que conseguir que entendieras que lo que hay entre nosotros está bien, y que no podías rechazarlo al amanecer».

Jamie había perdido el sexto sentido que le había salvado la vida durante tantos años. Y allí estaban. Su destino estaba en manos del apache.

A Jamie le caía bien Nalte. El jefe tenía una aguda inteligencia y hablaba muy bien su propia lengua y el inglés. Conocía bien el mundo, y luchaba por conservar la herencia de su gente, pese a que aquel mundo estuviera cambiando. No era un hombre malo. Si moría, pensó Jamie, preferiría dejar a Tess en manos de Nalte, y no de alguien como David o Chávez. Él nunca le haría daño.

Apretó los puños y soltó un juramento. Entonces, sus pensamientos comenzaron a volar mientras se ponía en cuclillas y miraba la superficie del río una vez más. ¡No iba a morir allí! Lucharía y llevaría a Tess a casa.

—¡Jamie!

Creyó que había imaginado el sonido de su voz.

Pero la vio reflejada en el agua. Su figura estaba iluminada por la luz de la luna y parecía algo mágico.

—Jamie...

Ella susurró su nombre. Jamie se volvió lentamente y la vio. No era un sueño, ni una imaginación. Tess estaba allí, descalza, y con el vestido que le llegaba por las rodillas y dejaba desnudas sus pantorrillas, tenía un aspecto de inocencia excepcional.

Jamie sólo deseaba tenerla entre los brazos, pero no se atrevía a tocarla. No podía hacerlo hasta que Nalte hubiera tomado una decisión.

Tragó saliva y se puso en pie.

—¿Qué estás haciendo aquí? —le preguntó con aspereza.

Ella sonrió y dio un paso hacia él. Agitó suavemente la cabeza y lo abrazó. Se estrechó dulcemente contra él, y lo besó. Le acarició los labios con los dientes y la lengua y entró en su boca.

Sin poder resistirse más, él la acarició. La abrazó sin contenerse, la besó con dureza y le devolvió con la lengua cada dulce tormento que ella le estaba infligiendo.

La levantó del suelo y la llevó hacia el suave terraplén del río. La depositó sobre la tierra sin apartar su boca de la de ella. Sintió una tentación irresistible cuando ella le pasó las uñas por la espalda, ligeramente, provocándole un calor letal.

Aquello era una locura.

Tess había ido a seducirlo.

Era una locura.

Nalte los mataría a los dos si lo descubría.

Sin embargo, el fuego se había apoderado de sus miembros. La tensión y el deseo invadieron su corazón y su mente, y se anudaron con fuerza en sus entrañas, lo volvieron loco. ¿Cómo era posible que ella sonriera de una manera tan inquietante, sabiendo que lo estaba sentenciando?

Juró suavemente y le acarició los labios bajo la luz de la luna, y se abandonó a la belleza salvaje y violeta de sus ojos.

—Entonces, llévame hacia la muerte si lo deseas, Tess. Ya no puedo separarme de ti.

Volvió a besarla. La fragancia fresca del agua y de la tierra los rodeó, y él supo que había perdido.

CAPÍTULO 12

—¿Hacia la muerte? —susurró Tess contra sus labios, sin comprenderlo.

—Nalte —dijo él mientras se incorporaba para mirarla—. Me matará en segundos si nos encuentra juntos. ¿Es ése tu plan? ¿Quieres seducirme y causarme la muerte?

Ella no respondió al instante. Sonrió con perversidad y le apartó el pelo de la frente.

—¿De verdad estás dispuesto a morir por mí? —le susurró.

—¿Es eso lo que quieres?

Jamie no sonreía. Tess se dio cuenta de que seguramente se había excedido al ponerlo a prueba de aquella manera, así que le respondió con un susurro dulce.

—No, no quiero que mueras por mí. Nalte sabe que he venido.

—¿Cómo?

—Vino a verme y me dijo que podía irme contigo, que ya había tomado una decisión. Tenemos que quedarnos hasta que terminen las ceremonias de su hermana, pero después, los apaches nos escoltarán hasta que salgamos de las montañas.

—¿Nalte lo sabe? —repitió Tess.

Ella asintió solemnemente.

—Me contó que tú le habías dicho que yo ya era tu mujer. También me dijo que tú eras un tonto, o un hombre muy valiente, por haber venido a buscarme, y que un hombre valiente se merece el respeto de otro hombre valiente. Y me dijo que estabas aquí, y que podía venir contigo.

Él la miró mientras le agarraba con fuerza las muñecas, como si quisiera entender bien lo que le estaba contando. Nalte había decidido en su favor. No tenía que morir allí. Podía marcharse con Tess.

Podía marcharse con ella.

Y podía hacer el amor con ella, en aquel río, aquella noche, a la sombra de las montañas apache, junto a una corriente en la que la noche, la misma vida, parecían algo místico.

Entonces, gritó con aspereza y descendió sobre ella, y la besó con exigencia para que abriera la boca, para poder saborearla y encontrarla por entero, y hundió la lengua en su boca mientras sus respiraciones se entremezclaban, en un beso tan profundo, completo y sensual que le desnudó el alma. La alcanzó a un nivel tan íntimo que su intensidad la excitó hasta un punto demoledor. Cuando sus labios se separaron, Tess se sintió abandonada.

Pero él comenzó a desatarle los cordones de cuero del vestido, y liberó sus pechos al aire nocturno, y comenzó a acariciarla con los dedos, tomándole un seno con la palma de la mano, rozándole los pezones con las yemas de los dedos. Entonces, su boca formó un círculo hambriento alrededor de uno de los pezones, para succionar y jugar con el pico endurecido, para enviarle corrientes de excitación y deseo a todo el cuerpo. Ella se alegró de que hubiera oscuridad. Se ruborizó al preguntarse cómo era posible que aquel fuego líquido de su beso le estuviera abrasando el pecho, pero consiguiera enviar deseo ardiente a la base de su abdomen y más abajo aún, donde se mantenía inmóvil y aumentaba en el vértice de sus muslos.

No importaba dónde la tocara. Continuó besándola mientras, lentamente, la despojaba del vestido de gamuza. Le besó el cuello, y le pasó la punta de la lengua por el lóbulo de la oreja, y después recorrió su espina dorsal, cuando le dio la vuelta para abrirle el vestido. Le besó el interior del brazo, y ella nunca hubiera imaginado que aquello podría provocarle un torbellino semejante por dentro. Pero él no permitió que sus besos terminaran allí.

Pronto estuvo tumbada boca arriba de nuevo, tan cerca de la orilla que el agua le lamía los tobillos. E incluso el contacto con el agua le añadía magia a aquel momento. La acariciaba como la acariciaba la brisa, como él la acariciaba. Tess le estaba susurrando cosas, cosas que nunca debería haberle dicho, cosas sobre el asombro y el deseo que le provocaba. Intentó acariciarlo también, aprender más y más de él. Le clavó los dientes suavemente en el hombro, y después lamió cada una de las pequeñas heridas con la lengua. Le acarició los hombros y tembló al sentir los bultos y las ondulaciones de los músculos bajo los dedos. Le quitó la camisa, le acarició el pecho con la lengua, y descendió poco a poco por su cuerpo.

Pero entonces se encontró tumbada de nuevo, y fue él quien hizo magia con las manos y los labios. Sus caricias eran abrasadoras. Tess notaba el agua fría en los pies y los tobillos, pero todo su cuerpo estaba ardiendo y era fuego contra el agua. Y entonces, él la besó íntimamente, en el centro de su deseo, le besó el cuerpo como le hubiera besado los labios, exigiéndoselo todo y dándole el éxtasis a cambio.

Al final Tess se levantó contra él, y ambos se arrodillaron juntos, y sus pechos se aplastaron contra el torso de Jamie y sus labios se fundieron una vez más, hasta que ella lo condujo a la tierra y se tendió sobre él moviéndose con suavidad, seductoramente, mientras sus mechones de pelo sedoso caían sobre el pecho y el estómago de Jamie.

En la magia de la noche, escuchando los murmullos ásperos de urgencia de la voz ronca de Jamie, ella cabalgó aquella magia en la oscuridad, hasta que la belleza explotó dentro de ellos y a su alrededor, y la dulce plenitud y el agotamiento se adueñaron de ellos, hasta que estuvieron llenos el uno del otro. Entonces, Tess cayó sobre él. No se preocupó por el pasado ni por el futuro. Sólo sabía que había ido a él porque lo deseaba. Y porque lo quería. No había nada más que tuviera importancia, porque ella había aprendido que el tiempo y la vida eran preciosos, y aquella noche lo tenía todo.

Se quedaron en silencio bajo la luz de la luna. Él le acarició el pelo, y mucho después, susurró:

—¿Es cierto que Nalte te ha enviado conmigo?

Ella asintió felizmente contra su pecho.

—Es cierto —susurró.

—Gracias a Dios —dijo él.

—Está muy enfadado.

—¿De veras?

—No le gusta la idea de que Von Heusen haya estado causando tantos problemas. Me dijo que los apaches atacan, y que hacen la guerra, pero que son cosas distintas. Atacan caravanas para conseguir comida y otras cosas que necesitan, pero no para matar. Cuando hacen la guerra, matan. Pero no matan a los niños, ni tampoco matan al ganado innecesariamente. Dice que ya hay suficientes problemas entre indios y blancos. Normalmente no tiene mucho afecto por los comanches, y ambas tribus han guerreado durante mucho tiempo, pero tampoco quiere que se culpe a los comanches por los pecados del hombre blanco.

—Has tenido una conversación muy larga con él —dijo Jamie.

—¿Celoso? —preguntó ella dulcemente.

Él refunfuñó.

Ella se incorporó sobre su pecho y lo miró a los ojos.

—Me gusta, Jamie.

Jamie se colocó las manos detrás de la cabeza y le devolvió la mirada.

—¿Quieres quedarte con él?

Tess tuvo que contener las palabras, palabras dulces que la delataban. «Me gusta Nalte, pero te quiero a ti», estuvo a punto de decir. Sin embargo, no podía olvidar la imagen de Eliza colgada de él, intentando obligarlo a que la quisiera también. Ella nunca haría eso. Era peligroso enamorarse de Jamie Slater. Y al menos, Tess quería conservar la dignidad.

Ella esbozó una sonrisa forzada y preguntó:

—¿Estás intentando librarte de mí?

—Tú me has causado muchos problemas —dijo Jamie sinceramente.

—Sí, pero tú has llegado muy lejos por mí.

—Sí, es cierto.

—Y yo merezco la pena.

—¿De veras?

Tess asintió. Entonces comenzó a descender por su cuerpo, y dejó que su cabello flotara sobre el pecho de Jamie mientras ella le acariciaba la piel de bronce con los labios. Frotó su cuerpo contra el de él y fue bajando poco a poco, atrapándolo con los muslos y moviéndose sinuosamente contra él. Sintió que él respiraba entrecortadamente, y dejó que sus labios se detuvieran en aquel punto en el que podía oír los latidos frenéticos de su corazón.

Después siguió descendiendo, atreviéndose a acariciarlo instintivamente, explorando su masculinidad con poca sutilidad y con mucha fascinación. Onduló el cuerpo sobre el de él. Descubrió su propia habilidad y su poder, y lo llevó hasta la locura. Todo lo que él le había exigido, ella lo tomó también. Jamie se estremeció violentamente bajo sus caricias, y hundió los dedos en la tierra cuando ella lo acarició atrevidamente con los labios y la lengua, como él le había hecho a ella. Gimió con aspereza y, pronto, ella se vio tendida sobre la tierra, y él la tomó casi salvajemente, con un hambre que rasgaba el mismo cielo.

Y cuando las estrellas hubieron explotado para jugar en el cielo nocturno, y después se quedaron inmóviles de nuevo, él le susurró con ternura al oído:

—Mi amor, mereces la pena de verdad.

Se quedaron junto al agua durante un rato más. Tess supo que, pese a lo que les deparara el futuro, ella soñaría con aquel lugar durante toda su vida.

Comenzó a temblar, y él le puso el vestido de gamuza y le sugirió que volvieran al tipi del poblado.

Aquella noche durmieron solos en la tienda a la que habían llevado a Tess durante el día. Durmieron después de haberse quitado la ropa una vez más, uno en brazos del otro, tapados con una manta apache.

Cuando amaneció, seguían juntos.

Durante los siguientes días, fueron los invitados de honor de Nalte. Asistieron a las ceremonias de su hermana, Pequeña Flor, y Tess se quedó asombrada al darse cuenta de que allí, viviendo con los apaches, había encontrado una paz extraña. Nalte pasó algo de tiempo con ellos dos. Algunas veces ignoraba a Tess y mantenía con Jamie largas conversaciones en su idioma. Sin embargo, algunas veces hablaba en inglés e incluía a Tess.

En una ocasión se quedaron solos, puesto que Jamie se unió a una partida de caza, y Nalte le habló a Tess sobre las costumbres de los apaches.

Le explicó el significado de los Gan, los Danzantes de los Espíritus de la Montaña. Con sus máscaras encarnaban a los Espíritus de la Montaña. Evocaban el poder de lo sobrenatural para curar enfermedades, ahuyentar el mal y atraer la buena fortuna. Se reunían en una cueva y con la guía del chamán de los Gan, se vestían con los trajes sagrados. Tenían un gran poder, y por lo tanto, estaban sujetos a restricciones severas. No podían saludar a sus amigos cuando llevaran el atuendo religioso, ni danzar incorrectamente, ni alterar o tocar el traje sagrado cuando lo hubieran dejado en su lugar secreto. Si desobedecían alguno de aquellos mandatos, atraerían la desgracia para sí mismos, para su familia y para su tribu. Podían sufrir la locura, la enfermedad, incluso la muerte.

—Tenemos rituales muy importantes —le dijo Nalte—. Celebramos el Rito de la Santidad y la Ceremonia del Relevo. Durante el Rito de la Santidad, el chamán debe emprender procedimientos arduos, imitar al oso y a la serpiente, y curar a la gente de la enfermedad del oso y de la serpiente. La Ceremonia del Relevo nos dice dónde estarán nuestras fuentes de alimento, la caza y las cosechas de la naturaleza. Los corredores simbolizan el sol y los animales, la luna y las plantas. Si ganan los corredores del sol, tendremos caza abundante. Si ganan los corredores de la luna, entonces dispondremos de una buena cosecha de plantas y frutos silvestres.

—Aquí tienes una buena vida —le dijo Tess.

—Tengo una buena vida, sí, pero temo el día en que los hombres blancos vengan a arrebatármela.

—Pero no tiene por qué...

—Vendrá. El hombre blanco vendrá. La guerra desolará las montañas, y la sangre teñirá los ríos. Es inevitable. Pero cuando llegue ese momento, te recordaré a ti, y recordaré a Slater, y sabré que no todos los blancos son iguales. Sí, aquí llevamos una buena vida. Ahora. Y creo que tú estás en paz.

Ella sonrió.

—No puedo creerlo, pero sí, me siento en paz.

Nalte miró al fuego que ardía en mitad del campamento.

—Si hubieras querido quedarte, creo que tal vez hubieras sido feliz —dijo en voz baja—. O tal vez no. Nuestras mujeres son las recolectoras. La principal verdura fresca que consumimos es la yuca, y son las mujeres quienes la recolectan. También tienen que recoger el mezcal, asarlo y convertirlo en pasta. Nosotros comemos el mezcal en forma de pasta, y en forma de panecillos como los que has tomado con tus comidas. Es una vida dura.

—La vida de un rancho también es dura. Y en un periódico —dijo Tess. Entonces, añadió rápidamente—: Un periódico es...

—Sé lo que es un periódico. Viví en una ciudad muchos años, cuando era niño. Me capturaron unos soldados, y me acogió la esposa de un reverendo. Aprendí mucho de tu sociedad. Un periódico es un arma poderosa.

—No es un arma —protestó Tess.

—Es más poderoso que un arma. Ten cuidado con él —le advirtió Nalte. Después le preguntó si era la esposa de Jamie.

Ella se ruborizó al decirle que no.

—Pero eres su mujer.

—No... no es lo mismo —dijo ella.

El jefe indio estaba bajando la cabeza, sonriente, y ella recordó demasiado tarde que él había accedido a dejarla libre por Jamie.

—Cuando un apache se casa, va con la familia de su esposa. Si ella vive en un territorio lejano, entonces el hombre deja a su familia y se une a la de ella. En esa familia, él puede convertirse en el líder, y después, en el líder de muchas familias, y finalmente, en un gran jefe. Trabaja para los padres y los mayores de su esposa, y ellos lo llaman «Aquél que lleva las cargas por mí». Él habla en su lugar, y el hombre y la mujer intercambian regalos. Se prepara una morada separada para la pareja. Ella es su esposa. Pero te digo, Mujer del

Color del Sol, que es lo mismo para los apaches y para los blancos. Cuando un hombre quiere a una mujer, cuando la reclama para sí, cuando él está dispuesto a sacrificar su vida, su honor y su orgullo por ella, entonces es cuando ella es verdaderamente su esposa, a ojos del hombre y a ojos de los grandes espíritus, o nuestros dioses, o el gran Dios de los blancos.

Entonces, le acarició la mejilla casi con ternura, y se marchó.

Ella pensó en aquellas palabras durante mucho tiempo, y se preguntó si Jamie la quería. ¿La quería lo suficiente como para estar siempre con ella, o se cansaría, como le había ocurrido con Eliza?

Ella había hecho el amor con él, siempre por voluntad propia. Lo deseaba. Sin embargo, a veces se arrepentía de haber cedido a la tentación, porque era como haber probado la fruta prohibida. Era una fruta muy dulce, pero se moriría si no volvía a probarla más.

Las noches eran suyas. Ella no hablaba; se acercaba a él con la piel cálida del fuego, con el cuerpo bañado en el río, con el pelo suave y fragrante del sol. Se tendía a su lado y lo amaba, e intentaba no pensar en el futuro.

A la cuarta noche del ritual de pubertad de Pequeña Flor, cuando la doncella se hubo convertido en mujer, Jamie estaba silencioso. Abrazaba a Tess con ternura, inmóvil. Tess sabía que no estaba durmiendo, y le preguntó qué le ocurría.

—Podemos irnos mañana mismo —le dijo.

—Sí, o al día siguiente —dijo él distraídamente—. Nalte ha estado ocupado con su hermana y con nosotros. Seguramente mañana tendrá que ocuparse de muchos asuntos de la tribu.

—¿Y qué diferencia hay por un día?

—Ninguna. Ahí está el problema. Cuando volvamos a

casa, Tess, Von Heusen va a seguir ahí. Y nosotros no tenemos todavía ninguna prueba de lo que está haciendo.

−Pero... Jeremiah y David me secuestraron, ¡y te dejaron medio muerto en el río! −protestó Tess.

−Jeremiah y David están muertos. No pueden ser juzgados, y no pueden testificar contra Von Heusen. Estamos en el mismo lugar donde empezamos. Y yo te conozco. Cuando lleguemos a Wiltshire, irás directamente al periódico.

−¡Jamie, tengo que hacerlo!

−¡No, no tienes por qué hacerlo!

−Jamie...

−Vamos a volver, Tess, y vamos a luchar contra Von Heusen. Pero tenemos que hacerlo según mis reglas.

−No...

−Exacto. No. No harás un solo movimiento si no hay alguien a tu lado, ¿me entiendes? Las cosas van a empeorar. Von Heusen estará pensando que se ha librado de ti y de mí. Tal vez haya pasado incluso momentos de placer divino, pensando que por fin se ha salido con la suya. Pero, Tess, también puede haber descubierto ya que no puede hacerse con la propiedad aunque nosotros hayamos muerto o hayamos desaparecido. Se pondrá furioso cuando descubra que los herederos son mis hermanos y sus familias, y se preparará para la guerra. Nosotros también tenemos que estar bien preparados.

−¿Y podemos? −susurró Tess.

−Sí, claro que sí −dijo él. Entonces, se giró hacia ella y la miró con ferocidad, y la agarró de la barbilla con tanta fuerza que le hizo daño−. Pero Tess, vas a hacer las cosas a mi manera.

−Jamie...

−¡A mi manera!

−¡De acuerdo! ¡Está bien! −respondió ella.

Él le soltó la barbilla. Tess tenía los ojos llenos de lágrimas, y rápidamente se alejó de él. Se sentía furiosa por el hecho de que, por muy unidos que estuvieran, él seguía siendo un dictador.

También la asustaba pensar que cada vez estaba más enamorada de él, de un hombre que estaba dispuesto a luchar por ella, a arriesgar la vida por ella...

Y que sin embargo, se marcharía al final, cuando más importante sería.

Él no la abrazó más, y ella no volvió a tocarlo aquella noche. Sintió frío en la espalda, y se envolvió bien en la manta.

Se estremeció toda la noche...

Pero entre ellos permaneció la distancia.

Pasaron un día más con los apaches, y presenciaron el ritual de un joven que iba por primera vez con un grupo de caza. Las primeras cuatro expediciones del chico serían rituales. Aquel día contaría con la instrucción de un chamán y sería aceptado por los miembros adultos del grupo. Los hombres y las mujeres del poblado se reunieron alrededor del niño para arrojarle polen mientras partía con los guerreros, como forma de bendición.

Cuando terminó, Jamie llevó a Tess a su tienda y la dejó allí, diciéndole que iba a pedir permiso a Nalte para marcharse al día siguiente.

Sin embargo, Tess no volvió a saber nada de él durante toda la tarde. Jamie no volvió para explicarle si Nalte les había concedido el permiso o no. Cuando oscureció, una de las mujeres del poblado apareció para ayudarla a encender la hoguera y para llevarle un plato de carne y tortillas, y panecillos de mezcal. Tess comió un poco y esperó con impaciencia, pero Jamie no apareció. Al final, su impaciencia la impulsó a salir de la tienda. Entonces vio a Jamie y a Nalte, y a los miembros de la partida de caza, sentados alrededor de la hoguera central, riéndose, hablando y disfrutando de unas botellas de whisky, y pasándolo bien, como si fueran antiguos amigos. Tess se puso hecha una furia y llamó a Jamie de un grito.

Todos los hombres se quedaron callados y la miraron, pero ninguno estaba más sorprendido ni molesto que Jamie. Nalte lo miró de reojo y le dijo algo en apache. Jamie se levantó rápidamente, respondió al jefe y se acercó a Tess de dos zancadas. Antes de que ella pudiera reaccionar, él se la había echado al hombro. Aunque Tess gritó y protestó, él no le hizo caso. Los apaches se echaron a reír mientras disfrutaban del espectáculo.

En un segundo estaban dentro del tipi. Ella aterrizó con dureza en una de las mantas, y él la miró furiosamente. Al principio Tess había pensado que estaba borracho, pero el fuego agudo de sus ojos contradijo tal pensamiento. De todos modos, ella lo acusó antes de que él pudiera gritarle.

—¡Estás completamente ebrio!

—¿Ebrio? ¿Quieres decir borracho? Ojalá lo estuviera. ¡Lo suficientemente borracho como para darte lo que te mereces! Y lo que te mereces es una buena azotaina en el trasero.

—¡No me hables así, Jamie Slater!

—No creo que me conforme con hablar —respondió él con los ojos entrecerrados—. Creo que voy a actuar...

Ella se puso en pie al instante y corrió hacia la salida de la tienda. Sin embargo, rápidamente se dio cuenta de que si salía se encontraría con un grupo de apaches escandalosos.

Se dio la vuelta pensando que Jamie estaría casi encima de ella, pero lo vio al otro lado de la tienda, observándola con una arrogancia y una diversión supremas. Él ya sabía que ella no iba a salir de la tienda.

Entonces, Tess decidió correr el riesgo de enfrentarse a los apaches.

Pero no lo consiguió. Jamie había estado muy quieto,

pero se movió con la rapidez de un rayo. Justo cuando ella iba a alzar la solapa de piel de la tienda, él le rodeó las pantorrillas con los brazos y la hizo caer. Tess tosió, balbuceó y forcejeó bajo su peso, pero de todos modos él consiguió sentarse sobre ella a horcajadas. El vestido se le subió hasta las caderas, y estaba desnuda bajo él, aunque no pareció que Jamie se diera cuenta. Siguió sentado calmadamente sobre ella, de brazos cruzados, sabiendo que ella no podía ir a ningún sitio.

La miró fijamente.

—¡Mocosa indisciplinada!

—¡Mocosa! ¡Tengo veinticuatro años...!

—¡Una solterona! Tal vez ése sea el problema...

Ella jadeó de estupefacción al oír aquello, y comenzó a forcejear con rabia bajo él. Apretó los puños, pero él ya estaba preparado; la agarró por las muñecas y se las sujetó a ambos lados de la cabeza.

—Te lo he dicho. Lo vamos a hacer a mi manera. Puede que tú seas la señorita Stuart, la dueña del *Wiltshire Sun*, y de uno de los mejores ranchos de esta orilla del Misisipi, pero ahora estás conmigo, y ya te he dicho que vamos a hacer las cosas a mi manera. ¡Y sobre todo entre los apaches! ¡No puedes dejar a un hombre como un tonto delante de ellos!

—¡Pero si yo sólo quería saber lo que estaba pasando!

De repente, la furia desapareció del rostro de Jamie. Le soltó las muñecas a Tess y enterró los dedos en su pelo.

—Tess, Tess, ¿qué estamos haciendo? Mañana tenemos que volver a Wiltshire, y allí se va a desencadenar un infierno. No nos peleemos ahora.

Ella miró su magnífica cara, sus rasgos bellos y curtidos, y la pasión que ardía en sus ojos plateados. Se echó a temblar.

—¡Abrázame! —susurró.

Y él lo hizo.

Se quitaron la ropa, y ella tuvo la sensación de que le hacía el amor con más ternura, con más delicadeza que nunca.

Cuando salió el sol, todavía estaban abrazados. Ella no quería marcharse. Podría vivir con Jamie, en el poblado apache, para siempre.

Pero no era posible. Aquél no era su mundo, y ella se había jurado que iba a luchar contra Von Heusen. Ni Jamie ni ella podían abandonar en aquel momento.

Jamie se inclinó hacia delante y le besó los labios, y ella lo miró a los ojos.

—Tenemos que irnos —le dijo.

Se levantó y se vistió rápidamente, y ella siguió su ejemplo.

No salieron al amanecer, porque Nalte quería tener otra entrevista con Jamie. Su hermana, Pequeña Flor, fue a despedirse de Tess. Tess había aprendido un poco de su idioma, y le mostró su agradecimiento a Pequeña Flor por lo amable que había sido. Parecía que Nalte le estaba haciendo regalos a Tess; le dieron un traje de montar, de gamuza color claro, con un precioso bordado de abalorios. Consistía en un vestido largo hasta las rodillas y unos pantalones suaves con los que podría montar cómodamente. Además, por fin le dieron unas botas. Ella dio las gracias a Pequeña flor y besó a la muchacha en la mejilla.

Nalte fue a verla entonces. Pequeña Flor se marchó, y Nalte observó a Tess durante unos instantes antes de hablar.

—Llévate también ese vestido. Slater me ha dicho que siempre será especial para él.

Ella se ruborizó.

—Gracias. Gracias por los regalos. Yo no tengo nada para corresponderte.

Él se encogió de hombros.

—Ya he conseguido lo que quería de Slater. Y te doy los regalos de su parte. En nuestro ritual de cortejo intercambiamos regalos, ya te lo he dicho.

Ella sonrió y bajó la cabeza, preguntándose qué le habría dado Jamie.

—Sobre todo, Nalte, quisiera darte las gracias por mi libertad.

Él gruñó.

—Tengo entendido que tú también eres una guerrera.

—¿Una guerrera?

—Libras batallas de los hombres.

—No es mi intención. Es que tengo que defenderme. Ese hombre mató a mi tío. ¿Lo entiendes?

—Sí, lo entiendo. Rezaré para que los espíritus estén contigo.

Entonces, Nalte se marchó.

Jamie volvió poco después.

—Ya están preparados para salir —le dijo—. Vayamos.

Tess asintió y lo siguió. Había una pequeña yegua castaña para ella, y Tess aceptó en silencio la ayuda de Jamie para montar sin silla.

Se quedó asombrada al ver que Jamie montaba en un gran caballo castrado. Lo miró y le preguntó suavemente:

—Jamie, ¿y tu caballo?

—Ahora es de Nalte —dijo él secamente.

—¡Tu caballo! ¡Pero si tú adorabas a ese caballo! ¿Por qué se lo has dado...?

Se quedó callada de repente. Jamie no le había dado el caballo a Nalte por gusto. El animal había sido parte de la negociación.

—Lo siento, Jamie.

—No importa —dijo él.

Se dio la vuelta y se dirigió hacia la cabeza del grupo que

iba a acompañarlos a través del territorio de los comancheros, para hablar con un guerrero medio desnudo con taparrabos. El indio se dio la vuelta, y ella jadeó de la sorpresa. Era el mismo Nalte.

No le dio tiempo a valorar la participación del jefe en su grupo porque de repente los jinetes comenzaron a gritar y salieron del poblado al galope. Ella tuvo que aferrarse al poni con las rodillas. Creía que sabía cabalgar duramente, pero nunca había cabalgado con los apaches.

Se dio cuenta de que estaba aprendiendo a montar otra vez desde el principio.

Cuando se detuvieron a pasar la noche, Tess apenas podía desmontar. Al hacerlo estuvo a punto de caerse.

Jamie estaba allí para sujetarla. Tess abrió mucho los ojos y lo miró, y quiso erguirse para demostrarle que podía ser fuerte. Sin embargo, le fallaban las rodillas, y sólo consiguió susurrar:

—Oh, Jamie...

Él la tomó en brazos antes de que se cayera. Los guerreros estaban preparando la hoguera, y él la acercó allí. Uno de los apaches extendió una manta para ella, y le pusieron otra manta enrollada bajo la cabeza.

No llegó a cenar, porque se quedó dormida al instante.

En algún momento de la noche sintió un calor nuevo. Abrió los ojos y se dio cuenta de que Jamie se había tumbado a su lado, y de que ella se había acurrucado entre sus brazos.

Miró las estrellas, y de repente sintió mucho miedo. Tess quería volver a casa, y estaban volviendo a casa. Sin embargo, Jamie tenía razón; habría una guerra abierta. Y ella no quería morir. Estaba empezando a aprender a vivir.

Cerró los ojos y agarró la mano fuerte que se curvaba bajo su pecho.

—Por favor, Dios, por favor —susurró.

El resto de su plegaria no se formó con palabras, sino en su corazón. Quería sobrevivir... y más.

Quería sobrevivir con Jamie. La vida se había convertido en algo precioso para ella, y no tendría significado sin Jamie.

Cerró los ojos de nuevo, y para su asombro se quedó dormida.

Los apaches se quedaron con ellos durante todo el día siguiente, y durante la noche siguiente también. Jamie estaba preocupado por ellos y le advirtió a Nalte que se estaban adentrando en territorio comanche. Sin embargo, Nalte conocía a Río Rápido y no estaba preocupado.

Tess intentó hablar con Nalte, recordarle que muchos blancos habían creído a Von Heusen cuando él había contado que los indios habían perpetrado el ataque. Muy pocos colonos sabían diferenciar a un apache de un comanche.

Nalte, sin embargo, estaba decidido. Los guerreros y él llegaron con ellos a las afueras de Wiltshire. Entonces, él levantó la lanza en el aire y gritó. Los apaches se colocaron en formación tras él.

—Adiós, Slater, Mujer del Color del Sol.

—Gracias. Pase lo que pase, Nalte, yo siempre seré tu amigo —le dijo Jamie.

—Te creo.

El jefe avanzó, y Jamie y él se estrecharon las manos. Después, Nalte hizo girar a su caballo y se marchó con sus hombres.

Jamie los vio desaparecer en medio de una nube de polvo, y miró a Tess.

—Bueno, ya casi hemos llegado a casa.

Ella asintió. Hizo girar a su yegua apache y emprendió el galope hacia el rancho. Después de diez minutos sintió una gran alegría al ver la casa. Todavía estaba en pie. No la habían quemado. De la chimenea salía humo. Dolly o Jane debían de estar cocinando. La vida había continuado mientras ella estaba con los apaches. La gente que la quería había resistido.

Jamie estaba tras ella. Tess se volvió y gritó:

—¡Sigue en pie!

—Sí —dijo él.

Ella no le dejó decir nada más. Taloneó a la yegua y volvió a galopar hacia el rancho. Pasó por delante de los corrales y vio a las preciosas yeguas con sus potros, y sintió euforia. Von Heusen no los había vencido. Todavía no.

Refrenó a la yegua y bajó de un salto al suelo. Entró por la puerta principal gritando:

—¡Dolly, Jane, Hank!

—¡Ya están aquí! —dijo alguien—. ¡Han llegado!

Era una voz desconocida. Tess se quedó asombrada al ver a una mujer alta, rubia y esbelta descendiendo por las escaleras a toda prisa. Iba seguida de un precioso niño de unos cinco años, y después, de una segunda mujer rubia de rostro bello y sereno.

—¡Señorita Tess!

Tess se dio la vuelta y vio a Jane saliendo de la cocina. La muchacha la abrazó.

—¡Sabía que volvería! ¡Lo sabía!

—Bien —dijo la primera de las mujeres, que había llegado al vestíbulo—. Sabía que Jamie no volvería sin ti, por supuesto. ¿Dónde está?

Tess miró con desconcierto a las dos mujeres y al niño. Entonces se abrió la puerta tras ella. Jamie había llegado también, pero no estaba solo. Lo acompañaban dos hombres altos como él, guapos, curtidos como rancheros que se ganaban la vida al aire libre. Los tres estaban hablando, y el más moreno de todos decía algo sobre Von Heusen.

Entonces, Dolly salió también de la cocina, secándose las manos en el delantal.

—¡Estos mellizos! —exclamó—. ¡Se van a terminar todas las galletas y los pastelillos! ¡Oh! ¡Oh, Tess! ¡Jamie! ¡Habéis vuelto! ¡Habéis vuelto! —se le habían llenado los ojos de lágrimas—. ¡Sabía que Tess no volvería a casa sin el teniente!

Dolly abrazó a Jamie, y después Dolly y Jane se pelearon por abrazar a Tess, y ella intentaba abrazarlas a las dos. Pero todavía no podía dejar de mirar a los extraños que habían llenado su casa.

¿Mellizos? ¿Qué mellizos?

Las dos mujeres rubias estaban besando y abrazando a Jamie. Jamie se reía y les daba las gracias por estar allí. Tess no sabía si iba a enfurecerse o a volverse loca.

—¡Un momento! —dijo. Sin embargo, había demasiado ruido—. ¡Un momento! —gritó. Todos se quedaron callados—. Disculpad, pero, ¿quién sois?

—¡Jamie! —dijo la mujer alta—. ¿No se lo has dicho?

Tess sonrió dulcemente.

—No. No me lo ha dicho.

Jamie dio un paso hacia delante.

—Te presento a mis hermanos, Cole y Malachi. Y a sus esposas, Kristin y Shannon. Y éste es mi sobrino Gabe. Entiendo que los mellizos de Shannon y Malachi están en la cocina...

—¡Esas preciosidades! —dijo Dolly con embeleso.

—Hemos venido porque Jamie nos envió un telegrama explicándonos lo de Von Heusen —dijo Cole Slater.

Tess se quedó asombrada. Los miró a todos a la vez. Así que aquello era tener una familia. Estaban unidos. Se conocían bien. Estaban felices y contentos, se les veía en la cara. Serenos con su mundo.

Ella hizo un gesto negativo con la cabeza.

—Gracias, pero... —se dio la vuelta y miró a Jamie—. Jamie, no puedes... ¡Corren peligro de que los maten aquí!

—Bueno, señorita, yo no tengo intención de dejarme matar —le dijo Malachi, inclinando el sombrero hacia ella—. En absoluto. Verá, hemos venido a matarlos si es necesario.

—No conocéis a Von Heusen.

—Oh —dijo Kristin—, no te preocupes. Hemos conocido a muchos hombres como él —añadió con una sonrisa—. Somos una familia, Tess —le dedicó a Jamie una sonrisa—. Mi cuñado siempre ha estado ahí cuando yo lo necesitaba —dijo.

—¡Oh, vaya! —exclamó Shannon—. ¡Ese olor! ¡Cuando por fin vuelven Jamie y Tess, quemamos la cena!

Se dirigió hacia la cocina, pero miró hacia atrás.

—¿Es que nadie tiene hambre?

Y Tess se dio cuenta de que estaba hambrienta.

Miró a Jamie. Todavía estaba asombrada. Sin embargo, Kristin Slater le puso una mano sobre el brazo.

—¡Vamos! Te prometo que verás las cosas con más claridad después de una buena cena y una noche de descanso.

Jamie se encogió de hombros.

Tess se dejó guiar hasta el comedor.

Una buena cena...

El final perfecto de... ¿Un día perfecto?

CAPÍTULO 13

Acababan de sentarse a la mesa cuando entró Jon Pluma Roja con Hank. Tess gritó de alegría y corrió hacia él. Le dio un abrazo y exclamó:

—¡Has vuelto! ¡Lo has conseguido, has vuelto!

—Por supuesto —dijo él—. Alguien tenía que estar en casa para darles la bienvenida a los Slater. ¿Te has dado cuenta de que son como una tribu?

—¡Una tribu! —dijo Kristin con indignación—. Vamos, Jon, siéntate y ten cuidado con lo que dices. Jamie, a propósito, deberías casarte con esta chica antes de que te encuentres con un competidor.

Jon se echó a reír, y Tess se ruborizó. No estaba segura de cuál era la reacción de Jamie. Kristin Slater comenzó a servir la comida tranquilamente en los numerosos platos que había sobre la mesa. Menos mal que la casa era grande.

¡Al tío Joe le habría encantado ver aquello!

—Vamos, sentaos —dijo Malachi mientras servía vino en las copas de la mesa—. Creo que Jon tiene que contarles una cosa a Tess y a Jamie.

—Pues sí, es cierto —dijo Jon. Se acercó a la mesa y tomó una de las copas. Después sonrió—. ¡Salud! —dijo, y se llevó el vino a los labios.

—¡Por favor, sentaos! —dijo Cole.

Tess obedeció a aquella amable orden, y Jamie se sentó a su lado, y miraron a Jon, que los miró a ellos.

—He descubierto el motivo por el que Von Heusen quiere quedarse con tu rancho, Tess.

A Tess se le escapó un jadeo. Jamie y ella se pusieron en pie.

—¿Por qué?

—Por el ferrocarril.

—¡Oh, Dios mío! —dijo Jamie, dejándose caer en su silla.

Tess se quedó mirándolo. Era evidente que él lo había entendido, pero ella no tenía ni la más mínima idea.

—¿Qué?

—Señorita Slater —le dijo Cole Slater mientras se sentaba—, el ferrocarril va a pasar por aquí. Eso significa que el valor de esta finca va a aumentar astronómicamente. Si quisiera vender una parte de las tierras, ganaría una pequeña fortuna.

—Pero hay más —continuó Jon Pluma Roja—. Si vendes sólo la tierra necesaria para el ferrocarril, el resto de la propiedad valdría todavía más, porque podrías vender los productos del rancho directamente al tren. Tess, estás en las mejores tierras de esta orilla del Misisipi. Y por eso Von Heusen quería hacerse con el rancho a toda costa. Con esta finca en sus manos, controlaría una buena parte del estado de Texas.

Tess sonrió lentamente, mirando a Jamie.

—Pero... ¡Pero ahora no puede tocarla! ¡Tiene que saberlo! ¡La mitad está a tu nombre, y aunque nosotros no hubiéramos podido volver...!

—La propiedad habría pasado a Cole y a mí, y a nuestras familias —dijo Malachi.

—Bueno, eso debe saberlo ya.

—Sí, ya lo sabe —dijo Jon—. Yo di por ahí la noticia de que Jamie te había encontrado y de que te iba a traer a casa, y también fui a ver a Edward Clancy para que sacara en el periódico la noticia de la llegada de Cole y Malachi, subrayando la habilidad de los hermanos Slater con las armas.

—El otro día vinieron un par de hombres de Von Heusen, pero los echamos rápidamente —dijo Kristin, mientras servía puré de patatas en el plato de Jon.

—¿Cole o Malachi los asustaron? —preguntó Tess.

—No, fue Shannon —dijo Kristin—. Es un hacha.

—Tengo una puntería decente.

—Es capaz de darle a una mosca en un ojo a cincuenta metros de distancia —dijo Malachi.

Todos se rieron, pero Cole se puso serio rápidamente y le habló a Jamie en un tono tranquilo, pero grave:

—El hecho es que Von Heusen sabe que sus tácticas de terror ya no van a funcionar con la señorita Stuart. No sabemos qué es lo próximo que va a intentar hacer.

—Bueno, pues tendrá más preocupaciones a partir de mañana —sentenció Tess—. Voy a ir al periódico para que Clancy ponga otra historia en primera página. Contaré lo que ocurrió con David y con Jeremiah, y que el señor Von Heusen les había dado la orden de que yo no volviera nunca.

—Tal vez no puedas —le dijo Jon.

—¿Por qué?

—Porque Clancy y tu impresor han tirado la toalla. Alguien disparó contra la redacción ayer, y Clancy se rindió. Me dijo que te pidiera perdón de su parte.

Tess respiró profundamente.

—Lo haré yo misma —dijo.

—No tienes por qué hacerlo sola —dijo Kristin, que por fin se sentó con su propio plato—. Dolly y Jane pueden cuidarnos a los niños, y Shannon y yo te acompañaremos y te ayudaremos con la imprenta. Si nos das indicaciones, será fácil. Podemos ir las tres a primera hora de la mañana...

—¡No! —exclamó Jamie.

—Tengo que hacerlo, Jamie, te he dicho que...

—Vosotras tres no vais a ir a ninguna parte solas —la interrumpió él, sin miramientos—. No es seguro. ¡Maldita sea, Tess! ¿Es que todavía no lo entiendes?

—Entiendo que el periódico siempre ha sido mi mejor arma.

—Pero en este momento no es suficiente. Está bien, iremos. Escribirás tu maldito artículo, pero iremos juntos. Tess, ¿cómo puedo hacer que lo comprendas? La próxima vez que Von Heusen intente algo, será definitivo.

Ella quería responder. Estaba furiosa. Por supuesto, Jamie tenía razón, pero de todos modos ella quería gritarle.

Consiguió contenerse y miró a Jon.

—¿Cómo has averiguado todo esto?

Él se encogió de hombros.

—Todavía llevaba el traje de gamuza cuando volví, y no me cambié antes de ir al pueblo. Von Heusen le ordenó a uno de sus pistoleros que me siguiera. Yo lo sabía, así que conseguí atraparlo. Casualmente, Cole y Malachi habían ido a buscarme.

—Y —dijo Malachi, sonriendo—, Jon iba muy bien vestido para la ocasión.

Tess estaba confusa, y Kristin siguió explicándole lo que había pasado.

—Cole y Malachi convencieron al pistolero de que Jon era un salvaje a quien le encantaba comer carne humana. Entre los tres casi no tuvieron que tocar al tipo para que soltara todo lo que sabía en esta vida.

Tess sonrió y miró a Jamie.

Él no estaba sonriendo. Ella apartó la mirada rápidamente y se fijó en su plato. Los hermanos Slater eran muy parecidos. Cole era el más moreno y tenía los ojos del color del oro. Su hijo había heredado esos ojos, pero tenía el pelo rubio de su madre. Malachi tenía el pelo rubio y los ojos azules, y Jamie era rubio también, con los ojos grises. Sin embargo, sus rasgos faciales eran muy parecidos, fuertes, duros y curtidos. Tess se dio cuenta, de repente, de que les confiaría a aquellos hermanos cualquier cosa que tuviera.

Y en realidad, no quería seguir discutiendo con Jamie.

Él se puso en pie de repente.

—La comida estaba deliciosa, Kristin, Shannon, ¿Dolly?

—Todas hemos contribuido —dijo Kristin.

—Bueno, pues muchas gracias, pero creo que ahora necesito tomar aire fresco. Tendrás un buen cigarro por ahí, ¿no, Cole?

—Claro que sí —le dijo su hermano mientras se levantaba también. Se detuvo junto a la silla de su esposa y le dio un beso antes de seguir a Jamie al porche.

—Parece que aquí nos separamos —dijo Malachi.

—Bueno, ¡por mí no te preocupes! —respondió Shannon.

Él se echó a reír, se encogió de hombros hacia Jon y después ambos salieron detrás de los demás. Hank los siguió y las mujeres se quedaron solas en el comedor.

—Tanto trabajo para preparar una comida, y cuando la han devorado, se marchan sin más...

—Mamá —dijo Gabe de repente, desde el otro extremo de la mesa—. Ya he dejado el plato limpio. ¿Puedo ir con papá?

Kristin alzó las manos, y Tess notó que se relajaba un poco al echarse a reír.

—¡Vete! —le dijo Kristin a su hijo.

Él sonrió, se excusó amablemente ante Tess y salió corriendo de la casa.

—Bueno, vamos a recoger —dijo Shannon.

—Pues sí.

Entre las cinco, quitaron la mesa y fregaron los platos rápidamente. Shannon le preguntó a Tess cómo habían ido las cosas con los apaches, y cuando ella terminó de contar cómo Jon y Jamie habían aparecido justo en el momento preciso, habían terminado de secar la vajilla. Jane y Dolly le dieron un beso a Tess y se fueron a acostar. Shannon, Kristin y Tess hicieron un té y se sentaron en la mesa de la cocina, mirándose.

—Y entonces, ese tal Nalte te dejó marchar, ¿sólo porque Jamie se lo pidió? ¿Te dejó ir con Jamie? —preguntó Kristin.

Tess se ruborizó, preguntándose cómo iba a evitar decir lo que el jefe apache había visto con tanta claridad.

—Él... bueno, él...

—¡Oh, por el amor de Dios, Kristin, se habían acostado y ese Nalte lo sabía! —exclamó Shannon.

—¡Shannon! —protestó Kristin.

—Bueno, de acuerdo, lo siento muchísimo, pero Kristin y yo nos hemos casado cada una con un Slater. Lo sé. Es fácil desear pegarles un tiro, pero también... —sonrió y prosiguió—: Es fácil desear acostarse con ellos. Son seductores.

Tess sabía que tenía que estar de mil tonalidades del rojo. Kristin suspiró.

—Él está muy enamorado de ti. Estoy segura de que habrá boda.

—Yo no estoy muy segura de eso.

—Él nos llamó para que viniéramos. Para proteger tus intereses. Debe de quererte.

—Le he entregado la mitad de mi finca. Está protegiendo sus propios intereses.

—Bueno, lo que ocurre de verdad es que ellos no se casan fácilmente —intervino Shannon.

—Pero vosotras dos estáis casadas —replicó Tess.

—Cole tuvo que casarse conmigo —dijo Kristin.

—¿Por el bebé?

—¡No! —respondió Kristin, riéndose—. Había un hombre espantoso que me amenazaba. Estábamos en mitad de la guerra, y la única forma de que él pudiera contar con la protección de algunos viejos conocidos era poder decir que yo era su mujer. Se enamoró de mí muy despacio. Le tomó bastante tiempo —dijo, y sonrió dulcemente a Shannon—. Y Malachi tuvo que casarse con Shannon.

—Bueno, no fue algo obligatorio —protestó Shannon.

—¿Por los mellizos?

—No, por unos ancianos —explicó Shannon. Se echaron a reír, y después Shannon respiró profundamente y le explicó a Tess que Kristin y ella eran hermanas, y que unos hombres habían secuestrado a Kristin. Malachi y ella fueron en su busca, y por el camino, una pareja de ancianos muy bondadosa había decidido que ellos dos tenían que casarse.

—Pero llevaban años enamorados —dijo Kristin—. Lo que pasa es que no estaban dispuestos a admitirlo porque estaban demasiado ocupados peleándose todo el tiempo.

—¡Oh, nunca fue tan malo! —exclamó Shannon.

—¡No, fue peor! —replicó Kristin. Después se puso en pie—. Creo que necesitamos un poco de brandy con esta historia, ¿no os parece?

Shannon y Tess asintieron. Después de un rato, Tess se quejó de que su traje de gamuza estaba sucio y de que se sentía como si tuviera encima todo el polvo de Texas. Las hermanas llenaron rápidamente la bañera y Shannon subió a su habitación en busca de un aceite de baño francés, y Kristin hizo lo mismo en busca de un camisón color lila que hacía juego con sus ojos.

—¡No puedo aceptar estas cosas! —protestó Tess.

—Claro que sí. Es de la familia —dijo Shannon.

Tess agitó la cabeza.

—Una vez oí que Jamie decía que nadie podía obligarlo a casarse.

Kristin se encogió de hombros.

—No se le puede obligar, pero él puede decidir hacerlo por voluntad propia.

—¿Lo quieres? —le preguntó Shannon.

Tess notó que el corazón le latía con fuerza, y cerró los ojos. ¡Sí! Sí, amaba a Jamie desesperadamente. Lo había deseado desde que él la había mirado por primera vez, desde que había matado a la serpiente junto al río, desde que le había dicho, en un susurro, que era una mujer muy bella.

—¿Lo quieres? —insistió Shannon.

—Sí —admitió ella—. Lo quiero para siempre.

—Entonces olvídate de las discusiones. Olvídate incluso del hecho de que nunca vayáis a llevaros bien. Yo lo he hecho —explicó alegremente Shannon—. Olvídate de Von Heusen, olvídate de todo, y disfruta del tiempo que podéis pasar juntos, en paz.

—Y métete en la bañera con el aceite de rosas —le sugirió Kristin irónicamente—. No hay nada como un olor dulce.

—¡Y un camisón lila y casi transparente que hace juego con tus ojos! ¿A que son unos ojos preciosos, Kristin?

—Y ella no es celosa casi nunca —dijo Kristin, riéndose.

Tess se sentía querida y protegida. Entró en el agua y notó el vapor a su alrededor. Se alegró de estar en casa otra vez.

—Ahora que sé lo que quiere ese hombre, estoy más preocupado todavía —dijo Jamie.

Estaba sentado en una de las mecedoras del porche. Jon estaba sentado en la barandilla con Cole, y Malachi estaba sentado frente a ellos, en el columpio. El columpio chirriaba suavemente.

Jamie exhaló un suspiro y miró a sus hermanos.

—Gracias por haber venido. Lo único que lamento es que hayáis traído a Kristin y a Shannon.

—Jamie, conoces desde hace mucho tiempo a las hermanas McCahy —le dijo Cole irónicamente—. Y a estas alturas deberías saber que ellas no hubieran permitido lo contrario.

—Es que no sé lo que va a hacer este hombre. Y sí sé que tiene a unos treinta pistoleros a sueldo en su finca.

—Ya nos hemos visto superados en número otras veces —dijo Malachi.

—Demonios, ¿es que no entendéis lo que quiero decir? No quiero que ni vosotros, ni vuestras esposas ni vuestros hijos podáis morir por mi culpa.

Gabe salió al porche en aquel momento. Miró a su padre; obviamente, había oído lo que acababa de decir Jamie. Fue directamente hacia su tío y le tomó la cara entre las manos.

—Hay cosas que están bien y otras que están mal, tío Jamie, y tú lo sabes. Y mi papá y mi mamá dicen que hay que luchar contra lo que está mal, porque si te rindes, al final te enterrará. No me importa luchar, si está bien.

Jamie tomó en brazos a su sobrino y lo abrazó con fuerza. Cole sonrió.

—No tengo nada más que añadir.

—Malachi, tus mellizos todavía no han cumplido tres años. ¿Crees que pensarán lo mismo?

—Jamie, estamos aquí, y es todo lo que tengo que decir —respondió Malachi—. Bueno, y ahora, ¿qué pasa con Tess?

—¿Que qué pasa con Tess? —preguntó Jamie con cara de pocos amigos—. Que es la criatura más dura con la que me he encontrado en mi vida, incluyendo a los yanquis, los indios y las serpientes de cascabel.

—Entonces, ¿vas a casarte con ella? —preguntó Malachi.

—Si él no lo hace pronto —intervino Jon Pluma Roja—, lo haré yo.

—Maldita sea, Jon.

—Tendré que hacerlo para proteger su honra.

Jamie gruñó.

—¿Sabéis? Puede que seáis mis hermanos y mi mejor amigo, pero me gustaría que os...

—Es guapa, muy inteligente y con carácter. Además, tiene una fortuna. Jamie ya le ha sacado la mitad de su finca —dijo Malachi.

—¡Espera un minuto! —protestó Jamie.

—Lo mínimo que podrías hacer es casarte con ella —dijo Cole.

Jamie resopló de nuevo.

—Muy bien, muchas gracias a todos por venir. Y a partir de ahora, gracias también por preocuparos de vuestros asuntos. Buenas noches.

Dejó a Gabe en la mecedora y entró en la casa. Estaba subiendo las escaleras cuando se dio cuenta de que no sabía si tenía sitio para dormir. Sus hermanos y sus cuñadas, y sus sobrinos, estaban felizmente instalados.

Fue hacia la habitación de Tess, preguntándose cómo iba a reaccionar ella. Si lo amenazaba con gritar y con despertar a toda la casa...

Llamó a la puerta y la abrió.

—¿Tess?

—¿Jamie? —dijo ella suavemente, con dulzura.

Su voz acarició el aire como el ligero olor a rosas que había por la habitación. El susurro de Tess había sido seductor, como si él acabara de despertarla.

Atravesó la habitación pero se detuvo al ver que la luz de la luna entraba por la ventana y la iluminaba. Le brillaba el pelo con esplendor, y lo tenía extendido tras ella como si cada mechón fuera un rayo de sol.

Llevaba un camisón de color lila a juego con sus ojos, una prenda que apenas la ocultaba, que subrayaba todas las curvas y las líneas de su cuerpo.

—Tess, ¿dónde demonios...? —se quedó callado, carraspeó, y se preguntó por qué estaba enfadándose tanto—. Tess, ¿dónde se supone que tengo que...? ¡Oh, al demonio! —exclamó.

Él no vio la sonrisa de Tess cuando se tendió sobre ella y la abrazó. No vio nada, salvo el color de su pelo. Inhaló su olor suave, limpio, y apenas pudo contener sus anhelos. Los apaches los habían tenido separados durante las dos últimas noches, y él no se había dado cuenta de lo mucho que podía necesitarla después de tan poco tiempo, de lo mucho que la deseaba. Era como un dulce que hubiera probado una vez, y que quería tomar una vez más, y otra, después de conocer su sabor exótico...

La besó con fuerza, y la besó durante mucho tiempo, y sintió la elevación frenética de su pecho bajo la mano mientras ella se quedaba sin aliento. Cuando Tess tembló y jadeó, él alzó la cabeza.

—Voy a quedarme a dormir aquí. Vamos a hacer las cosas a mi manera, ¿recuerdas?

Ella no dijo nada. Lo abrazó y lo besó, y después lo empujó ligeramente a un lado para poder desabotonarle la camisa. Desabrochó los botones lentamente, uno a uno, mientras posaba los labios en su piel. Y cuando le hubo abierto la camisa, le mordisqueó y le besó los hombros mientras tiraba de su cinturón. Le bajó los pantalones, centímetro a centímetro, por las caderas, y con atrevimiento, lo acarició y tembló al sentir que él se volvía de acero bajo sus dedos. Entonces, cuando él no pudo soportar más aquella dulce tortura, la tendió boca arriba y comenzó a acariciar su cuerpo con los labios, a través del camisón lila. Besó sus pechos y el valle que había entre ellos, y besó su ombligo y sus muslos, y jugó con ella íntimamente hasta que Tess sólo pudo agitar la cabeza y pronunciar su nombre, y rogarle que fuera con ella.

Y él la complació con sumo placer. La sensación de estar en el lugar al que pertenecía, dentro de su cuerpo, fue tan intensa como la excitación sexual de sentirse tan eróticamente atrapado. Se estremeció por la fuerza del deseo que sentía, y se hundió más y más en ella hasta que ambos estallaron como si fueran uno solo. Después, él la abrazó y se alegró de sentir sus labios en el pecho, y su cabeza escondida en su hombro.

«Eres mía». Eso era lo que quería decirle. «Eras mía la primera vez que te vi, y eras mía cuando fui a ver a Nalte para que te liberara. Eres mía esta noche... Y si sobrevivimos, serás mía para siempre».

Entonces hizo una pausa en sus pensamientos, y añadió en silencio: «Aunque seas la mujer con más malas pulgas y más molesta de todo el mundo occidental».

Por la mañana, aquella mujer tan molesta se había levantado y estaba vestida antes de que él tuviera tiempo de ponerse los pantalones.

—¿Tienes miedo de mi familia? —le preguntó él.

Tess lo miró con curiosidad, y negó con la cabeza. No podía ser que un hombre fuera un amante tan excepcional, tierno y tempestuoso, y que por la mañana, su carácter dejara bastante que desear.

—No me importa que lo sepan, si te refieres a que hemos dormido juntos.

—Entiendo. Crees que mi hermano mayor se empeñará en que nos casemos.

—Nadie puede obligarte a que te cases, Jamie. Tú mismo lo dijiste.

—Así que no tienes planeado casarte.

—Intento no planear nada.

Ella estaba sentada en el tocador, cepillándose el pelo. Él se acercó por su espalda y la abrazó contra su pecho, todavía desnudo. Entonces, le susurró al oído:

—¿Y si ya estás embarazada?

Tess se volvió y lo miró de arriba abajo.

—Tienes una buena constitución, creo que eres inteligente y no parece que tus hermanos tengan muchos defectos. Si tuviera un hijo, sería muy bonito —dijo, y se dio la vuelta de nuevo hacia el espejo.

Él se echó a reír. Comenzó a ponerse la camisa y dijo:

—Tess, eres un demonio.

Ella sonrió dulcemente.

—Intento arreglármelas lo mejor posible con lo que tengo, teniente. Voy a bajar a desayunar. Seguro que Dolly y Jane ya lo tienen todo preparado. Y quiero llegar al periódico antes de las ocho. Tengo que enseñarles a Kristin y a Shannon cómo se usa la imprenta.

—De acuerdo —dijo Jamie—. Pero haremos las cosas a mi manera, recuérdalo.

—Lo recuerdo —respondió ella fríamente.

—Todo.

—¿Qué significa eso?

—Ya te lo diré después —respondió él.

Cuando entraron al comedor, encontraron a Dolly y a Jane ocupadas con los tres niños. Dolly le lanzó una sonrisa resplandeciente a Jamie.

—¡Estoy impaciente por abrazar a uno de tus pequeños, Jamie! —le dijo.

Claro que en realidad no estaba abrazando a la hija de Shannon; la niña se retorcía en su regazo porque quería tomar una pelota que había en el suelo.

—Sí, pronto, Dolly —dijo Jamie dulcemente. Para sorpresa de Tess, le guiñó un ojo.

—¡Café!

Malachi le puso una taza en las manos.

—Jamie —dijo—, les he dicho a Hank, a Jane y a Dolly que se queden con los niños en el sótano cuando nos hayamos marchado. Allí serán invisibles.

—Muy bien —respondió Jamie—. ¿Dolly?

—Lo entiendo, teniente, lo entiendo perfectamente.

—Yo los cuidaré —prometió Hank—. Los chicos y yo nos quedaremos en el sótano con los niños.

—¿Está todo el mundo preparado? —preguntó Jamie.

Se tomó el café de golpe y dejó la taza sobre la mesa. Después, todo el mundo salió. Llevaron a los niños al sótano, y Dolly se despidió de Tess agitando la mano:

—Ten cuidado, ¿de acuerdo?

—Sí, Dolly, te lo prometo. ¡Gracias!

Dolly bajó por la trampilla del sótano y Hank la siguió, y cerró la portezuela sobre su cabeza. Cole y Kristin echaron tierra encima para que la entrada quedara perfectamente disimulada.

Jon ya había sacado la carreta de la cochera, y Kristin, Shannon y Tess subieron con él. Los hermanos Slater montaron sus caballos. Tess se dio cuenta de que cada uno llevaba un cinturón con dos Colts. Además, tenían un rifle atado a la montura. Todos iban bien armados.

Tess se quedó helada. Rezó para que no le ocurriera nada a ninguno. Aquélla era su lucha. No tenía derecho a provocar la muerte de ninguno de ellos.

Tal vez no ocurriera nada aquel día. Tal vez Von Heusen no reaccionara. Tal vez estuviera esperando un tiempo para volver a la carga. Tess ya había publicado la verdad una vez. Después de aquel día, tal vez la creyera más y más gente. Y Von Heusen no podía matar a todo el mundo.

—¿Por qué no nos explicas cómo funciona la imprenta durante el camino? —le sugirió Jon.

Tess sonrió con gratitud. Si hablaba, se relajaría.

—Es una imprenta pequeña comparada con todas las innovaciones que hay hoy día. Pero ésta es una ciudad pequeña, y el mío es un periódico pequeño. Ponemos los tipos en un componedor, y los ajustamos con una maza de madera. Después entintamos las letras y pasamos los rollos de papel. Es muy sencillo —dijo. Estaba entusiasmándose con la explicación cuando Jon la interrumpió suavemente.

—La ciudad está muy tranquila hoy.

Era cierto. Las calles estaban vacías. En realidad nunca estaban muy concurridas a aquellas horas de la mañana, pero no había ni un alma, y eso era extraño.

—Bueno —murmuró Tess—. El periódico está allí. ¿Lo veis? El *Wiltshire Sun*. Es el local que tiene las ventanas rotas —añadió con ironía.

—Muy bien. Tú puedes mecanografiar el artículo mientras Kristin y yo barremos —dijo Shannon.

Tess asintió. Sin embargo, tenía un nudo en la garganta. ¿Por qué estaba tan vacía la ciudad?

Jon desmontó delante del periódico. Jamie ya había desmontado, y estaba observando los edificios silenciosos, en busca de cualquier movimiento. Malachi se acercó a la carreta y ayudó a bajar a las mujeres.

—Entrad en la redacción —les ordenó.

Tess obedeció sin rechistar. Shannon y Kristin la siguieron.

—¡Vaya desastre! —exclamó Kristin al ver los destrozos.

—Debería ayudaros —dijo Tess.

—¡No! ¡Tú escribe! Nosotras nos ocuparemos de esto —dijo Kristin.

Tess asintió y se acercó al escritorio. Quitó los trozos de cristal de su silla y puso una hoja en blanco en la máquina de escribir.

La miró durante un segundo, y después sus dedos comenzaron a volar. Tenía mucho que contar. Muchísimo.

El tiempo pasó rápidamente. Kristin y Shannon se movían eficazmente por la estancia, y su presencia no molestó en absoluto a Tess. Estaba llegando a la parte en la que Jeremiah y David admitían su relación con Von Heusen cuando oyó un grito en la calle.

Las tres se quedaron heladas. El grito se repitió.

—¡Tess! ¡Tess Stuart! ¡Sabemos que está ahí! ¡Queda arrestada!

—¡Arrestada! —jadeó Tess.

Entonces, se oyó responder a Jamie en tono firme.

—Creo que es el sheriff —dijo Shannon, que estaba mirando por uno de los cristales rotos.

Tess se unió a ella junto a la ventana y asintió.

—¿Por qué está arrestada? —preguntó Jamie.

—Por calumnia y asesinato.

—¿Asesinato?

—Mató a dos de los hombres del señor Von Heusen. Los engañó para alejarlos de la ciudad. Tengo testigos de ello. Después les pegó un tiro a sangre fría.

Jamie soltó un juramento. Luego caminó hacia el sheriff para encararse con él. Tess se agarró al marco de la ventana.

—Eso es una mentira, y usted lo sabe. Von Heusen lo preparó todo. Y usted está a su servicio, como sus matones.

—¡Cállese la boca, Slater! ¡Usted también está arrestado!

—¿Por qué?

—Por complicidad en el asesinato.

—¿Sabe lo que le digo, sheriff? Que intente detenerme.

Antes de que nadie pudiera detenerla, Tess salió a la calle y corrió hacia Jamie. Lo agarró del brazo y se enfrentó al sheriff con furia.

—¡Ni lo sueñe! ¡No lo meta a él en el barrizal que ha creado con Von Heusen! ¡Deténgame a mí si lo desea!

—¡Tess, maldita sea! —bramó Jamie, y la colocó a su espalda de un tirón—. ¿Qué demonios estás haciendo aquí? Te he dicho que...

—Slater, cállese —dijo alguien.

Era Von Heusen. Se acercaba caminando desde el salón. Tenía una mirada de odio en los ojos pálidos. La brisa le revolvía el pelo blanco.

—Señorita Stuart —dijo Von Heusen—. Es muy valiente, pero yo estoy impaciente por ver ahorcado a este rebelde.

—No me va a ahorcar, Von Heusen —dijo Jamie—. Y nunca va a conseguir el rancho para el ferrocarril.

Von Heusen arqueó las cejas.

—Así que ya lo sabe. Es todo un detective.

—Viajo bien acompañado —respondió Jamie encogiéndose de hombros.

—No importa. El sheriff es uno de mis hombres. ¿No es así, Harvey?

—Von Heusen, no diga eso —murmuró el sheriff.

—¿Por qué? ¿Quién puede detenernos? —preguntó Von Heusen—. Yo controlo al sheriff, y al juez, y puedo asegurar que van a ir al patíbulo. Está muerto, Slater.

—No. Puede que controle al sheriff y al juez, pero yo también tengo algunas armas en la ciudad, Von Heusen.

—Sí, sus hermanos y ese mestizo amigo suyo. No es suficiente. Yo tengo toda la ciudad cubierta.

Como demostración, y sin preocuparse de que estuviera a punto de cometer un asesinato a plena luz del día, apuntó con su pistola al corazón de Jamie.

Sin embargo, no tuvo tiempo de disparar. Sonó un tiro, y Von Heusen se agarró la mano, gritando. Entonces, las calles cobraron vida. Se oyó el sonido de los cascos de los caballos, y los gritos de guerra llenaron el aire.

Jamie se dio la vuelta con asombro.

—¡Dios mío! —susurró.

La caballería se acercaba, dirigida por el sargento Monahan. Y no llegaban solos. Curiosamente, iban acompañados por una pequeña banda de indios.

Apaches.

—¡Jamie!

Tess gritó su nombre y él se dio la vuelta justo cuando los caballos recorrían la calle.

Von Heusen la había atrapado. Tenía la mano derecha inutilizada, ensangrentada, pero sujetaba la pistola con la mano izquierda, y tenía el cañón apoyado en la sien de Tess. Caminaba hacia atrás, hacia la taberna.

—¡No dé un paso o la mato! —le advirtió Von Heusen a Tess.

A su alrededor había un tiroteo. Cole estaba parapetado detrás de un barril de agua, junto a la redacción del periódico, disparando contra los hombres de Von Heusen, que se apostaban en el tejado de la casa de enfrente. Malachi y Jon estaban detrás de la carreta.

Y la caballería y los apaches se acercaban con el fantástico sonido del toque de corneta. Era evidente que los hombres de Von Heusen no serían suficientes.

Pero Von Heusen tenía a Tess.

Desapareció detrás de las puertas batientes de la taberna, y Jamie se quedó sin aliento al oír los gritos de Tess mientras el hombre la arrastraba escaleras arriba.

—¡El tejado, Jamie! ¡El tejado! —le gritó Cole.

Miró hacia arriba. Subió a la pasarela y comenzó a trepar por la fachada hacia el tejado. Alguien le disparó y estuvo a punto de conseguir que se cayera. Oyó un gruñido y vio a un hombre que se desplomaba al suelo. Al otro lado de la calle, Cole estaba sonriendo y soplando el humo del cañón de su Colt.

—¡Demonios, Jamie, ve por Tess!

Jamie sonrió y le hizo un gesto de victoria a su hermano. Pero después sintió que se le helaba la sangre. Tendría que matar a Von Heusen si quería sobrevivir.

—Señorita Stuart, ha sido usted una molestia enorme desde el principio. Debería haber muerto en aquel ataque a la caravana de su tío, y si tuviera sentido común, se habría quedado con ese maldito apache.

Tess se estremeció. Von Heusen le estaba apretando el brazo con furia, y ella notaba el frío del metal de la pistola contra la sien. Tragó saliva. Si la mataba en aquel momento, de todos modos lo habría derrotado. Tenía que seguir pensando eso para poder luchar contra él.

—Ese maldito apache, tal y como usted lo llama, ha venido a matarlo, Von Heusen. Los apaches y la caballería han venido juntos a encargarse de usted.

Habían llegado al primer piso. Von Heusen abrió de una patada la puerta de una de las habitaciones y la arrojó al interior. Tess se tambaleó por la habitación mientras Von Heusen cerraba y atrancaba la puerta con una silla.

—¿Y ahora qué, Von Heusen? —inquirió ella.

Él la miró con sus ojos descoloridos, con odio, con maldad, y ella se estremeció de nuevo. Von Heusen caminó hacia ella y la agarró del pelo.

—Imbécil. Podría haber vivido en el poblado indio, pero ahora le prometo que va a pagar muy caro todo lo que ha hecho. Si da un solo paso en falso, yo mismo le cortaré la cabellera. Sería un trofeo muy bonito, todo ese pelo rubio, ¿no, señorita Stuart?

Ella le escupió, y él le tiró del pelo con tanta fuerza que Tess gritó sin poder evitarlo. Von Heusen sonrió al percatarse de su dolor, y ella se dio cuenta de que disfrutaba haciendo sufrir a la gente, de que matar le producía placer.

—¿Y ahora qué? Ahora esperamos. Esperaremos a que su héroe de la caballería suba por las escaleras. Así podré pegarle un tiro. Después la usaré para escapar de esta ciudad, y después la mataré. Me divertiré primero con usted, la humillaré de todos los modos posibles, y después la mataré lentamente...

Ella consiguió zafarse de él y caminó hacia la ventana sin dejar de mirarlo.

—¡Canalla! ¿Por qué no me mata ahora? ¡Convertiré su

vida en un infierno! ¡No daré un paso con usted. A menos que...

—¿A menos que qué? —preguntó él, y sacó su cuchillo, un cuchillo afilado y largo que relució con la luz del sol que entraba en la habitación.

—A menos que deje en paz a Jamie. Podemos salir por el tejado ahora mismo, y me iré con usted sin rechistar...

—Qué conmovedor.

—Si lo mata, no me moveré.

—Pero yo puedo obligarla —dijo Von Heusen con suavidad, y caminó hacia ella—. Voy a hacerla sangrar sólo un poco, pero lo sentirá —le prometió.

Tess iba a gritar, o a desmayarse. Quería luchar, quería ser valiente, pero sólo podía ver el acero brillante. Él se acercaba más y más, y ella no sabía si podría tener coraje cuando sintiera la hoja del cuchillo.

—¡La haré sangrar! —le prometió Von Heusen de nuevo.

Estaba casi encima de ella, y Tess vio que le acercaba la hoja a la cara.

Entonces la ventana estalló a su espalda, y un hombre entró por ella de un salto. Sus botas chocaron con el pecho de Von Heusen, y lo enviaron al otro extremo de la habitación. Aunque cayó con dureza al suelo, se dio la vuelta rápidamente para lanzarle el cuchillo a Tess y atravesarle el corazón.

Jamie disparó sin vacilar, sin miedo ni remordimientos.

Y Von Heusen lo miró con asombro. Después cerró sus ojos pálidos y cayó al suelo.

Jamie se acercó a Tess.

—¿Estás bien? —le preguntó.

Ella asintió. Tenía la garganta seca y el corazón acelerado.

—Maldita sea, Tess, te dije que teníamos que hacer las cosas a mi manera.

—Yo... ¡Estaba intentando hacer las cosas a tu manera! —musitó ella.

Sin embargo, al mirar a Von Heusen otra vez, se desmayó.

Jamie la tomó en brazos, con una sonrisa de ternura, y la abrazó contra el corazón. No miró a Von Heusen. La sacó a la luz del día.

CAPÍTULO 14

Todo aquello era asombroso, pensó Tess al mirar a su alrededor.

Estaba celebrando una barbacoa en su rancho. Por todas partes había grandes pedazos de res asándose al fuego, y el vino, la cerveza y el whisky corrían libremente. Había muchos entretenimientos.

Estaba celebrando una fiesta, una fiesta a la que habían asistido la caballería y los apaches, y la gente del pueblo, e incluso las prostitutas de la taberna.

Nalte era su invitado de honor. Jamie y ella se habían enterado de que el apache no tenía ninguna intención de abandonar la zona. En realidad su idea siempre había sido averiguar quién era el hombre que podía traicionar a tanta gente. El mismo Nalte había avisado a la caballería, corriendo un riesgo muy grande al enviar un mensajero al fuerte.

Tess estaba muy contenta por la fiesta, y por formar parte de una familia tan grande. No tenía que ser la única anfitriona; Kristin, con su calma y su aplomo, se ocupaba de muchas de las tareas sociales.

Tess todavía estaba aturdida por todo lo que había ocurrido aquel día. Caminaba por entre los invitados sin rumbo, saludando a los hombres que habían sido sus amigos después del ataque a la caravana, e imponiendo la paz cuando los indios alborotadores se acercaban demasiado a los blancos alborotadores. Sin embargo, no tenía que preocuparse demasiado de aquello. Cole, Malachi y Jon lo vigilaban todo, y Hank sabía cuidar del rancho.

Tess acababa de entrar en la cocina cuando Jamie la alcanzó.

Como siempre, él no se anduvo con miramientos. La tomó de la mano y le dijo que quería hablar con ella.

—Pero Jamie, hay mucha gente...

—Ahora, Tess.

Ella se alarmó al darse cuenta de que se la llevaba escaleras arriba.

—Jamie...

—¡Tess! —gruñó él.

Iba demasiado lenta. Jamie se dio la vuelta, la tomó en brazos y subió corriendo el resto de las escaleras.

—Maldita sea, Jamie Slater...

—Ya te he dicho que vamos a hacer las cosas a mi manera.

Llegaron a la habitación, y por fin, él la depositó en el suelo. Cerró la puerta con llave y se apoyó contra ella. Tess retrocedió con recelo. Se humedeció los labios. Todavía no habían tenido oportunidad de hablar realmente. Se había formado demasiado alboroto cuando habían llegado a la casa. Kristin y Shannon se habían empeñado en cuidar de ella, y Tess no se había dado cuenta, hasta aquella misma noche, de que no sólo habían ganado una batalla, sino la guerra.

—Gracias. Gracias por salvarme la vida.

—De nada —dijo él, y atravesó la habitación de dos zancadas hasta ella—. Era lo menos que podía hacer.

—Sí, bueno. Ya está terminado.

—Demonios, estate quieta.

—Jamie...

Él la atrapó. La estrechó contra sí y escondió la cara contra su cuello, mientras le murmuraba suavemente al oído:

—Piensa que puedes estar embarazada. Y sería un niño precioso. Guapo y mono, como los de mis hermanos.

—Jamie...

Entonces él se apartó y la miró con los ojos muy brillantes.

—Ya te he dicho que hoy vamos a hacer las cosas a mi manera. Y nos vamos a casar.

Ella se quedó atónita.

—¿Qu-qué?

—Que nos vamos a casar ahora.

—Pero, ¿por qué?

—Bueno... —Jamie le acarició la mejilla, suavemente, delicadamente, observando el movimiento de sus dedos sobre la cara de Tess como si fuera la primera vez que la veía—. Para empezar, me temo que si no lo hago, Nalte va a llevarte otra vez a su poblado. Ya me ha advertido que será mejor que te convierta en una mujer decente.

Ella se puso rígida.

—Jamie, tú mismo dijiste que nadie podía obligarte a que te casaras...

—Por otra parte, están Kristin y Shannon. No me van a dejar en paz ni un momento.

—Jamie...

—Y además, no pienso permitir que nazca un hijo mío sin estar yo presente.

—Pero si ni siquiera sabemos si...

—Y finalmente, hay otra cosa —añadió él con ternura, antes de besarla en la frente. Y después, en las mejillas. Y en el cuello, y en los labios—. Te quiero. Te quiero, Tess. Y quiero casarme contigo. Quiero estar a tu lado desde hoy mismo, y quiero adorarte para siempre. Claro que también tengo ganas de darte una azotaina, pero sobre todo, te amo, y quiero que tú me ames también. Quiero conocer toda tu fuerza, incluso aunque a veces tenga que luchar contra ella, y quiero conocer hasta dónde pueden llegar tu ternura y tu amor. ¿Qué te parece?

—¡Oh, Jamie! —susurró ella.

Se quedó sin palabras, así que se puso de puntillas y lo besó, pensando que podría dormir a su lado aquella noche, y todas las noches, abrazada a él.

—Slater. Tess Slater —dijo, saboreando el apellido. Entonces, se le llenaron los ojos de lágrimas y volvió a besarlo—. Oh, Jamie, ¡te quiero! Te he querido desde que te conocí, y no me atrevía a admitirlo, porque no habría un futuro para nosotros...

—Pero tú crees en ti misma, Tess. Ahora, tienes que aprender a creer también en mí.

—¡Yo siempre he creído en ti!

—Entonces, debes creer también que te quiero, y que te querré siempre.

—Jamie...

Ella se habría tendido en la cama con Jamie en aquel mismo momento, para recibir sus besos y sus caricias, y para darle todo lo que él pudiera desear. Siempre estaría dispuesta a hacer el amor con él en cualquier lugar, en cualquier bosque, y sentir el sol o la luna sobre ellos.

Sin embargo, él la había tomado de la mano otra vez.

—¡No me tientes! —le dijo—. Tenemos que bajar y casarnos ahora mismo, antes de que se marche Nalte.

—¿Cómo?

—Vamos a casarnos ahora mismo, Tess. El capellán del fuerte está aquí, y Nalte está aquí, y mis hermanos también. No se me ocurre un momento mejor.

—¿Casarnos ahora mismo?

—¡Sí!

Él la sacó de la habitación y la guió hacia las escaleras, pero ella tiró con fuerza de su brazo.

—¡Jamie!

—¿Qué?

—Te he prometido que hoy haría las cosas a tu manera, pero no puedo prometerte que siempre sea así.

—Muy bien. Yo te mantendré a raya —dijo él, y volvió a tirar de Tess. Cuando llegaron al descansillo, gritó—: ¡Cole! Avisa al capellán. ¡Ha dicho que sí!

Se oyó el grito rebelde de los hermanos Slater. A la caballería no le importó demasiado; de hecho, ellos se unieron a los vítores y a los gritos de guerra de los apaches.

Ella le tiró de la mano a Jamie otra vez, pero él siguió caminando sin hacerle caso. Kristin, Shannon, los niños, Dolly y Jon, y todos los demás, los felicitaron al pasar, y de repente, Tess se dio cuenta de que estaban ante un capellán que llevaba la insignia de la caballería.

—¡Jamie! —susurró ella—. Siento mucho lo de tu caballo.

—No te preocupes. Nalte me lo ha devuelto como regalo de boda.

—¡Oh! ¡Te casas conmigo sólo para recuperar tu caballo!

—Di «sí, quiero», Tess.

Ella miró al capellán sonriente y oyó las palabras. Las atesoraría en la mente para siempre, pero en aquel momento sólo podía pensar en que Jamie la tenía agarrada de la mano, y en que él siempre le ofrecería seguridad y amor. Recitó sus votos, y después notó que él le deslizaba una alianza en el dedo anular, y todo el mundo los felicitó de nuevo, y brindaron y bailaron, y le dio un gran beso en la mejilla a Nalte.

Pero después se encontró de nuevo en brazos de su marido, y él se la llevó de nuevo escaleras arriba, y Tess no sabía si estaba ebria de champán o de felicidad y deseo por aquel hombre, que había llegado a su vida y se lo había dado todo.

—¡Jamie!

—¿Qué?

—Tenemos a muchos invitados abajo.

Él gruñó y cerró la puerta de la habitación con el pie. Después caminó con decisión hasta la cama y sonrió con picardía.

—A mi manera, Tess. Todo es a mi manera hoy.

Entonces la dejó en el lecho y se tendió sobre ella. La besó lentamente, con una fuerza seductora, y ella supo que no quería estar en ningún otro lugar. Y cuando él se incorporó y la miró con los ojos plateados y brillantes, sonrió dulcemente.

—A tu manera —le prometió.

Él sonrió y la besó de nuevo.

Y en efecto, la noche pasó deliciosamente...

A su manera.

Títulos publicados en Top Novel

Entre tú y yo – NORA ROBERTS
El abrazo de la doncella – SUSAN WIGGS
Después del fuego – DEBBIE MACOMBER
Al caer la noche – HEATHER GRAHAM
Cuando llegues a mi lado – LINDA LAELL MILLER
La balada del irlandés – SUSAN WIGGS
Sólo un juego – NORA ROBERTS
Inocencia impetuosa/Una esposa a su medida – STEPHANIE LAURENS
Pensando en ti – DEBBIE MACOMBER
Una atracción imposible – BRENDA JOYCE
Para siempre – DIANA PALMER
Un día más – SUZANNE BROCKMANN
Confío en ti – DEBBIE MACOMBER
Más fuerte que el odio – HEATHER GRAHAM
Sombras del pasado – LINDA LAELL MILLER
Tras la máscara – ANNE STUART
En el punto de mira – DIANA PALMER
Secretos del corazón – KASEY MICHAELS
La isla de las flores/Sueños hechos realidad – NORA ROBERTS
Juegos de seducción – ANNE STUART
Cambio de estación – DEBBIE MACOMBER
La protegida del marqués – KASEY MICHAELS
Un lugar en el valle – ROBYN CARR
Los O'Hurley – NORA ROBERTS
La mejor elección – DEBBIE MACOMBER
En nombre de la venganza – ANNE STUART

www.ingramcontent.com/pod-product-compliance
Lightning Source LLC
LaVergne TN
LVHW030343070526
838199LV00067B/6416